SAUVEZ-MOI

Du même auteur
chez Sonatine Éditions

Adieu, 2011
Qui ?, 2013
Deux gouttes d'eau, 2015
Hortense, 2016

Chez d'autres éditeurs

La Longue Peine, Calmann-Lévy, 1989
Gens de l'Est, La Découverte, 1992
La Femme du monstre, Anne Carrière Éditions, 2007
La Théorie des six, Anne Carrière Éditions, 2008
Ce soir je vais tuer l'assassin de mon fils, Anne Carrière Éditions, 2010
Grands criminels de l'histoire, Éditions Radio France, 2012
Scènes de crime, Presse de la Cité, 2015
Tu me plais, Le Livre de Poche, 2015
Ne nous quittons pas, Albin Michel, 2017

Jacques Expert

SAUVEZ-MOI

SONATINE ÉDITIONS

Directeur de collection : François Verdoux
Coordination éditoriale : Tania Capron

Sonatine Éditions
32, rue Washington
75008 Paris
www.sonatine-editions.fr

Ouvrage réalisé par Cursives à Paris

ISBN 978-2-35584-606-9
N° d'édition : 606 – Dépôt légal : juin 2018

Prologue

23 mai 2018

À quatre-vingt-quatre ans, que peut-on bien encore attendre de la vie ? Qu'elle s'achève, et qu'on en finisse avec cette vaste blague ?

Pour cette dame, aux traits tendus, au regard acéré, à la chevelure drue et noire (elle traque la moindre mèche grise), non. En aucun cas.

« Elle est coriace, elle ne va pas crever de sitôt, la vieille ! » se dit-elle souvent, comme un encouragement à s'obstiner à paraître dix ans de moins que son âge.

À force de journées inutiles, réglées comme du papier à musique, beaucoup se diraient : À quoi bon, pourtant, prolonger cette routine monotone, après une existence si accomplie ? Elle, jamais.

Sophie Ponchartrain se lève à l'aube. D'aussi loin qu'elle se souvienne, elle ne s'est jamais réveillée plus tard qu'aux aurores. Quand elles étaient enfants, son père exigeait que ses trois filles soient debout en même temps que lui. Policier de carrière, devenu veuf à la naissance de Sophie, il leur imposait une discipline de fer, tout en les trimballant de ville en ville au gré de ses mutations, au fil de sa carrière qu'il avait terminée à la préfecture des Hauts-de-Seine.

Martine et Denise avaient fini par ne plus supporter cette vie de frustrations. Dès qu'elles l'avaient pu, elles avaient fui le domicile familial. Sophie avait vite perdu tout contact avec ses aînées, qui avaient fait leurs vies loin d'elle et de leur père.

Elles avaient fondé des familles, eu des enfants, puis des petits-enfants. Jamais Sophie, comme leur père de son vivant, n'avait souhaité les rencontrer. Ses neveux resteraient des inconnus.

Georges Ponchartrain n'avait jamais pardonné à ses aînées ce qu'il considérait comme une trahison, et son ressentiment était allé jusqu'à interdire leur présence à ses obsèques. Il avait chargé Sophie, la fidèle Sophie, d'y veiller, et elle s'y était appliquée, en dépit de l'insistance de ses sœurs. « Je suis désolée, leur avait-elle expliqué avec douceur, mais papa a expressément donné des consignes, il ne voulait pas que vous soyez présentes. » Elle avait embrassé Martine et Denise, pleuré avec elles, mais n'avait pas fléchi. Ses sœurs n'avaient pas le droit d'être là.

Elle, elle était restée fidèle. À la grande fierté de son père, elle était entrée à l'école de police. À l'époque, femme flic, cela semblait contre nature, une hérésie aux yeux de certains. En tout état de cause, une carrière promise aux tâches subalternes. Elle s'était battue, contre ses collègues, contre les préjugés machistes, contre le regard suspicieux de tous, animée par une ambition dévorante de se montrer digne de son père, et, très vite, ses formidables résultats avaient démontré sa compétence. Peu à peu, elle s'était forgé une réputation de flic de premier plan, et s'était imposée dans ce monde d'hommes.

Tout au long de sa carrière, elle était restée vivre auprès de son père. Puis, lentement, elle l'avait vu décliner.

Elle avait refusé de le placer en maison de retraite, mais après une terrible crise de violence, elle avait dû s'y résoudre. Elle avait été choquée, blessée, par les paroles qu'il lui avait adressées, ses mots emplis de mépris haineux, le couteau qu'il lui avait planté dans le bras, laissant à jamais une cicatrice d'une dizaine de centimètres qu'elle a soin de dissimuler sous des manches longues, quel que soit le temps. Mais elle ne l'a jamais abandonné, même lorsqu'il ne la reconnaissait plus.

Après son décès, elle n'avait pas quitté cet appartement de l'avenue Charles-de-Gaulle, à Neuilly. Ici, rien n'a changé ou presque. Les mêmes meubles qu'autrefois, le papier peint défraîchi par le temps, l'antique cuisinière, le vieux sommier de la chambre de son père, au fond du couloir, qu'elle occupe désormais. Elle a seulement investi dans un four à micro-ondes, si pratique pour déjeuner à la hâte, et une télé à écran plat devant laquelle, les jours maussades, elle tue le temps.

Il est six heures et demie.

C'est étrange de constater qu'au crépuscule de son existence, on ignore encore le goût d'une grasse matinée.

Installée dans la salle à manger (son père ne tolérait pas que l'on mange dans la cuisine), elle trempe des biscottes beurrées dans son café noir, sans sucre. Elle allume le transistor.

Elle se fige, peste à mi-voix. Puis augmente le volume.

Ce qu'elle entend la ramène, d'un coup, des années en arrière. Au temps de sa gloire.

PREMIÈRE PARTIE

NICOLAS THOMAS

C'était quelques mois avant ma sortie. En septembre, si je me souviens bien, peut-être en octobre, mais quelle importance...

J'ignorais encore que j'allais bientôt être libéré. J'avais rédigé une nouvelle demande de mise en liberté conditionnelle, avec les formulaires, tout comme il faut... Elle serait examinée au printemps suivant. Avec moi, la justice a pris tout son temps.

Un jeune type était arrivé à Clairvaux depuis quelques jours. S'il était là, c'était comme pour nous autres, parce qu'il avait été condamné à une lourde peine. Comme toujours avec les nouveaux, on les laisse d'abord à l'écart. Pas par cruauté gratuite, ni pour leur faire payer quoi que ce soit – c'est en maison d'arrêt qu'on trinque, pas en centrale. La longueur de la peine à subir désormais est une punition suffisante en soi. Seulement, les nouveaux, on les jauge, on les étudie, on attend qu'ils se dévoilent. En centrale, on ne se livre jamais au premier venu... On prend le temps, on observe. La confiance se gagne peu à peu, même si nous sommes tous dans la même galère.

Ce jeune, dont j'ai oublié le nom, il s'était vite fait accepter. Parce qu'il souriait, parce qu'il avait fait le tour de la coursive pour se présenter, parce qu'il ne la ramenait pas, parce qu'il offrait facilement des clopes...

Celui-là avait plutôt une bonne gueule, de celles qui font se demander : qu'est-ce qu'il a bien pu foutre pour se retrouver là ? Bref, il avait vite été accepté par les gars, comme l'un des leurs.

Il occupait une cellule pas très loin de la mienne.

Moi, je ne me mêlais pas trop aux autres. À la cantine, à l'atelier, parce qu'il le fallait bien. Mais sinon, même lorsque j'allais à la promenade, je restais dans mon coin. Détenu, ce que j'ai toujours recherché, c'est la solitude. Et, de toute façon, les autres ne voulaient pas de ma compagnie. Oh, pas à cause des raisons pour lesquelles j'avais été condamné à perpète (il existe des types pires que moi, et croyez-moi il y en a un paquet en centrale, qui sont de toutes les réjouissances), mais plutôt parce que je n'avais jamais fait aucun effort et parce que, pour les cadors, j'étais une brêle, un mec sans intérêt. Cela me convenait parfaitement. Depuis le temps que je traînais en taule, je ne m'étais jamais fait d'amis, je n'en cherchais pas.

Une fin d'après-midi, le jeune type est entré dans ma cellule. J'étais allongé sur mon lit. Je lisais Eugénie Grandet, *que j'avais emprunté à la bibliothèque. Le goût de la lecture m'est venu avec le temps.*

Je n'ai pas honte de le dire, au contraire, j'étais quasiment analphabète quand je suis arrivé en détention. À la fin, je passais pour un intellectuel, une tare pour tous ces abrutis qui ne se préoccupent que de cantiner, d'échanger des clopes et de parler des chattes des gonzesses qui leur taillent des pipes au parloir (du moins s'en vantent-ils).

Et voilà ce jeune gars qui s'arrêtait devant ma cellule, dont la porte était entrouverte.

« Je peux entrer ? »

Je n'avais pas eu le temps de refuser. Je me souviens qu'il souriait en me tendant la main.

Je ne savais pas trop quoi lui dire, alors je m'étais contenté de répondre à sa poignée de main. J'aurais voulu qu'il dégage, mais il s'était installé sur mon tabouret.

« T'es là depuis longtemps ?

– Trop... »

Je n'avais pas envie de parler de ça, alors je lui avais demandé son âge.

« Vingt-neuf ans. »

Vingt-neuf ans, c'était le nombre d'années que j'avais déjà passées enfermé. Il a l'âge de ma prison, avais-je réalisé.

Alors, pour savoir ce qu'était une existence de vingt-neuf ans, comparée à la mienne, je lui avais demandé de me raconter sa vie.

Il m'avait relaté sans talent des années d'une affligeante banalité, faites de petites joies, de petits malheurs. Rien de bien passionnant. Un garçon tellement ordinaire...

Et puis il avait fait une « grosse connerie » et s'était retrouvé ici.

Je n'avais surtout pas cherché à en savoir davantage. Je me foutais de savoir quelle « connerie » il avait pu faire, et je lui avais demandé de me laisser seul.

Mais cette conversation m'avait ouvert les yeux. Après avoir entendu le récit de cette vie si absolument dénuée d'intérêt, j'avais réalisé à quel point vingt-neuf ans, ce n'était rien. Une ellipse. Une parenthèse.

Réalisé que mes années de prison avaient été bien plus riches que ses pauvres années inutiles.

Je n'ai plus jamais discuté avec ce jeune. Quelques mois plus tard, on m'avait enfin libéré.

Je me sentais le même que celui qui était entré ici, trente ans auparavant. Le même ou peut-être pas. Mieux : un homme neuf.

1

22 mars 1990

La lourde porte d'acier claque derrière lui. Ses yeux se ferment comme s'ils ne pouvaient endurer la lumière du matin.

Mais non, c'est par plaisir pur qu'il les a clos. Le plaisir de goûter l'air frais du jour qui commence. De jouir du soleil tiède qui inonde son visage. La journée promet d'être belle, songe-t-il. À la météo hier soir, pourtant, sur son petit poste de radio, un Radiola qui l'a accompagné depuis les premiers jours, ils annonçaient un temps merdique. Ce matin, il s'en est débarrassé en le jetant à la poubelle. Sans même l'allumer. Il a laissé aux murs les photos qu'il y avait punaisées à son arrivée. Des paysages de montagnes, d'immensités désertiques, de champs de blé infinis, des immeubles aux volets clos. Sur aucune ne figure le moindre être vivant.

Il a abandonné les quelques effets suspendus dans le casier de fer gris, le peu qui lui servait à faire sa tambouille : un réchaud, un bol, une casserole, une assiette, un verre, une cuillère à soupe.

Il s'est lavé de la tête aux pieds, il s'est rasé de près, puis il a enfilé un jean propre, un polo gris, un pull noir, des baskets en toile bleue et sa veste en cuir noir. Quand ils sont venus le chercher à sept heures et demie, il n'a presque rien emporté. Quelques vêtements roulés en boule, ses papiers, son pécule de quelques centaines de francs, un paquet de Philip Morris et son briquet, un antique Zippo. Il a rangé le tout dans un sac à dos de toile grise.

Sur la table de fer traînaient un stylo, un bloc de papier et un paquet d'enveloppes. Avant de tirer la porte, le gardien,

Marcel Michalon, les a ramassés et les a emportés. Il n'y a pas de petit profit…

Il pleuvait dru le jour où il avait été incarcéré à la prison de la Santé. Trente ans plus tôt. Il avait été envoyé là par un juge qui n'avait pas cru à son innocence. Il devait être placé à l'isolement dans l'attente de son procès. Mais ce n'est pas ainsi que les choses s'étaient passées, et il avait dû d'abord subir les règles que la taule réserve à des types comme lui…

Les gardiens l'avaient accueilli avec des insultes et l'avaient laissé menotté dans la cour. Ils l'avaient récupéré de longues dizaines de minutes plus tard, trempé jusqu'aux os, tremblant de froid. Il n'avait pas protesté, et pas davantage quand ils l'avaient forcé à se déshabiller. Il avait dû se pencher pour leur montrer son cul. On lui avait ordonné de ne pas broncher, les insultes avaient fusé – « salope », « ordure », « sale merde », « pédé », « monstre »…

Il avait senti une matraque se promener sur ses fesses, s'amuser avec son anus, entendu l'un d'eux dire : « J'en connais quelques-uns qui vont se régaler », et les autres se marrer. Celui qui tenait la matraque lui avait asséné deux coups puissants dans les côtes et il était tombé sur le béton.

Alors, ils s'étaient acharnés, à coups de pieds et de poings, jusqu'à le laisser groggy, les lèvres tuméfiées, les côtes meurtries, deux dents cassées.

« Pitié ! avait-il supplié. Je suis innocent. »

Ses mots n'avaient fait que décupler la rage des gardiens. « Bien sûr, tu es innocent, comme tout le monde ici. Tu feras moins le malin quand on te coupera la tête. Couic ! »

Thomas s'était pissé dessus.

Après quoi, ils l'avaient jeté dans la cellule d'une brute de cent kilos. « Voilà de la chair fraîche, mon gros ! » Il voit encore les photos en noir et blanc d'hommes nus qui recouvraient le mur au-dessus des toilettes. Il avait vomi tandis que l'homme le violait, poussant des grognements d'animaux.

Son calvaire ne s'était pas arrêté là. Il avait été tabassé, humilié, soumis à d'autres. C'est ainsi, sans pitié, que des semaines durant on traita le monstre qui, deux ans et demi plus tard, fut condamné à mort.

Finalement, il échappa à la peine capitale.

In extremis. « Par miracle, dirent les journaux, le monstre au visage d'ange a obtenu la grâce présidentielle. »

Le général de Gaulle, connu pourtant pour son intransigeance en la matière, avait cédé aux suppliques de son avocat de l'époque. L'âge de Thomas au moment des faits, presque vingt et un ans, pas encore majeur à l'époque, avait fait fléchir le chef de l'État. « Laissons-lui une chance de se repentir », avait-il tranché. Sans doute aussi avait-il d'autres priorités avec la guerre qui faisait rage de l'autre côté de la Méditerranée, et ces enfoirés de l'OAS qui méritaient, eux, de crever.

De ses cheveux blonds bouclés ne subsiste aujourd'hui qu'une tignasse grise. Il a cinquante et un ans, mais en paraît dix ou quinze de plus. Sa peau est devenue translucide.

Le gardien dans la guérite observe l'homme usé qui passe la porte de la centrale de Clairvaux.

Il avance courbé, puis s'arrête, s'adosse au mur de la prison, allume une cigarette. C'est ainsi qu'il a rêvé sa sortie de prison : fumer une clope, appuyé contre ce mur, regarder l'espace ouvert devant lui, profiter de l'instant avant de s'éloigner.

Une voix s'élève derrière les vitres fumées de la guérite :

« Casse-toi, sale merde. »

Il ne se retourne pas, ne proteste pas, ne réplique pas qu'il est désormais libre de rester où il veut. Il obéit sans discuter et marche jusqu'à l'arrêt de car, la cigarette à la bouche.

Tant d'années passées derrière les barreaux lui ont appris qu'il ne sert à rien de se révolter. Il a choisi de se soumettre, d'obéir. Sa survie était à ce prix, même s'il était devenu une loque pitoyable.

Et finalement, les psys avaient estimé qu'il n'était plus dangereux. Il pouvait sortir.

Le gardien voit-il sa vieille carcasse se redresser, sa poitrine gonfler, ses poings se serrer ? Voit-il qu'il marche maintenant d'un pas plus assuré ?

Le vieillard est un homme dans la force de l'âge…

Du passé, il a gardé son regard, bleu et glaçant, qui scrute maintenant la route déserte et silencieuse.

L'autocar ne sera pas là avant une demi-heure. Il s'assoit sur le banc. Il est seul. Personne n'est venu le chercher. Pas de famille, aucun ami. Il a seulement au fond de sa poche l'adresse d'un pépiniériste, dans le Calvados, à Torgeville, où un boulot l'attend. Un certain Laforgue, qui à chacune de ses demandes de grâce s'était porté garant pour l'accueillir.

Dès son arrivée à Torgeville, il devra se soumettre à un contrôle strict : se présenter matin et soir à la gendarmerie du bled.

Il s'en fout, il est libre.

Il écrase sa cigarette du talon et attend.

Puis il en allume une seconde sans quitter des yeux la façade triste de la centrale.

2

Le commissaire divisionnaire Sophie Ponchartrain demande qu'on la laisse seule. Un à un, silencieux, les cinq hommes de son équipe sortent de son bureau. Ils ont travaillé toute la nuit. Pour n'arriver à rien. « Rentrez chez vous, allez vous reposer, on reprend tout cet après-midi », leur a-t-elle dit.

« Je suis naze », réalise le commissaire principal Régis Deltil. C'est le bras droit de Ponchartrain, à qui il voue une totale fidélité. Il regagne la soupente qui lui sert de bureau, en décapsulant une canette tiède de Kronenbourg. C'est sa troisième de la nuit qui s'achève. Il l'engloutit cul sec. Cela, entre autres, l'aide à tenir le coup.

Cela devait être une opération « sans problème ». Pourtant ils ont échoué cette nuit.

Ils s'efforcent de récupérer quelques maigres heures de sommeil inconfortable, avachis dans leurs sièges, les pieds sur leur bureau. La journée s'annonce longue et pénible. Tel est le prix d'une place dans cette brigade. Chargée de la traque des détraqués.

À quarante-cinq ans, le commissaire principal Deltil, second dévoué de la divisionnaire Sophie Ponchartrain, collectionne les dépeceurs de putes, les violeurs de cadavres, les pédophiles. Il a vu tout ce que l'humanité engendre de pourritures.

Ce matin, après une nuit harassante, lui et ses hommes en ont leur claque de ces malades. Marre des heures loin des leurs, des samedis et des dimanches envolés, d'aller au bout de leur résistance. Pourtant aucun ne laisserait sa place, aucun ne veut se résigner à l'échec. Aucun n'est prêt à décevoir cette patronne qu'ils respectent tant.

Voilà pourquoi, ce matin, aucun ne rentrera chez lui.

Sophie Ponchartrain passe sur son visage une lingette humide. On frappe à la porte. La lourde porte s'entrouvre. La chevelure rousse de Rachel apparaît.

La plupart du temps, elle la retient en queue-de-cheval, mais ce matin elle l'a laissée libre. Parfaitement brossés, ses cheveux flamboyants contrastent avec son chemisier blanc, boutonné jusqu'au cou. Sa patronne est plongée dans ses dossiers.

« Bonjour, madame, dit la jeune femme.

– Bonjour, Rachel. Vous êtes magnifique, ce matin.

– Merci, madame.

– Posez ça là, poursuit la divisionnaire en indiquant de la main une pile de dossiers. Merci.

– Sans sucre ! » précise Rachel.

La commissaire lève les yeux sur son assistante. Elle sourit. C'est une sorte de rituel entre elles. Un jeu. Cela fait plus de six ans que Rachel est dans son service et qu'elle précise en lui apportant son premier café du matin, à huit heures trente tapantes, qu'il est sans sucre...

Sophie Ponchartrain vide la tasse brûlante en deux gorgées.

« Vous pourriez m'en apporter un autre, s'il vous plaît ? »

La jeune femme hoche la tête, va repartir, hésite. Elle se lance :

« Vous ne l'avez pas eu ? »

Depuis le temps qu'elle côtoie cette femme, elle n'est jamais parvenue à se libérer. Elle connaît les limites à ne pas dépasser. Elle n'est que la modeste assistante de la « grande flic ». Elle s'applique à rester à sa place. Ponchartrain l'impressionne.

« De quoi parlez-vous, Rachel ?

– Le type sur lequel vous étiez cette nuit ? dit Rachel d'une voix timide.

– Ah, celui-là… Non. »

Rachel l'a appris par les gars de la brigade : ils l'ont raté de peu. Mais elle ressent le besoin d'en savoir davantage, de la bouche de la « patronne » elle-même.

« Il ne courra pas longtemps, madame ?

– Peut-être, mais en attendant, il a filé…

– Un second café, alors, madame ?

– Après une nuit pareille, j'en ai bien besoin. »

Rachel quitte la pièce.

« Fermez derrière vous, mademoiselle », s'agace la divisionnaire. Elle se reprend : « Rachel !

– Oui, madame ?

– Sans sucre ! »

Les deux femmes sourient.

3

Une fois seule, la divisionnaire Sophie Ponchartrain se repasse les événements de la nuit. Comment a-t-il pu leur échapper ?

Ils avaient tout : son identité, son adresse, un studio à Saint-Ouen, son pedigree, son CV, sa photo ! Guillaume Chambaraud, un jeune type de vingt-cinq ans, comptable, sans antécédents judiciaires. Brun, cheveux courts, yeux noirs. Un mètre soixante-quinze. Sur le cliché, il semble bien insignifiant. « Un petit minable de plus », a jugé la divisionnaire, la mine dégoûtée.

Pour une brigade comme la sienne, c'était presque un boulot de routine. Il ne restait plus qu'à le cueillir. Deux jours à peine avaient suffi pour « le loger ».

Un jeune type avait été signalé depuis quelques mois pour des exhibitions, exclusivement dans le sud de Paris : 13e, 14e, 15e arrondissements. Toujours le même topo : il baissait son froc et sortait son sexe. Les plaintes se multipliaient, un vague portrait-robot avait été établi, qui avait fait le tour des commissariats de Paris. L'homme semblait opérer exclusivement dans des parkings, où il parvenait sans doute à se glisser au moment où des véhicules entraient ou sortaient, et ses victimes étaient toujours des jeunes femmes entre vingt et trente ans. Mais en dehors de montrer sa bite, il ne faisait pas grand mal. Il remontait vite son pantalon et se carapatait dès que sa victime se mettait à hurler. Du menu fretin, et sa traque n'était pas une priorité, en tout cas pas celle de la brigade de Sophie Ponchartrain. Il y avait tant d'autres actes plus graves, tant de criminels à pourchasser...

Il tomberait tôt ou tard, on l'enverrait se faire soigner en psychiatrie et on l'oublierait.

L'affaire était devenue prioritaire huit jours plus tôt.

Dans un parking du 15e, un homme avait menacé une femme d'une quarantaine d'années avec un marteau et il l'avait violée. Il avait récidivé le lendemain, puis une troisième fois le jour suivant. L'affaire devenait hautement sensible : la presse s'était jetée sur l'affaire : le « violeur des parkings » agissait dans la capitale. C'était partout « peur sur la ville ».

Désormais, l'enquête avait pris un nouveau tour, et elle avait été confiée à la brigade de Sophie Ponchartrain.

Celle-ci était allée en personne interroger la dernière victime, dans sa chambre, à Saint-Antoine. Rien ne semblait relier, *a priori*, le violeur et le déséquilibré qui sortait son sexe devant les dames, jusqu'au moment où Ponchartrain avait présenté son portrait-robot à la femme.

C'est Rachel qui, « à tout hasard, on ne sait jamais... », avait soufflé l'idée à sa patronne : « Un parking ? Et s'il y avait un lien avec l'exhibitionniste ? »

Dans un premier temps, la femme n'avait pas reconnu l'homme dans le portrait qu'on lui montrait. Mais elle était sous le choc, et sous antalgiques. Ponchartrain avait insisté d'une voix douce : « Prenez tout votre temps, mademoiselle. Vous avez subi un traumatisme. Je comprends. Quand vous vous sentirez capable, regardez-le calmement. Après vous me direz – est-ce que vous trouvez des points communs avec votre agresseur ? »

Après un silence, elle avait repris, encore plus doucement : « C'est bien lui, n'est-ce pas, votre bourreau ? »

La femme avait fondu en larmes, en hochant la tête, bouleversée : « Je ne sais plus, je crois, oui, c'est les yeux... »

C'est ainsi que l'exhibitionniste s'était mué en violeur. Vingt-quatre heures plus tard, la police savait tout de lui. Ne restait plus qu'à le cueillir.

Il fallait faire vite, les journalistes seraient impitoyables : pourquoi n'avait-on rien fait pour stopper plus tôt ce pervers ?

Ponchartrain avait envoyé une équipe réduite de quatre hommes à Saint-Ouen pour l'arrêter, pensant le surprendre dans son sommeil. Mais personne n'avait répondu quand ils avaient frappé, et ils avaient finalement enfoncé la porte. Le studio était vide. L'unique fenêtre, donnant sur la cour, était ouverte. C'est par là, du premier étage, que Chambaraud avait sauté, avaient-ils conclu.

Il est parvenu à filer. Comment un tel raté est-il possible ? Ponchartrain fulmine de l'avoir sous-estimé. Trop sûrs d'eux, ils n'ont pas bien sécurisé la zone. Ponchartrain dit à ses hommes qu'elle assume la responsabilité de cet échec. « Ce fumier est plus malin qu'on ne le croyait », reconnaît-elle d'un air grave. Elle les rassure : « Il ne courra pas longtemps. Il n'a plus de planque, pas beaucoup de pognon. Il est aux abois, vous allez le trouver. Je veux que vous me le trouviez. »

Cet échec lui donne des envies de meurtre. Ce fumier de Chambaraud ne l'humiliera pas longtemps.

Rachel revient avec le second café, une chemise cartonnée sous le bras.

« J'ai les rapports de la nuit.

– Merci, Rachel », dit la divisionnaire.

Elle ouvre la chemise, parcourt rapidement les informations. Elle s'arrête soudain sur un télex.

Ce matin, jeudi 22 mars 1990, Nicolas Thomas a été placé en liberté conditionnelle. Il est sorti à sept heures trente de la prison de Clairvaux (Aube) après trente ans d'incarcération.

La brève précise l'adresse de son employeur en Normandie, qui va l'accueillir les premiers mois de sa conditionnelle – « Il y a vraiment des imbéciles sur cette terre », commente

Ponchartrain à haute voix – et les conditions restrictives de sa libération.

Cela pourrait n'être qu'une information de plus, dans la masse qui lui parvient chaque matin.

Mais pas pour la commissaire divisionnaire Sophie Ponchartrain.

4

Après avoir payé et récupéré sa monnaie, Nicolas Thomas aurait dû s'asseoir au premier rang, juste derrière le chauffeur. Cela lui aurait évité tous ces regards appuyés tandis qu'il progresse dans la travée vers le fond de l'autocar déjà bien rempli. Les passagers ont le temps de le dévisager sans retenue, comme un animal de cirque. Ils savent qui il est : forcément l'un de ces salopards qui sort de prison. Et à Clairvaux, il n'y a pas d'anges...

Les habitués du car du matin connaissent ces types qui montent à l'arrêt de Clairvaux. Il faut avoir tué père et mère pour quitter ainsi une prison, solitaire, sans personne pour vous attendre.

Plus tard, certains diront qu'à la différence des autres, qui trimballent leur fatras dans une mauvaise valise, celui-là n'avait qu'un petit sac à dos, presque vide.

Ils se souviendront de son regard transparent. Ce bleu qui met mal à l'aise.

Les gens comme lui intriguent, inquiètent aussi. Tout au long du trajet jusqu'à Bar-sur-Aube, personne ne lui adresse la parole, ne tente d'entrer en contact, ne veut savoir le temps qu'il a passé là, dans ce trou à rats. Encore moins pourquoi il a été condamné. Ce n'est pas la curiosité qui leur manque, mais le courage ou la hardiesse. Comment engager une telle conversation ? Alors, on se contente de l'observer, d'imaginer ce que cache ce visage fermé, ce monsieur silencieux qui a posé son sac sur ses genoux, un blouson de cuir d'un autre âge sur le dos. Ils se retournent sur lui. Très vite, se voulant discrets, juste pour voir. Voir à quoi ressemble un assassin.

Il a trouvé une place à l'avant-dernier rang. La jeune femme brune à côté de laquelle il s'assoit se tasse par réflexe contre la vitre, agrippe son sac à main posé sur ses genoux. Il a fallu que ça tombe sur elle.

Il dit : « Bonjour, mademoiselle. »

Elle a failli rectifier. Elle n'a que vingt-trois ans, mais elle est « madame », Mme Jean-Joseph, depuis trois ans. Elle est même maman. Le petit Martin a treize mois. Il dit « maman » (ce qui suffit à lui faire monter les larmes aux yeux) et, déjà, se met sur ses deux pattes. Antoine Jean-Joseph est garagiste. Elle est secrétaire médicale, dans un cabinet de Bar-sur-Aube. À eux deux, ils gagnent mille neuf cents francs. Suffisamment pour pouvoir acquérir bientôt un petit pavillon. Bien sûr, quand on est gamine, on rêve de grands espaces. Mais, tout compte fait, Pauline – c'est son prénom – est contente de sa vie. Elle est heureuse, pour tout dire.

Elle se sent obligée de répondre d'un rapide « bonjour », puis fouille dans son sac, attrape son journal (elle est abonnée à *Femme actuelle*) et s'y réfugie. Elle sent la présence de l'homme à ses côtés. Son odeur de transpiration, mêlée à celle de la cigarette qui imprègne ses vêtements, jusqu'à son blouson de cuir. Elle voudrait changer de place mais n'ose pas. Ce serait impoli. Ce soir, elle racontera à Antoine comme elle était gênée d'être assise à côté de ce type venu d'un autre monde, qu'elle n'a pas le courage de regarder et qui la rend fébrile.

Elle s'écarte un peu pour échapper à son odeur.

Elle entend déjà sa réaction. Il s'inquiétera : « Il ne t'a pas embêtée ? » Mais très vite, il plaisantera. Antoine ne prend jamais les choses au sérieux, taquine souvent sa jeune femme qui s'affole vite pour des riens. Une petite poussée de température de Martin suffit pour qu'ils foncent chez le docteur… Il dira : « Un bon coup de boule, ça l'aurait calmé. Il va falloir te mettre au kung-fu, ma grande ! »

Elle s'indignera : « Il est monté à Clairvaux ! Si tu avais vu sa tête d'assassin ! »

– Ah ah, peut-être que c'était un serial killer, qui sait ? » Elle sourit à la simple idée de les retrouver ce soir, lui et son Martin. Il la prendra dans ses bras et elle oubliera tout ça.

Elle songe : « Je vous aime tant. »

Pour l'instant, il y a pire que l'odeur âcre qui se dégage de lui. Il y a cette inquiétude diffuse qui s'empare d'elle petit à petit. Pourtant l'homme est calme, silencieux. Il ne bouge pas. Son regard est perdu sur la campagne monotone qui s'étend autour d'eux. Il est maigre, pas très grand. C'est un homme encore jeune, mais impossible de lui donner un âge.

Derrière l'apparence ordinaire et inoffensive de son voisin, elle sent la force qui émane de lui. Elle se dit que c'est la force du mal – Pauline a un esprit romanesque. Et plus elle y pense, plus elle a peur. Si peur qu'elle laisse tomber son journal. L'homme se penche, le rattrape sous le siège et lui rend. « Merci », murmure-t-elle. Il grimace un sourire, découvrant ses dents jaunies. Deux incisives lui manquent. Il en devient encore plus effrayant. Le pire, ce sont ses yeux bleus délavés, ce regard glaçant qu'il plante sur elle, quelques secondes à peine.

Bientôt elle transpire, prie pour que l'on arrive vite. Elle se force à regarder le paysage qui défile trop lentement.

Partout les conversations ont repris. Dans l'autocar, il n'y a qu'eux deux qui se taisent.

Dans le reflet de la vitre, elle voit le visage de l'homme. Elle jurerait qu'il sourit.

5

La divisionnaire reconnaît immédiatement le nom de celui dont on vient de lui signaler, comme à tous les services, la sortie de prison.

Nicolas Thomas.

Les souvenirs lui reviennent en rafale.

Elle n'était à l'époque qu'une jeune inspectrice fraîchement arrivée à la Criminelle avec une paye de soixante-quinze mille anciens francs. Ce n'était ni la chance ni le piston qui lui avaient valu cette affectation. Elle était sortie deuxième de sa promotion deux ans plus tôt, en 1958.

Elle enrageait de ne pas être sortie major. Elle l'aurait mérité pourtant, et cela aurait définitivement claqué le beignet à tous ces types qui ne la calculaient pas. Mais deuxième, c'était déjà un exploit à l'époque. Alors, elle avait ravalé sa déception et s'était promis de ne pas s'arrêter en si bon chemin.

Des femmes flics, il y en avait si peu à l'époque qu'on la regardait comme une incongruité, une erreur de la nature. Elle s'en moquait. Dès ses premiers pas dans la police, elle avait compris que pour s'imposer elle devrait en faire dix fois plus que ses collègues masculins.

Pour ça, la jeune Sophie avait un atout maître : déjà, toute gamine, elle ne craignait rien ni personne et, déterminée à marcher sur les traces de son père, voulait faire ce boulot. Son père l'avait poussée dans cette voie. « Ma dernière est un garçon manqué », rigolait-il. Très vite il avait constaté sa détermination, son caractère bien trempé, avait été sûr qu'elle irait loin. Cette fille qu'il avait élevée entièrement seul l'impressionnait. Ça l'amusait de la voir, adolescente, se passionner pour les criminels les plus endurcis, et de l'entendre jurer comme un charretier quand elle se fâchait.

Quand elle était entrée à l'École de police, elle était résolue à ne pas se contenter, comme lui, d'un bureau obscur à la préfecture. Elle avait travaillé d'arrache-pied pour en sortir en bon rang. C'était capital pour qu'on ne puisse pas la refuser à la Criminelle, dont elle rêvait.

Son arrivée dans la brigade fut loin de faire l'unanimité. « C'est pas un boulot pour une femme », « Ça sait tenir un pistolet ? », « Il me tarde de la voir face à une brute de cent kilos », entendait-elle. Et bien sûr, les plaisanteries salaces fleurissaient : « Sûr que c'est une gouine », « Tant qu'à devoir se farcir une gonzesse, on aurait préféré Brigitte Bardot ! ».

« Moi, il faudrait me payer très cher pour la niquer », avait tranché l'inspecteur Bellaiche, connu pour ne pas être regardant sur ses conquêtes. Ses collègues ne prenaient pas de gants, parlaient assez fort pour qu'elle les entende, raillaient son allure et ses sempiternels ensembles, tailleur sombre et chemise blanche.

Sophie n'était pas allée se plaindre (surtout pas), ne s'était pas rebiffée (inutile d'entrer dans leur jeu). Elle avait vite compris que ce n'était pas de cette manière qu'elle s'imposerait et avait opté pour la patience. Elle s'était faite discrète, tout en redoublant d'efforts, avait fait fi des moqueries, des critiques, des regards méprisants ou machos. Tout cela, elle l'encaissait, l'enfouissait en elle. Elle attendait son heure.

À force d'investissement quotidien, toujours là, toujours volontaire pour les tâches les plus fastidieuses, toujours partante pour les planques interminables, elle s'était peu à peu rendue indispensable. Elle se chargeait des pensums administratifs qui rebutaient ses collègues, faisait profil bas.

Et peu à peu, elle prit possession des lieux et se gagna une indulgence teintée d'estime. Elle impressionnait par ses performances au stand de tir. Elle qui avait toujours détesté boire, elle s'imposait sans en avoir l'air aux pots qui rythmaient la vie de la brigade. Elle se mit à parler leur langue, à rire à leurs blagues égrillardes. Son physique sans grâce et assez masculin la protégeait : grande, tout en muscles, les cheveux noirs coupés au carré qui lui donnaient un air sévère. Ils ne la voyaient ni comme une proie ni comme une rivale, et prirent l'habitude de lui faire leurs confidences, comme à une frangine, une bonne copine toujours disponible...

Ainsi, petit à petit, elle trouva sa place dans ce monde où elle était l'unique femme.

Elle avait vu Nicolas Thomas pour la première fois dans l'escalier du 36, quai des Orfèvres, le jour de son arrestation, le 19 avril 1960. Encadré par quatre flics, il montait, menotté, tandis qu'elle descendait se chercher un sandwich. Elle s'était collée au mur pour les laisser passer. Le jeune homme blond, mince, aux allures d'adolescent, l'avait dévisagée, cherchant son regard, tout en continuant de monter. Elle n'avait pas bronché, avait soutenu son regard bleu pâle. Ce type était une ordure, « une bête, pas un être humain », avait résumé le commissaire, André Fasseta, un vieux de la vieille, toujours tiré à quatre épingles.

Elle avait senti, elle, que le jeune homme avait peur. Il était perdu, et son regard était un appel à l'aide.

Un des flics lui avait ordonné de regarder devant lui et d'avancer plus vite.

Elle avait oublié son sandwich et était remontée avec eux.

La brigade l'avait repéré dans un taudis de Gennevilliers.

L'opération se tiendrait au matin, mais Sophie n'en serait pas. Ordre du patron : « Ce n'est pas la place d'une jeune femme. » Elle avait passé la nuit au 36, s'était assoupie dans son fauteuil, espérant un changement de dernière minute, qu'au dernier moment Fasseta revienne sur sa décision. Mais il n'avait pas cédé.

« Tu tiens la boutique, avait-il lancé en partant.

– Bien, monsieur », avait-elle répondu. Elle avait assisté de sa fenêtre au départ des hommes dans le petit matin. Bouillonnant de rage. Elle avait bossé comme une tarée sur ce dossier et, au meilleur moment, ces enfoirés l'écartaient.

Mais elle ne montra rien de sa rancœur. Cette nuit-là, elle décida de ne jamais renoncer. Un jour, ce serait elle qui distribuerait les bons points, se promit-elle.

Thomas se planquait là depuis des jours, à fumer des joints et à se bourrer la gueule en compagnie d'une fille, très jeune mais déjà ravagée par l'héro et la picole. Quand les flics l'avaient obligé à se lever, il était à moitié défoncé. Il n'avait pas tenté de fuir, s'était laissé passer les bracelets sans protester, sans même demander pourquoi on l'embarquait.

Il avait de toute évidence dormi tout habillé. Jean et blouson de cuir noir. Comme l'homme qui avait bousculé un voisin d'Emmanuelle Malaval, en quittant en toute hâte l'immeuble où habitait la jeune femme, à Asnières. Des taches de sang maculaient le jean de l'inconnu, avait assuré le voisin, un certain Gauthier Hourcade. C'était l'un des rares témoignages visuels dont disposaient les enquêteurs, mais il était de poids. Hourcade avait été catégorique quand on lui avait montré le jeune homme, mêlé à d'autres, derrière une vitre teintée. Quant à Emmanuelle Malaval, une jeune femme brune de vingt-trois ans, elle était morte, éventrée à coups de couteau.

La fille roulée en boule sur le matelas à côté de Thomas s'était réveillée. À poil, elle s'était levée, s'était mise à vociférer et à injurier les flics. L'un d'eux l'avait giflée calmement : « Ferme ta gueule, connasse. Quand tu sauras ce que ton mec a fait, tu n'en reviendras pas d'être toujours en vie.

– Qu'est-ce qu'il a fait, "mon mec" ? Il a baisé ta femme ? l'avait provoqué la fille.

– Ton chéri, c'est un tordu de première, avait répondu l'inspecteur Bellaiche d'un ton posé. Tu as tes papiers ? Comment tu t'appelles ?

– Qu'est-ce que ça peut te foutre ?

– Continue ce petit jeu, et tu vas le regretter. »

Elle semblait prête à lui sauter dessus, mais à ce moment, le garçon blond avait paru se réveiller : « Qu'est-ce qui se passe ? » avait-il demandé comme s'il ne s'était même pas rendu compte que les policiers lui avaient passé les menottes.

« Qu'est-ce qui se passe, Nico, pourquoi ils t'emmènent ? avait hurlé la fille, à demi hystérique.

– Je sais pas. » Puis il s'était tourné vers les flics : « C'est qui, cette fille ? Je la connais pas » et, docilement, il les avait suivis. Quelques flics étaient restés pour fouiller l'appartement innommable, où cohabitaient une quinzaine de branleurs. Tous avaient été interrogés, mais c'est tout juste s'ils pouvaient donner le prénom du mec blond. En résumé : il était là depuis peu, était sympa et ne faisait chier personne, il ne parlait pas beaucoup.

Soulevant le matelas, ils avaient trouvé un grand couteau, genre couteau de boucher. Le flic l'avait brandi sous les yeux de la fille.

« Et ça, tu l'as jamais vu non plus ? Il a l'air drôlement bien aiguisé, tu trouves pas ? »

La fille s'était décomposée.

« Il a fait quoi, Nico ? avait-elle sangloté.

– Quand tu le sauras, tu regretteras toute ta vie d'avoir baisé avec lui », avait répondu froidement Cabrera.

La fille s'était enroulée dans la couverture marron, s'était recroquevillée dans un angle de la pièce.

« Il ne m'a pas baisée », avait-elle bredouillé en tentant de croiser le regard des policiers qui s'activaient autour d'elle. Mais personne n'avait prêté attention à ses mots, prononcés à voix basse, honteuse.

6

Sophie Ponchartrain ôte sa veste grise, la jette sur la chaise en face d'elle, par-dessus un tas de dossiers. Les piles s'amoncellent, occupant tous les espaces disponibles. Des affaires résolues depuis longtemps, d'autres toujours en cours. Elle seule s'y retrouve dans ce désordre. Un jour, Rachel avait fait le ménage, tout trié et rangé dans l'armoire métallique. En découvrant cela, Sophie avait blêmi, tremblante de rage. Elle n'avait pas pipé mot, ni fait aucune remarque. Méthodiquement, elle avait ressorti les dossiers, les avait remis à leur place. Cela avait suffi. Plus jamais Rachel n'avait refait l'erreur d'y toucher.

Sophie vide sa tasse de café tiède jusqu'à la dernière goutte.

Des événements d'avril 1960, elle n'a rien oublié.

Après l'arrestation de Thomas, elle avait été autorisée à assister à l'interrogatoire à condition de rester en retrait, de ne pas ouvrir la bouche. Elle le voyait de trois quarts. Ses cheveux blonds étaient courts, bouclés, il lui offrait sa nuque parfaitement taillée. « Bonne pour le bourreau », avait-elle pensé. À plusieurs reprises, il s'était retourné vers elle. Elle avait soutenu son regard. Il ne l'impressionnait pas. Il la dégoûtait.

Ainsi, c'était ça un monstre ? Cet être à l'apparence si ordinaire, ce jeune au regard halluciné, qui ne savait pour seule défense que nier, encore et encore. Ce n'était pas lui, il n'avait jamais fait de mal à personne, il ne comprenait pas pourquoi il était là.

Les collègues de la brigade lui présentaient les faits, un à un, il s'obstinait, répétant les même mots simples : « J'ai rien fait, je veux partir… Je suis crevé, il faut que je dorme. J'ai rien fait de mal. »

« Il n'a pas beaucoup de conversation, notre ami, avait ironisé le commissaire. On va t'aider à retrouver ta langue, ne t'en fais pas ! »

Mais non, cet homme aux vêtements tachés de sang, qu'un témoin avait formellement identifié, après l'avoir vu sortir de son immeuble, à Asnières, où Emmanuelle Malaval avait été retrouvée morte dans sa chambre de bonne, ce n'était pas lui. Il ne connaissait même pas Asnières, il n'y avait jamais mis les pieds ! « Qu'est-ce que je serais allé foutre là-bas ? »

Bien sûr qu'il la connaissait, Emmanuelle Malaval, mais c'était il y a une paye, au lycée, à Bourges ! Il ne l'avait jamais revue, et il ne l'avait pas tuée, cette fille. Maintenant, il s'en foutait d'elle.

Pourtant, n'avait-elle pas porté plainte contre lui pour l'avoir agressée à la sortie de son lycée, en 1956, quatre ans plus tôt ? Il était furieux : cette garce l'avait plaqué comme un moins que rien, puis elle l'avait accusé, elle lui en avait mis plein la figure, juste pour se faire mousser auprès de ses copains. C'est vrai, il était allé la trouver à la sortie du lycée, il voulait qu'elle revienne, il était tellement malheureux, il n'allait pas se laisser faire comme ça, quand même ! Alors il l'avait suivie, l'avait harcelée pendant des jours, avait menacé de se tuer, avait menacé de la tuer… Bref, il avait dit n'importe quoi, ça arrive à tout le monde. Mais il y avait des témoins. Elle avait pris peur, soi-disant, et ses parents, des bons bourgeois de la petite ville du Cher, avaient porté plainte. Il avait fait six mois dans un centre pour jeunes délinquants où il en avait bavé. Il ne lui avait pas pardonné. En plus, « à cause de ses menteries », il avait été viré de son boulot dans un garage de Bourges. Mais de là à se venger aussi sauvagement, de la torturer, de la tuer… Il ne touchait pas aux bonnes femmes, lui !

Quelques jours après la découverte d'Emmanuelle, il y avait eu cette fille, qui lui avait échappé par miracle. Elle avait hurlé au moment où une voiture remontait la rampe, tellement fort qu'il avait fui. Elle aussi l'avait formellement reconnu. Mais non, elle se gourait, ou alors elle était folle. « Encore une de ces mythos qui inventent des histoires. » Il en appelait à ses parents, qui l'avaient élevé « dans le respect d'autrui ».

« Tu parles... Tes parents, ils ne veulent pas te voir, avait lancé Bellaiche. Ils ne veulent même plus entendre parler de toi. »

Trois autres assassinats, d'une sauvagerie inouïe, avaient suivi celui d'Emmanuelle les semaines suivantes. Trois jeunes femmes, une étudiante en médecine et une vendeuse de chaussures, massacrées chez elles, une femme d'une trentaine d'années, sans profession, retrouvée dans une cave dans le 15e. Toutes portaient la marque du même tueur, abandonnées, vidées de leur sang, éventrées du pubis au sternum. Il les avait massacrées, mais aucune n'avait été violée.

D'emblée, le meurtre d'Emmanuelle Malaval avait mis les enquêteurs sur la piste de Thomas. Ses parents l'avaient confirmé : leur fils était un garçon violent. Après sa première condamnation, ils n'avaient plus voulu avoir aucun contact avec lui, et l'avaient foutu à la porte à sa sortie du centre pour jeunes délinquants. Il avait erré depuis de foyer pour mineurs en difficulté en logement insalubre occupé par des marginaux, de petit boulot en petit boulot. Un appel anonyme, passé par une femme (les flics soupçonnaient sa propre mère), avait permis de le localiser à Gennevilliers.

Thomas s'exprimait avec gêne, utilisant des mots simples.

De sa vie, il n'était jamais allé porte de Versailles, sauf une fois, au Salon du poids lourd, et encore moins à Asnières, « un bled pour les riches, pas pour moi. La Malaval, je ne sais même pas ce qu'elle est devenue. » Les autres filles, il n'en avait jamais entendu parler. Le couteau couvert de sang n'était pas à lui. Il ignorait comment l'arme s'était retrouvée sous son matelas. Il avait fallu que le patron retienne Cabrera, qui avait failli se jeter sur lui quand il avait accusé les flics de l'avoir mis là exprès, d'avoir monté le coup. « C'est dégueulasse, ce que vous faites », s'était-il insurgé.

Deux jours durant, les flics s'étaient heurtés à un mur. Ils avaient usé de toutes les manœuvres. Il y avait les gentils qui lui apportaient à manger, lui servaient un café, lui offraient des Gauloises, disant qu'ils ne le jugeaient pas, qu'il s'en tirerait en avouant tout et en plaidant la repentance, qu'il verrait des médecins, qu'on le déclarerait « irresponsable ». Il irait à l'hôpital et sortirait une fois soigné, ce serait l'affaire de quelques mois seulement. Ils assuraient que sa jeunesse lui garantirait la clémence du tribunal. À tout cela, il répondait qu'il ne comprenait rien à ce qu'on lui disait, qu'il n'avait rien à voir avec tout ça.

D'autres jouaient les méchants. Ils lui plantaient sous les yeux les photos des victimes massacrées, le forçaient à regarder les images atroces. Ils le harassaient de questions, sans relâche, l'insultaient, le menaçaient. Christian Cabrera, vingt ans de maison, l'air brutal et mauvais, lui avait promis de le conduire en rase campagne pour lui foutre une balle dans le bide et le laisser crever. « Ni vu ni connu, ce ne serait pas la première fois qu'on se débarrasse d'une ordure de ton genre.

– Vous pouvez pas, vous ferez jamais ça avec moi ! » s'était-il mis à hurler, terrifié, avant de fondre en larmes en jurant de plus belle qu'il était innocent.

« Il s'est vraiment chié dessus, ma parole », s'était vanté Cabrera.

Lorsqu'il s'était calmé, Thomas avait protesté contre leur acharnement. « Vous vous trompez, vous perdez votre temps, au lieu de chercher le vrai meurtrier. Vous verrez, vous le regretterez, quand vous aurez une autre morte sur les bras. » Les flics jouaient contre la montre, plaidaient le faux pour savoir le vrai, cherchant la faille : le sang sur le couteau était celui de sa dernière victime, affirmaient-ils, ses empreintes digitales avaient été relevées dans les appartements des jeunes femmes. Ils le cherchaient : « Tu n'arrives pas à bander, hein ? C'est pour ça que tu les massacres ! »

En vérité, ils ne disposaient d'aucun élément concret, et leur seule chance était d'obtenir ses aveux.

Mais Thomas ne craquait pas. En dépit de leurs certitudes et des présomptions qui pesaient sur lui, on n'avançait pas.

Le temps passait, on arrivait au terme de sa garde à vue, et les flics étaient à bout, plus que lui, aurait-on dit. Ils étaient convaincus qu'il ne s'en tirerait pas, que l'enquête leur donnerait raison, et ne pouvaient admettre d'avoir échoué à conclure l'affaire de manière triomphale, par des preuves ou des aveux définitifs.

Quand ils lui avaient finalement ordonné de se lever, lui annonçant qu'ils l'emmenaient chez le juge pour être inculpé de quatre assassinats avec torture, il s'était rebellé. « Je n'ai rien fait. Vous n'avez pas le droit. Je veux rentrer chez moi.

– Chez toi ? C'est la taule, ton chez-toi, maintenant ! avait persiflé Cabrera. Allez, lève ton cul et tends tes mains ! »

Le jeune homme ne bougea pas de sa chaise, en larmes, l'air dévasté.

« Je peux vous parler, patron ? »

C'était Ponchartrain. Très calme, elle avait pris Fasseta à l'écart derrière la porte : « Laissez-moi lui parler, patron.

– Lui parler, mais à qui, bon Dieu ? s'était étonné Fasseta.

– À lui. Laissez-le-moi un moment. Thomas est un type fruste, mais il est vicieux, et il est malin. Il y a une chose qu'on n'a pas encore exploitée : son point faible, c'est les femmes. À moi, il va parler.

– Vous vous prenez pour qui, ma petite ? » Il semblait plus abasourdi que fâché.

« Je sens que je peux y arriver, avait-elle répondu avec modestie. Laissez-moi essayer, ça ne coûte rien.

– Nous n'avons plus de temps à perdre, Ponchartrain, ce salopard nous a enfumés, c'est au juge de jouer, à présent », avait-il coupé avec agacement.

Les autres s'étaient rapprochés et tendaient l'oreille. Certains souriaient ouvertement. « Elle se mêle de quoi, cette gonzesse ? »

« Croyez-moi, il parlera à une femme, avait-elle insisté avec une autorité qui les avait tous pris de court.

– Vous vous sentez de taille ? avait grimacé Fasseta.

– Vous pensez que je ne le suis pas ? Parce que je suis une femme ?

– Bon, ça suffit, les conneries, on perd du temps, là, commissaire, le juge attend. » Peut-être que si Bellaiche n'était pas intervenu, le patron n'aurait pas changé d'avis. Mais Fasseta n'aimait pas qu'on lui dicte ses décisions.

« OK, Ponchartrain, avait-il tranché. Il est à vous. Vous avez une demi-heure.

– Merci, chef. Parfait. Maintenant, il faudrait lui ôter les menottes et nous laisser seuls, avait-elle demandé de la même voix douce.

– Quoi ? s'était étranglé Cabrera.

– Abandonner une gonzesse avec un tueur, les mains libres ? Elle est timbrée ? » avait ajouté Bellaiche.

Ignorant son collègue, Ponchartrain s'était tournée vers le commissaire.

« Je le veux seule à seul, patron. C'est le seul moyen.

– Réfléchissez, Ponchartrain, une femme seule avec un tueur en série, c'est très dangereux. »

Elle l'avait fixé sans rien dire. Il avait soupiré.

« Bon, nous ne serons pas loin.

– Merci, patron. Je ne vous décevrai pas.

– Touchons du bois ! avait-il grommelé en tapotant la tête de la jeune femme. Vous êtes sacrément têtue, Ponchartrain ! » Puis il avait annoncé à voix haute : « Je vous donne une demi-heure, pas davantage. On vous laisse. Mais faites gaffe…

– Bonne chance, avait ironisé Cabrera.

– Ferme la porte derrière toi », avait répliqué la jeune flic, tandis qu'elle réunissait ses cheveux noirs en une courte queue-de-cheval.

Quand elle avait pénétré dans la pièce, Nicolas Thomas s'était rassis, avec ce qui ressemblait à du soulagement sur le visage. Il la regardait, une lueur d'espoir dans les yeux.

7

Il pourrait continuer jusqu'à Troyes, le terminus de ce car qui traverse l'Aube. De là, il prendrait le train pour Paris et ensuite direction la Normandie, où l'attend l'horticulteur. Il doit s'y présenter au plus tard dans quarante-huit heures, avec obligation de pointer à la gendarmerie tous les jours, pendant trois mois. Ils décideront ensuite si ce régime strict peut être allégé.

Sa liberté conditionnelle est à ce prix, l'ont-ils prévenu. « Ne nous faites pas regretter notre décision. »

Il a promis de ne pas les décevoir.

Il s'écarte, glisse ses jambes sur le côté pour laisser passer la jeune femme brune. Elle le frôle, ne peut éviter de le toucher, sa robe se soulève un brin et il sent la fermeté de ses cuisses contre son genou. Sa silhouette fluette se glisse vers la sortie, entraînée par le flot des voyageurs, tandis que l'autocar se vide presque d'un coup. Ce n'est qu'alors qu'il prend la décision de descendre, obligeant ceux qui veulent monter à s'écarter pour lui faire de la place.

Il repère la jeune femme à une cinquantaine de mètres de lui. Elle porte une veste de coton bleu sur sa robe fuchsia. Le vent balaie ses longs cheveux bruns. Sa robe se soulève, offrant un instant à Thomas ses jambes fines.

Il fait beau, le soleil tiède baigne sa silhouette juvénile et gracieuse. La météo a annoncé des températures proches des vingt degrés, rarissimes pour un mois de mars.

Elle s'éloigne d'un bon pas, semble pressée de rejoindre son travail. En réalité, elle a besoin de marcher vite, comme si elle voulait effacer l'étrange impression, le malaise qu'elle a ressenti dans le car au côté de cet homme silencieux et inquiétant.

Il n'a pourtant rien tenté, est resté à bonne distance, n'a pas approché son genou comme tant d'autres le font, il ne lui a pas adressé la parole. Souvent elle doit remettre à leur place des voisins trop entreprenants. Ils prennent leurs aises, tentent d'engager la conversation, s'assoient un peu trop près, laissent traîner leurs sales pattes. Elle sait bien ce qu'ils veulent. Elle se ferme, répond sèchement, met vite un terme à leurs tentatives. Si ces lourdauds, avec leur alliance au doigt, savaient à quel point elle aime son Antoine, ils n'essayeraient même pas. Elle reconnaît quelques-uns de ces types, le matin, dans le car. Mais aucun ne cherche plus à l'importuner, et ils choisissent un siège loin d'elle.

Il la voit s'éloigner, prendre la rue à droite. Alors seulement, lorsqu'elle disparaît vers le centre de la petite ville, il se met en marche. Quand il atteint l'angle de la rue, elle a une centaine de mètres d'avance. Il presse un peu le pas.

Il allume une cigarette, savoure une profonde bouffée, sans la quitter des yeux. Sans trop savoir pourquoi, il ne veut pas la perdre de vue.

Elle s'arrête soudain, pénètre dans une cabine téléphonique. Comme tous les matins, elle prend quelques instants ici pour appeler son Antoine. Il tient à savoir si le trajet s'est bien passé. Elle lui avait raconté que des types l'importunaient, au début, et il avait promis de l'accompagner si « ces vieux vicelards » recommençaient. Cela n'arrive plus, mais c'est devenu un rituel entre eux deux. Elle doit l'appeler chaque matin à neuf heures moins le quart précises, juste avant de rejoindre son travail. Ils se parleront encore à midi, puis un peu avant dix-huit heures, quand elle quittera le cabinet médical. Il la récupère une demi-heure plus tard à l'arrêt de Ville-sous-la-Ferté, avec le petit qu'il est allé chercher chez la nourrice. La routine est immuable.

Elle ne lui parle pas de l'homme bizarre qui était à côté d'elle. Il lui reprocherait gentiment d'être trop craintive. Ils en riront ce soir… Elle préfère échanger des bisous et entendre ses « je t'aime ». Il lui dit qu'il voudrait la prendre dans ses bras. Elle répond qu'elle aussi. Elle ne raccroche jamais, c'est lui qui doit le faire le premier. Tandis qu'elle sort de la cabine, elle manque de laisser tomber son journal. Elle l'enfouit dans son sac, sous le sandwich au saucisson et la pomme verte qu'elle mangera tout à l'heure, assise sur un banc, après s'être promenée en ville. Elle passera aussi au centre Leclerc pour acheter des couches et des petits pots.

Après plusieurs jours de temps maussade, il fait trop beau pour rester enfermée au cabinet. Elle se réjouit de ce soleil inespéré.

Elle presse le pas pour ne pas être en retard. Elle n'a pas vu l'homme qui la suit des yeux et la regarde entrer dans un petit immeuble neuf.

Lorsqu'il passe devant le bâtiment quelques minutes plus tard, il lit les plaques qui encadrent la porte vitrée. Il y en a cinq : deux dentistes, un kiné, un médecin, un orthophoniste – il n'a jamais entendu parler de ce métier. Il s'écarte pour laisser entrer une vieille dame. Au fond, derrière une autre porte vitrée, assise à un comptoir de bois clair, il aperçoit la jeune femme. Il détourne la tête de peur qu'elle ne le voie et s'éloigne rapidement.

Mais Pauline Jean-Joseph est bien trop affairée à répondre aux appels qui se succèdent depuis qu'elle a passé la porte. Elle n'a même pas eu le temps de retirer sa veste bleue.

De l'autre côté de la rue, un homme regarde Nicolas Thomas traverser et s'éloigner.

8

Sophie Ponchartrain se remémore son face-à-face avec le monstre au visage d'enfant, aux cheveux blonds, trente ans plus tôt. Elle s'en souvient comme si c'était hier.

Elle connaissait le dossier à fond, savait tout de lui. Il avait grandi dans un village du Cher, entre un père alcoolique, brutal et bagarreur, et une mère absente. Petit, il était mignon comme un cœur, avec ses boucles d'angelot. C'est plus tard que les choses s'étaient gâtées. Il avait fait des petites conneries avec ses copains du village. Les gendarmes l'avaient dans le collimateur. Une bêtise, et c'était forcément lui. Il avait été envoyé en lycée professionnel à Bourges, pour apprendre la carrosserie. Et puis, un jour, il n'avait pas dix-sept ans, il avait été accusé d'avoir agressé une adolescente avec qui il avait eu une amourette. Il avait passé six mois dans un centre pour délinquants juvéniles, à l'époque. Les parents de la fille, des notables de la ville, avaient le bras long. Depuis, en rupture familiale, sans attaches, il errait de boulot en boulot. Il avait un CAP de carrossier, mais ne tenait jamais plus de quelques semaines quand il trouvait un emploi dans un garage. Trop nerveux, batailleur, il n'aimait ni les patrons, ni les ordres. Il tenait avec les allocations, et plusieurs fois il avait été interpellé pour vol à l'étalage. Il avait vécu dans un foyer de jeunes travailleurs en banlieue nord avant de prendre ses quartiers dans ce taudis de Gennevilliers qui avait un avantage notable : il y trouvait des filles.

Et puis, un jour, « allez savoir pourquoi », avait dit le patron, il était passé à la vitesse supérieure.

Le commissaire Fasseta n'était pas homme à chercher plus loin : « Ce Thomas est pourri jusqu'au trognon. Depuis qu'il est gamin, il a le mal ancré en lui. Il faut que la société s'en débarrasse ! »

Pour Sophie, c'était l'occasion ou jamais de faire ses preuves. Elle devait le faire avouer. Si elle y parvenait, elle serait enfin admise dans cette brigade d'hommes.

« Dès que je l'ai eu en face de moi, j'ai eu l'impression de rencontrer le diable », avait-elle dit plus tard à un journaliste de *France Soir*. Cette phrase fut reprise en titre, à la une du journal. Elle confiait dans une interview, triomphalement annoncée comme « exclusive », qu'elle n'oublierait jamais le regard bleu de Nicolas Thomas. Un regard « qui donnait le frisson, qui venait de si loin qu'il semblait vouloir capturer l'autre, l'aspirer ».

Dans le couloir, entouré de ses hommes, prêt à intervenir au moindre signe, Fasseta l'avait entendue annoncer d'une voix claire : « Nicolas, vous pouvez avoir confiance en moi. Je suis là pour vous aider. Mais pour ça, il va falloir tout me raconter. »

Elle avait baissé le ton : « Savez-vous pourquoi vous êtes là ? »

« Une championne, patron ! C'est sûr, le mec va s'allonger direct, avait ironisé Cabrera.

– Pour moi, elle est vraiment dingue, avait commenté un autre.

– Je comprends toujours pas ce qu'elle fout chez nous. Débarrassez-nous-en, chef, on n'a pas besoin de gonzesses ici.

– Décidément, tu ne l'aimes vraiment pas, Cabrera ! » avait dit le commissaire. Il avait hoché la tête et souri d'un air complice : « On n'a pas grand-chose à perdre, après tout, et ça lui apprendra le métier ! »

Après quoi, ils avaient eu beau tendre l'oreille, jusqu'à la coller sur la porte, ils n'avaient rien pu saisir de l'interrogatoire qui se poursuivait derrière, juste le crépitement de la machine à écrire.

« Mais qu'est-ce qu'elle branle ? avait pesté Cabrera.

– Justement… », avait glissé Bellaiche d'un ton lourd de sous-entendus. Tous s'étaient esclaffés.

Trente ans plus tard, Sophie se rappelle de tout. Le moindre instant de cette confrontation qui fit basculer sa vie.

L'homme s'était massé les poignets, puis avait posé ses mains tremblantes à plat sur la table de fer. Il continuait à marmonner : tout cela était une erreur, il n'avait rien à se reprocher.

Sophie s'était assise en face de lui. Elle ne le quittait pas des yeux, il fuyait son regard.

« Pourquoi vous vous acharnez sur moi ? »

Elle avait répondu, d'un ton très doux : « Parce qu'ils sont convaincus que c'est toi. Du coup, ils ne cherchent pas ailleurs. Moi, je ne sais pas. Je cherche seulement à comprendre.

– Comprendre quoi ?

– Pourquoi ils t'accusent. Moi, je n'ai pas de certitudes… Tu veux bien qu'on discute ? Tu me fais confiance ? »

Il l'avait regardée, presque suppliant : « À vous ?

– Oui, à moi. Mes collègues sont parfois un peu… brutes. Ils ne se remettent pas beaucoup en question. Ils sont certains que c'est toi le coupable, tu comprends ? Il leur faut un coupable et tu es le suspect idéal. Et tout ça à cause d'Emmanuelle. Tu veux que je te dise ? Ils ne réfléchissent pas plus loin que le bout de leur nez, mes collègues, la seule chose qui compte pour eux, c'est d'avoir un coupable. Que ce soit toi ou non, ils s'en moquent. »

Il avait flanché : « C'est vrai, vous avez raison… »

Elle avait continué, douce et bienveillante : « Il n'y a que moi qui peux les faire changer d'avis. Mais, il va falloir m'aider, mon garçon. Je peux t'appeler Nicolas ? »

Il attendait qu'elle poursuive. Elle s'était tue, posant sur lui un regard franc, empli de compréhension.

Puis elle s'était mise à parler. Longuement. « Tu peux avoir confiance en moi, Nicolas, avait-elle conclu.

– Vous me croyez, alors ? Vous savez que j'ai rien fait ?

– Bien sûr. C'est pour ça que j'ai demandé à rester seule avec toi. Pour qu'on ait un vrai dialogue, et qu'on puisse leur montrer qu'ils se trompent.

– Ah çà, oui. Les salauds !

– Mais il faut tout me dire. Parle-moi de toi, mon garçon. Tes parents n'ont pas l'air de s'occuper beaucoup de toi ?

– Ah çà, j'ai eu une enfance malheureuse, madame, avait-il bredouillé, les yeux humides.

– C'est ce que j'ai compris, Nicolas. Continue. Et ne m'appelle pas madame, c'est Sophie. Raconte-moi depuis le début. Comment ça se passait, avec tes parents ? »

Elle avait posé sa main sur la sienne, et l'avait écouté. De longues minutes.

Puis elle s'était mise à taper sur la vieille Olivetti.

Une heure plus tard, elle lui avait montré où il devait signer.

« Sous "persiste et signe", s'il te plaît.

– Oui, madame.

– Oui, Sophie. D'accord ? Bien. C'est parfait, mon garçon. »

9

21 avril 1960

Dans le couloir, à 11 h 32 précisément, après avoir refermé la porte, elle avait tendu les trois feuillets à Fasseta.
« Tout est là. Il a tout avoué.

– Quoi ? Tu l'as eu ? s'était-il exclamé, incrédule.

– Oui, monsieur.

– Montre ! »

Il avait lu, puis l'avait dévisagée, sans chercher à cacher une certaine admiration.

« Putain, tu l'as eu, cette ordure… J'arrive pas à y croire ! »

Le divisionnaire souriait de contentement : lui aussi, lui surtout, allait profiter du travail de sa jeune inspectrice. C'était bon pour sa carrière, une prise pareille…

« Je n'ai fait que mon boulot, patron, avait-elle répondu, modeste. Il y a aussi une part de chance…

– Allons, allons, Ponchartrain, ce n'est pas de la chance, c'est du bon boulot. Du super boulot !

– C'en est fini pour ce type, il n'y aura plus d'autres victimes. Pour moi, c'est tout ce qui compte », s'était-elle contentée de répondre.

« Franchement, elle a des couilles », avait lancé le divisionnaire devant ses hommes. Et Sophie avait lu dans leurs yeux un début de respect.

Plus tard, dans son bureau, elle avait raconté à son patron comment les choses s'étaient passées. Fasseta était toujours partagé entre la stupéfaction, le soulagement, et l'admiration.

« D'entrée j'ai compris qu'il allait vouloir m'en mettre plein la vue. Il s'est passé exactement ce que j'avais imaginé, patron. De se retrouver face à une femme, ça lui a fait perdre le fil. Il n'a pas pu résister, il a fallu qu'il fasse le fier-à-bras. C'est ce que j'ai appris à l'école de police : quand ils sont en confiance, les tueurs de femmes ne peuvent pas s'empêcher de jouer les dominateurs, ils se croient invincibles. Je suis entrée dans son jeu, la faible femme, un peu crédule, je l'ai laissé parler, je hochais la tête, comme s'il m'impressionnait. Plus ça allait, plus il prenait confiance, il bombait le torse, il s'excitait tout seul, il perdait le contrôle. Il s'est mis à raconter, par bribes, il disait des choses, revenait dessus, se contredisait, s'embrouillait de plus en plus. Je me suis contentée d'écouter, et finalement, j'ai tapé tout ça. Par moments j'avais du mal à suivre tellement il s'emballait... Il racontait de plus en plus de détails, en rajoutait dans l'horreur. Je pense qu'il voulait vraiment me voir craquer. On aurait dit qu'il était en transe... Je dois reconnaître que ç'a été une épreuve, vous aviez raison de me mettre en garde, patron. Mais j'ai tenu bon. Finalement, quand je lui ai présenté la déposition, il semblait vidé. Il s'est contenté d'acquiescer et de signer là où je lui demandais. Il a seulement regretté d'avoir été arrêté trop tôt. Enfin, bref, il est tombé dans mon piège, quoique le mot soit exagéré : je n'ai fait que ce qu'on m'a enseigné, monsieur.

– Bravo, Ponchartrain, tu as manœuvré comme un chef. Je suis sur le cul ! » s'était emballé le commissaire.

Elle avait souri. Mais elle avait gardé profil bas. À l'entendre, presque, elle s'était contentée de taper son récit effrayant. Elle avait refusé, alors que Fasseta, bon prince, le lui proposait, d'emmener elle-même Thomas chez le juge :

« C'est à vous de le faire, patron ! C'est votre enquête.

– Tu es trop modeste, Sophie. Tu l'as bien baisé, ce fumier. Ma championne ! »

Ce sont les trois pages des aveux terrifiants de Thomas qu'elle relit à présent, trente ans plus tard. La signature, comme une griffure, figure au bas de chacune d'elles. Sur la dernière est écrit : « persiste et signe ».

Nicolas Thomas y avoue ses quatre assassinats.

Dans les détails. Et en décrivant le plaisir qu'il a ressenti chaque fois, son absence de regret, sauf celui de devoir s'arrêter à présent, après avoir découvert « le plaisir de faire mal et d'ôter la vie, cette jouissance supérieure et incomparable ».

Ces filles, c'étaient des putes, lit-elle. *Mais l'orgasme, le vrai, c'était quand j'enfonçais mon couteau dans leur ventre, que je les ai entaillées du pubis à la poitrine, et que je les ai regardées crever en se vidant de leur sang. Plus leur calvaire était long, plus mon plaisir a été intense. C'était tellement bon de les regarder souffrir, de les entendre, elles essayaient de crier. Elles avaient tellement peur. Je les obligeais à garder les yeux ouverts tant qu'elles vivaient encore. Je voulais qu'elles n'oublient pas mon regard. J'ai félicité Ginette, qui a tenu plus dix minutes avant de mourir. Pour les autres, ça n'avait pas duré plus de cinq. Moi, je maîtrisais mieux mon travail. Je trempais mon doigt dans leurs plaies et je le suçais. Le goût du sang m'excite.*

« Finalement, il a eu l'air de perdre pied, avait-elle poursuivi. Il a cessé de parler, il avait l'air complètement perdu. J'ai bien exigé qu'il relise le tout avant de lui demander de signer.

– Bien, bien, s'était rengorgé le patron.

– Il a signé ensuite sans faire le moindre commentaire.

– Ce que je n'arrive pas à comprendre, c'est pourquoi ce fumier vous a dit tout ça, à vous ? » avait insisté Fasseta. Il n'arrivait pas à admettre pourquoi elle avait réussi là où eux avaient échoué.

« Je crois que c'est simple, patron. Enfin, façon de parler... Il a accepté de me parler parce que je suis une femme. Il m'a expliqué que seule une femme pouvait comprendre à quel point ses victimes ont souffert. Je savais, ou plutôt je l'avais pressenti, que face à une femme, ses défenses pouvaient se fissurer. Au fond, il avait envie de parler. Tous les tueurs ont envie de parler, non ? Quand je me suis levée, la déposition en main, je me suis retenue de lui cracher au visage, j'avoue. Mais ça valait le coup, patron, je suis heureuse qu'on en ait fini avec ce monstre. »

À présent que ce type vient d'être libéré, trente ans après, elle songe au sentiment de triomphe qu'elle avait alors soigneusement dissimulé.

Elle se souvient des mots qu'elle avait tapés, en prenant la déposition de Thomas, de son plaisir de faire mal.

Mais là, en cet instant, Nicolas Thomas appartient au passé. Il ne l'intéresse pas. Elle a autre chose à accomplir : arrêter cet autre malade, le violeur des parkings, avant qu'il ne recommence.

Elle pose le dossier sur la pile, appelle Rachel par l'Interphone.

« Oui, madame ?

– Faites-moi venir l'équipe tout de suite en salle de réunion. Nous avons notre violeur des parkings à serrer avant qu'il ne reparte en chasse. »

10

22 mars 1990

L'autocar rouge vif de la compagnie Gaboriaud Transport a un seul arrêt, au centre de Ville-sous-la-Ferté, une commune à l'ouest de la prison centrale de Clairvaux. Mais parce que le chauffeur est sympa, il fait une petite entorse au règlement et stoppe à l'entrée du bourg, le temps que la jolie jeune femme brune, qu'il connaît sous le prénom de Pauline, descende. Garé un peu plus loin au bord de la départementale, Antoine, son mari, l'attend tous les soirs, avec leur petit garçon, dans sa Renault 5 noire. Après quoi, ils auront moins de cinq cents mètres à parcourir pour regagner leur pavillon, dans un lotissement au milieu de nulle part.

Dans quelque temps, ils le quitteront pour un autre, bien mieux situé, proche du centre de la petite commune où ils sont nés tous les deux. Ils ont déniché une parcelle de cinq cents mètres carrés où ils feront bâtir, dès que la banque aura débloqué les fonds de leur prêt. Cinquante mille francs. Ils ont le permis de construire, les plans sont prêts. L'entreprise Lutinier et fils fera le gros œuvre. Antoine se chargera du reste. Dans un an, au plus tard, ils auront leur chez-eux.

Ensemble, après avoir couché Martin, ils sortent les plans et les catalogues. Ils comparent les carrelages, la couleur des peintures, choisissent les meubles de la cuisine. Ils l'ont déjà fait une bonne centaine de fois, mais ne s'en lassent jamais. Avant-hier, elle a repéré une cuisinière électrique, et ils ne sont allés au lit qu'après avoir calculé si elle s'intégrait dans la cuisine Leroy Merlin qu'ils ont déjà choisie. Antoine a été formel : il faudra faire le sacrifice d'un tiroir vertical, pourtant si pratique pour caser les bouteilles d'huile et de vinaigre.

Il fait doux ce soir, et il patiente dehors, accoudé à la portière. Le car est à l'heure, son immanquable carrosserie rouge apparaît à la sortie du virage. Il regarde sa montre : dix-huit heures trente.

D'ordinaire, le car ralentit dès la sortie du virage et s'immobilise gentiment sur le bas-côté, le temps que Pauline descende.

Aujourd'hui, étrangement, il ne ralentit pas, dépasse la voiture d'Antoine et continue à bonne allure vers Ville-sous-la-Ferté. Sans marquer l'arrêt.

Antoine a eu juste le temps d'apercevoir le chauffeur. Un jeune, qu'il n'a pas reconnu. Un remplaçant, pense-t-il. Pauline, timide comme elle est, n'a pas osé lui demander de s'arrêter. Il va donc devoir aller la récupérer dans le centre. Ils pourraient en profiter pour faire un tour jusqu'à l'église avant de rentrer ? Prendre l'air, par cette belle fin de journée, ça changera un peu.

Il grimpe dans la Renault 5, ressort pour s'assurer que Martin est bien attaché dans son siège. « Ma ! Ma ! » Leur petit réclame sa maman. Il l'embrasse sur le front.

Lorsqu'il atteint le centre du village, qui se vide déjà, l'autocar s'éloigne, lui offrant son dos argenté. Antoine ne voit pas Pauline. La publicité pour le centre Leclerc cache l'Abribus où sa femme a dû s'asseoir pour l'attendre.

Mais l'abri est vide. Antoine regarde autour de lui, se dit qu'elle a raté l'arrêt. Le car, peut-être. Elle est bien capable de s'être endormie, cela lui est arrivé, une fois. Elle avait des excuses : elle était enceinte et la grossesse la fatiguait.

Antoine reprend le volant, et se lance à la poursuite du car. Il le rattrape, fait signe au chauffeur à l'arrêt suivant. Elle n'y est pas. Le chauffeur ne se souvient pas d'elle.

Antoine va à la cabine téléphonique du village et compose le numéro de son travail. Il tombe sur la messagerie : « *Le centre médical de Bar-sur-Aube est ouvert du lundi au vendredi de neuf heures à dix-huit heures et le samedi de neuf heures à midi.* » Il reconnaît la voix douce de sa Pauline. Elle sera rentrée plus tôt, espère-t-il, et elle l'attend à la maison.

Quand il arrive, aucune lumière, le pavillon est plongé dans le noir. Elle n'a laissé aucun message sur le répondeur.

Son fils dans les bras, Antoine se sent perdu.

Le corps martyrisé de Pauline Jean-Joseph sera découvert trois jours plus tard, dans la cave d'un immeuble, en bordure de la rivière. Si son propriétaire n'avait pas décidé d'aller y ranger une vieille valise, il y serait sans doute encore.

L'autopsie indiquera qu'elle n'a pas été violée. Elle est morte éventrée, à l'aide d'un couteau, du ventre jusqu'aux seins. Elle gît, nue, ses vêtements épars mêlés aux courses qu'elle venait de faire chez Leclerc : des petits pots, un paquet de couches. Son sac à main a été vidé. On a pris son argent. Quelques misérables dizaines de francs, dira Antoine...

L'autopsie révélera qu'elle a résisté plusieurs minutes avant de se laisser emporter par la mort, ses ongles arrachés quand elle a désespérément griffé la terre de la cave le prouvent. Elle avait vingt-trois ans, elle était brune, comme Emmanuelle Malaval, la première victime de Nicolas Thomas, il y a trente ans.

La jeune maman est partie les yeux grands ouverts.

Comme il y a trente ans, son bourreau a voulu profiter de son calvaire jusqu'à son dernier souffle. Emmanuelle, elle aussi, est morte les yeux écarquillés.

11

Avril 1962

Nicolas Thomas avait comparu devant la cour d'appel de Paris en avril 1962. Il risquait la peine de mort, mais semblait ne pas réaliser que sa vie allait se jouer pendant les quatre jours de débats à venir.

Dans *France Soir*, le journaliste le dépeignait ainsi à son entrée dans le box : *Pas très grand, les cheveux blonds et bouclés, chemise bleue sur pantalon gris très simples, Nicolas Thomas semble perdu. Humble, tête baissée, il s'exprime avec difficulté. Il ferait pitié, on serait presque touchés, si l'on ignorait les faits qui lui sont reprochés. Les connaissant, on se demande comment un jeune homme tout juste sorti de l'adolescence, en apparence si doux, si inoffensif, presque angélique, peut dissimuler un être aussi monstrueux ? Puis soudain, on trouve la réponse dans son regard : lorsqu'il pose sur vous ses yeux bleus clairs, sans âme, on frémit...*

Immobile dans le box, Thomas ne perdait rien des débats, s'appliquait de son mieux. Sérieux, attentif, avec ses mots simples, il niait chaque point de l'accusation, calmement, sans colère.

Son avocat, maître Guerlantezec, l'avait bien mis au parfum : « Chaque détail compte, mon garçon. Le jury vous jugera sur l'impression que vous lui laisserez. Ne vous énervez pas, pleurez s'il le faut, restez humble, soyez humain. N'oubliez pas de dire un mot de réconfort pour les familles des victimes. N'en démordez pas : vous êtes innocent, je m'occupe du reste. »

Guerlantezec était confiant : « Vous verrez, vous sortirez par la grande porte avec leurs excuses ! »

Thomas s'était rétracté dans les minutes qui avaient suivi ses aveux à la jeune enquêtrice du nom de Sophie Ponchartrain. Il avait été incapable d'expliquer pourquoi il avait signé les feuilles qu'elle lui avait présentées, sans les lire, prétendait-il. « Elle paraissait tellement gentille, répétait-il, elle disait qu'elle me croyait, qu'elle irait voir le juge… j'ai signé sans réfléchir.

– Sans réfléchir, alors que tu jouais ta vie ? À qui tu espères faire avaler ça, Ducon ? », avait tranché Fasseta.

Thomas semblait frappé de stupeur. « Elle m'a trahi, elle m'a trahi, bredouillait-il.

– Arrête ton cinéma, mon gars, tu raconteras tes salades au juge, maintenant, avait tonné le patron, écœuré. T'es foutu. »

Sous le regard des curieux qui se pressaient pour le voir traverser les couloirs du 36, il avait cherché en vain la jeune policière. Elle était bien là, pourtant, en retrait, silencieuse. Elle triomphait mais n'en montrait rien. Elle avait la certitude qu'elle ne le reverrait qu'aux assises.

« Je n'ai rien fait, elle m'a trahi », avait-il répété avant d'être amené sans ménagement au juge d'instruction, qui l'avait aussitôt inculpé.

Après cela, Nicolas Thomas n'avait pas cessé de dire qu'il était victime d'une erreur judiciaire. Il avait supplié, beaucoup pleuré.

C'est cette ligne de défense, peu convaincante, qu'il avait tenue durant toute l'instruction du dossier, et depuis le début de son procès. Il apparaissait faible et veule, et n'attirait aucune sympathie, tout au plus une pitié mêlée de mépris.

« M. Thomas était épuisé par des heures d'interrogatoire acharné, harcelé, malmené, à bout de forces. C'est un jeune homme naïf et crédule, et ses digues ont fini par céder », avait expliqué maître Guerlantezec, son avocat. Il était catégorique : ces aveux avaient été extorqués. « Pas par la force, avait-il précisé, mais par un acharnement particulièrement malin et retors d'une jeune agente zélée, déterminée à le piéger. »

Il n'était pas parvenu à convaincre le tribunal que son client avait signé de faux aveux. N'avait-il pas écrit « persiste et signe » et paraphé toutes les pages ? « Sans les relire, bien sûr », avait persiflé l'avocat général.

De dépit, Guerlantezec avait levé les bras au ciel, appelant ce tribunal à la raison : « Ce jeune homme, innocent dans tous les sens du terme, a fait confiance aux autorités, et il est tombé dans les pièges de la policière Sophie Ponchartrain comme un gamin. »

À un moment des débats, théâtral, il avait tendu la main droite en direction de Thomas, prenant les jurés à témoin : « Regardez bien ce garçon. Le croyez-vous capable d'accomplir des actes aussi pervers et prémédités que ceux dont on l'accuse ? »

C'est sur un ange blond que s'étaient posés les regards des sept femmes et des cinq hommes chargés de le juger.

Thomas avait baissé la tête, comme l'aurait fait un enfant timide.

Les certitudes des membres du jury avaient vacillé et l'avocat s'était rassis avec satisfaction. Il s'était retourné vers son client, il lui avait tapoté la main comme pour lui dire : « C'est bon. Nous allons te sortir de là. »

Certes, des charges lourdes pesaient sur son client, mais depuis le début des débats, maître Guerlantezec était parvenu à faire douter le tribunal : il avait contesté une à une les preuves accumulées. Aucune empreinte utilisable n'avait été relevée. Le témoignage du seul témoin d'Asnières était sujet à caution. Il faisait nuit, et comment reconnaître formellement un homme que l'on n'a croisé que quelques secondes ? Quant à celui de la rescapée, celle que ses cris avaient sauvée, il ne tenait pas. Cette femme était « instable » (il avait évité de dire « folle »). Il l'avait éreintée, et c'est en larmes qu'elle avait quitté la salle d'audience. Le sang sur le couteau ? Ce n'était celui d'aucune des quatre femmes assassinées ! « Où est la cinquième victime ? » s'était-il emporté. À la mère qui avait décrit d'une voix geignarde un enfant violent, secret, calculateur, il avait reproché ses absences, son manque d'affection qui était allé jusqu'à le renier. Il avait laissé entendre qu'elle multipliait les liaisons et que le père buvait. « Nicolas Thomas n'a guère eu de chance ni de soutien dans la vie, il a fait quelques écarts, certes, compréhensibles dans de telles conditions, vous en conviendrez. Mais cela ne fait pas de ce jeune homme un criminel ! »

La mère était montée sur ses grands chevaux : « J'ai peut-être mes torts, mais le pire pour moi, c'est d'avoir enfanté un monstre !

– Maman ! avait gémi Thomas, recroquevillé dans son box.

– Je vous plains, madame, avait rugi Guerlantezec. Mais ne mettez pas vos fautes sur le dos de votre fils. »

Il avait parlé d'une instruction menée à charge par négligence, de policiers, d'un juge pressés d'en finir.

« Tout a été bâclé, avait-il accusé. Thomas était le coupable idéal : la première victime, la malheureuse, avait été sa petite amie. Alors la police s'est obstinée sur cette piste, tellement confortable, sans envisager d'autre hypothèse : pourquoi chercher plus loin ? »

Peu à peu, des soupçons sur la façon dont Sophie Ponchartrain avait obtenu ses aveux s'étaient mis à planer sur les débats.

À l'évocation du calvaire des jeunes femmes martyrisées, Nicolas Thomas s'était effondré. Ce qui n'avait échappé à personne. « J'ai rien fait, je ne suis pas ce monstre. Je le jure ! »

Le témoignage de la policière qui avait obtenu ses aveux serait déterminant.

Au troisième jour du procès du « monstre au visage d'ange », le verdict pouvait encore basculer.

12

Depuis le début des audiences, maître Guerlantezec savait que le témoignage de la jeune policière serait le moment crucial du procès. Il s'était appliqué à préparer les jurés à ce face-à-face capital, mais il n'avait jamais attaqué Ponchartrain de front. Par allusions, par petites touches, il émettait des doutes sur ses méthodes, ses compétences.

« Mme Ponchartrain est un jeune agent tout juste sorti de l'École de police. Or on sait combien dans ce genre d'affaires l'expérience est capitale, et force est de constater qu'elle en a peu, et c'est un euphémisme ! Il est même étonnant que le commissaire Fasseta lui ait confié une responsabilité aussi lourde que cet interrogatoire », avait-il glissé, d'un air entendu. Il avait insisté sur la naïveté du « malheureux prévenu, déstabilisé par l'intervention de cette femme », et sur ses rétractations immédiates. « En dehors de ces aveux recueillis dans des conditions plus que douteuses, le dossier est vide, chacun a pu le constater ! » avait-il conclu avec autorité.

Lorsque Ponchartrain avait été appelée à la barre, il avait murmuré à l'oreille de Thomas : « Il ne reste plus que cette femme flic, la jeunette. Faites-moi confiance, je vais n'en faire qu'une bouchée ! »

Sophie s'était présentée dans son habituel costume gris, chemise blanche et ballerines noires, cheveux tirés en arrière, en une courte queue-de-cheval. Exactement comme le jour de sa confrontation avec Nicolas Thomas.

Elle était à peine maquillée, si ce n'est pour masquer les cernes sous ses yeux. Ç'aurait été l'aveu qu'elle dormait mal – or elle voulait apparaître sereine et sûre d'elle. « Sans peur et sans reproche », comme elle l'avait assuré à son patron, qui craignait qu'elle s'effondre.

Elle ne remit rien en question. Pour elle, la culpabilité de Thomas était une évidence. Il avait signé des aveux, et c'était tout ce qui importait.

Elle fut accueillie par un regard suffisant de l'avocat. Elle avait lu sur les visages des jurés leurs interrogations à son sujet. Elle songea que Guerlantezec les avait bien « travaillés ». Elle sentait que tout le poids de l'accusation, le sort du procès, reposait maintenant sur elle.

Avant d'y aller elle avait rassuré à nouveau Fasseta : « Je serai à la hauteur, patron. » Elle le fut.

Thomas ne l'avait pas quittée des yeux tout au long de son témoignage. Elle sentait ses yeux posés sur elle. Mais elle refusa de l'affronter, et à aucun moment elle ne se tourna vers lui. Elle s'en tint aux faits. Rien qu'aux faits. Les questions de l'avocat ne la troublaient jamais. Elle émit une hypothèse : « Nicolas Thomas s'est acharné sur ces malheureuses parce qu'il ne pouvait avoir de relations sexuelles. »

Sa déposition et le contre-interrogatoire durèrent une heure trois quarts et elle eut réponse à tout. Guerlantezec ne parvenait pas à la coincer.

Les faits, seulement les faits. Imparables, précis, circonstanciés. Elle impressionnait d'autant plus qu'elle était jeune, polie et posée, et que rien, surtout pas les attaques de l'avocat, ni les murmures de l'accusé répétant : « Pourquoi est-ce que vous mentez, c'est faux, vous le savez bien ! », ne la déstabilisaient.

À l'issue de son témoignage, elle savait qu'elle avait gagné. Le tribunal avait basculé, impressionné par ce mélange de douceur et de fermeté qui émanait d'elle, par sa jeunesse, son discours droit et impartial, son courage. Le président l'avait remerciée et, sans regarder l'homme qu'elle venait de condamner à mort, elle était retournée s'asseoir à côté de Fasseta.

« Bravo, tu l'as eu, ce fumier, avait-il commenté, satisfait.

– Il ne pouvait quand même pas s'en tirer, s'était-elle contentée de répondre. Je me suis bornée à rapporter les faits, patron. »

Elle restait humble. Elle attendait son heure. Elle connaissait les flics. Avec le temps, songeait-elle, elle s'imposerait à ces machos et ils viendraient lui manger dans la main.

L'avocat général s'appuya sur le témoignage « sans faille » de Sophie. Il s'enflamma contre « cet être maléfique, calculateur, jusqu'à ses larmes d'opérette ». Il en appela à l'intime conviction des jurés et réclama la peine de mort, au nom de la mémoire et des familles des « quatre victimes martyrisées », « de ces quatre malheureuses qui ont quitté notre monde sous le regard glaçant de ce monstre ».

Après cela, la plaidoirie enflammée de l'avocat de Thomas retentit dans le vide. L'ultime supplique de l'accusé fut à peine écoutée.

Après seulement deux heures de délibérés, l'avocat général fut suivi par le tribunal. La mort, à l'unanimité des jurés.

Sophie Ponchartrain s'était glissée dans le fond de la salle pour assister à la lecture du verdict. Elle ne doutait pas de la sentence.

Elle n'avait pas applaudi comme la foule, qui, maintenant, injuriait le condamné à mort.

Elle s'était avancée, pour se mettre dans le champ de vision de Thomas, qui hurlait sa révolte, terrifié. Il résistait aux gendarmes qui tentaient de lui passer les menottes. Elle voulait croiser son regard. Qu'il voit sa victoire. Qu'il sache qu'elle se réjouissait plus encore que ceux qui voulaient le lyncher maintenant. Mais les gendarmes l'avaient emmené hors de la salle, le traînant presque au sol, écumant de rage et de panique.

Elle avait quitté la salle la dernière, comme si elle voulait savourer sa victoire jusqu'à l'ultime seconde. Devant elle, la mère d'une des victimes sanglotait. Sophie lui avait pris la main dans un geste de réconfort, et la femme s'était jetée dans ses bras, déchirée par la douleur.

Cet instant de grâce avait été saisi par un photographe et avait fait la une du *Parisien libéré*, avant de circuler dans tous les journaux. Ce cliché contribua à la réputation naissante de la jeune policière.

Sophie Ponchartrain fut promue dans les jours qui suivirent le procès.

Sa formidable carrière était lancée.

13

22 mars 1990

De la Citroën aux vitres teintées sort une femme de grande taille aux cheveux noirs mi-longs retenus par un élastique, au visage bienveillant. Il est vingt et une heures trente et il fait nuit depuis longtemps. Dehors, il pleut. Elle aime les lumières de la ville, rendues floues par les gouttes d'eau sur la vitre.

Dans son imperméable crème entrouvert, elle ne semble pas se soucier de la pluie qui inonde l'avenue. Elle traverse d'un pas décidé. Un homme la suit. C'est son garde du corps. Il a surgi pour lui ouvrir la portière avant du véhicule, l'œil aux aguets. Il a ouvert un parapluie qu'elle a repoussé de la main. « Ça ira », dit-elle gentiment.

Il s'appelle Damien Philippart et il prend son rôle très au sérieux. À la moindre présence qu'il jugerait suspecte, il obligerait la femme à s'engouffrer dans la voiture et n'hésiterait pas à dégainer son arme.

C'est un des avantages et des inconvénients de la fonction : à son niveau dans la hiérarchie, elle bénéficie d'une voiture de fonction avec chauffeur-garde du corps.

Philippart, quarante-deux ans, un mètre quatre-vingt-cinq, tout en muscles, coupe de cheveux réglementaire, s'entraîne tous les jours au tir, pratique les arts martiaux deux fois par semaine. À l'aube, quel que soit le temps, il court ses cinq kilomètres autour du lac de Créteil, où il réside. Bref, on a attribué à la divisionnaire ce qui se fait de mieux en la matière : un flic sans état d'âme, dressé à ce genre de mission, un type qui ne boit jamais d'alcool.

Il n'a qu'un défaut aux yeux de Ponchartrain : son accent de Marseille. Et Philippart est un grand bavard...

Depuis la fin des années 1980, avec les menaces d'Action directe et de l'extrême gauche, Sophie Ponchartrain ne peut rentrer chez elle qu'escortée. Bien que Rouillan et sa bande aient été neutralisés en 1987, elle reste aux yeux de la préfecture de police une cible privilégiée et doit s'accommoder de cette protection : un garde du corps et des policiers en faction devant son immeuble de Neuilly. Des menaces, prises au sérieux, la visant personnellement, étaient arrivées place Beauveau. En haut lieu, on n'avait pas voulu prendre de risque avec cette figure de la police. Elle salue les deux hommes en tenue qui vont passer une partie de la nuit ici (la relève est à minuit), l'air compatissant, s'excusant presque.

Il y a bien longtemps qu'elle a appris à ne négliger personne, à commencer par les sous-fifres.

Les voisins, récalcitrants au début, n'ont eu d'autre choix que de se résigner à leur présence. Ils ont appris à cette occasion que cette voisine si discrète était quelqu'un d'important. Souvent, dans la soirée, ils l'entendent apporter un café brûlant aux hommes de garde, engoncés dans leurs lourds gilets pare-balles, frigorifiés. Elle discute une minute ou deux, leur suggère de se réchauffer dans l'entrée, l'air complice. Mais c'est interdit par le règlement.

Philippart lui ouvre la porte de l'ascenseur. Il monte par l'escalier, si vite qu'il arrive toujours au troisième avant elle.

Il ne redescend que lorsqu'elle a franchi la porte blindée de son appartement. Il devrait en principe le fouiller, mais elle ne l'a jamais autorisé à y pénétrer. Il sait qu'elle vit dans un quatre-pièces. Une seule fois, il a eu le temps d'y jeter un coup d'œil, par la porte restée ouverte. Il a aperçu un appartement parfaitement rangé, des meubles d'un autre âge, un grand canapé de cuir blanc, et une grande photo de cimes enneigées. Il s'est promis de lui demander un jour si elle aimait la montagne, mais n'en a jamais eu l'occasion. Il garde ses distances avec cette femme, qu'il respecte et redoute un peu, sans trop savoir pourquoi.

Philippart regarde les lumières s'allumer au troisième étage. Il devine derrière les rideaux la haute silhouette de la patronne, échange deux mots sur le temps pourri avec les hommes de garde.

Il reviendra demain matin à sept heures pour l'emmener au commissariat et restera « à disposition », comme l'indique sa feuille de mission, toute la journée.

De cette femme, il ne pense pas grand-chose. Elle est polie, et même aimable, c'est déjà beaucoup. Il en a assez connu, de ces gens « importants », qui le traitaient comme un meuble.

De toute façon, ce n'est pas son boulot, de penser. Il ne sait pas grand-chose d'elle sauf qu'elle vit seule, sort peu. Elle ne semble vivre que pour son travail.

Il ignore que, régulièrement, cette femme sur laquelle il doit veiller s'échappe, en pleine nuit, par une porte sur l'arrière de l'immeuble qui reste en principe toujours verrouillée, pour marcher dans les rues désertes. Elle hèle un taxi et se perd dans Paris, en quête d'improbables rencontres.

Sophie Ponchartrain suspend son imperméable, se débarrasse de son sac à main sur le canapé de cuir blanc, allume la télévision, attrape une pizza dans le congélateur, la glisse dans le four et sort du frigo une bouteille d'eau pétillante. Ce n'est qu'ensuite qu'elle sort de son sac à main la lettre arrivée ce matin.

Elle reconnaît l'écriture nette sur l'enveloppe beige. La lettre a été postée à Clairvaux. Elle l'ouvre sans précipitation, déplie la page blanche. Deux mots seulement, en majuscules :

SAUVEZ-MOI

S'il savait à quel point je n'en ai rien à faire, de lui et de ses lettres, songe Sophie Ponchartrain. Elle revoit le visage de l'ange blond aux yeux bleus délavés, à demi analphabète, auquel elle a fait avouer l'horreur. De quoi pourrait-elle bien sauver ce monstre ? De ses fantômes ? Ou de ceux qui, tant d'années plus tard, l'attendraient pour se venger ?

Ces lettres sont pathétiques. Qu'il se sauve tout seul !

Elle replie la lettre, la remet dans son sac. Demain elle la rangera dans le tiroir du bas de son bureau, au 36. Avec toutes les autres.

C'est un mélange de cartes postales, de simples feuilles de papier blanc. Il y en a plusieurs dizaines, postées des maisons d'arrêt et des centrales où l'homme a séjourné. Au début, il écrivait plusieurs fois par an, puis ses missives se sont raréfiées, mais il ne l'oubliait pas : une par année passée derrière les barreaux, toutes reçues le jour anniversaire de sa condamnation. Elle les a conservées, mais elle ne les relit jamais. Elles s'accumulent, soigneusement rangées, comme l'éphéméride de toutes ces années où cette ordure a croupi en taule, après avoir échappé à la guillotine.

Sur la première, une page arrachée d'un cahier d'écolier et reçue alors qu'il attendait le résultat de la grâce présidentielle présentée par son avocat, il avait écrit ces mots : « SAUVEZ-MOI », les mêmes mots qu'il emploie encore, le jour de sa sortie.

Elle l'avait conservée comme un trophée, avec l'espoir qu'on lui couperait la tête, mais quand sa peine avait été commuée en réclusion à perpétuité, elle ne s'en était pas souciée. Cette affaire, qu'elle avait résolue, appartenait au passé.

Lui, en revanche, n'avait jamais cessé de lui écrire. Les messages variaient. Parfois ils se bornaient à une phrase : « Je suis innocent », parfois, ils couvraient la feuille : « Sauvez-moi, sauvez-moi, sauvez-moi », comme un mantra. Parfois il se livrait à d'interminables et ennuyeuses descriptions de ses conditions de détention et dénonçait la machination dont il persistait à se déclarer la victime.

Ce nouveau message ne l'ébranle pas davantage que tous les précédents.

Si elle devait prêter attention à tous ces malades qui voudraient la voir morte, elle ne vivrait pas... Nicolas Thomas n'avait été que le premier des tarés qu'elle a envoyés moisir en taule, auquel est venue s'ajouter depuis une longue liste de détraqués. Tous ont eu la malchance de tomber sur elle, et le sort qu'ils méritaient. Ils ne l'impressionnent pas. « Si ça l'amuse... Je m'en moque, qu'il crève en prison avec ses lettres à la con. » Elle les a toutes reçues à son bureau, au gré de ses affectations successives, comme si ce fumier la suivait à la trace. Elle les lisait toujours, puis les remisait dans son tiroir, sans leur accorder d'importance. Alors aujourd'hui, « qu'il soit libre et fasse son malin, je m'en fous. Qu'il vive ou qu'il crève... »

La pizza est à peine cuite quand elle la sort du four. Elle s'en satisfait et la dévore avec appétit, sans prendre la peine de s'asseoir, vidant au goulot par longues rasades la bouteille d'eau qu'elle a ouverte en arrivant.

Puis, en robe de chambre, allongée sur son lit, elle parcourt une nouvelle fois le dossier de celui qui leur a échappé aujourd'hui. Les investigations de la journée pour retrouver le violeur des parkings ont échoué. Cela prendra peut-être du temps, mais ils retrouveront sa trace, et finiront par l'avoir.

Elle éteint, pose sur ses yeux un masque opaque et tente de s'endormir. Mais très vite elle le sait, le sommeil ne viendra pas. Alors elle se lève et se rhabille.

Elle ne songe plus à Nicolas Thomas ni à personne quand elle quitte l'immeuble par la porte de derrière. Fermée par une imposante serrure à trois points, elle n'est pas surveillée.

Il est minuit passé. Il pleut toujours. Aucun taxi ne passe. Elle marche jusqu'à la porte Maillot, où, enfin, elle en trouve un. Elle s'enfonce dans son Paris secret.

14

Son prénom est Antoinette. Elle a repris son nom de jeune fille, Soussin, quand elle a été obligée de fuir son village du Cher où on la connaissait sous son nom de femme mariée : Antoinette Thomas.

Elle avait épousé Lucien, un maçon, à dix-huit ans. Elle était jolie avec ses magnifiques cheveux blonds, ses yeux bleus pétillants, elle faisait tourner la tête de tous les hommes du village. Lucien l'avait eue le premier et l'avait mise enceinte. Elle avait le ventre rond quand ils étaient allés à la mairie. Pas d'église : à l'époque, on ne plaisantait pas avec ses choses-là. On effaçait la honte, point final.

Petit, Nicolas était un gamin turbulent mais que tout le monde aimait bien. Il était si mignon avec ses cheveux blonds en pétard, ses bouclettes, son petit air rebelle qui disparaissait sous les bisous. Elle aurait bien aimé lui donner un frère ou une sœur mais n'avait pas eu d'autres enfants. Lucien, allez savoir ce qu'il avait dans la caboche, n'en voulait pas. Il buvait, la délaissait, la tapait à l'occasion, corrigeait le gamin pour des broutilles.

Mais au moins il rapportait la paye, et elle avait son petit.

Puis peu à peu, elle avait vu Nicolas changer. Il chapardait, les gendarmes le ramenaient couvert de bleus. « Il a encore fait des conneries, disaient-ils. Ça ne pourra pas continuer comme ça longtemps. Votre fils, si vous ne faites rien, il finira en maison de redressement. » Combien de fois avait-elle tenté de le raisonner ? Il ne voulait rien savoir. Il se rebellait, se disputait avec son père, répondait à ses engueulades, le traitait de « gros connard ». Un jour (il avait treize ans), il avait eu le dessus et lui avait cassé le nez. Il n'était pourtant pas bien costaud, mais un nez ne résiste pas à un coup de marteau.

Après cela, ils l'avaient envoyé dans un internat, en lycée professionnel à Bourges, pour faire une formation de carrossier. À dix-sept ans, Nicolas avait eu cette histoire avec une fille, et après la décision du juge de le mettre en foyer pour jeunes délinquants, Lucien avait rayé son fils de sa vie. « Je ne veux plus le voir ici, avait-il lancé méchamment. Je ne sais même pas si c'est mon fils, après tout. » À cette époque, Lucien ne touchait plus Antoinette depuis longtemps, et elle couchait avec des saisonniers. C'était sa petite revanche, mais Lucien s'en foutait. « Mon seul vrai copain, c'est le pinard ! » lui balançait-il.

Elle avait revu son fils à Blois, où il bossait dans un garage, mais il l'avait repoussée : « Il paraît que tu t'envoies en l'air avec tout ce qui passe ? Ma mère est une salope ! Moi non plus, je ne veux plus vous voir. Lui c'est un ivrogne, toi tu es une pute. »

Ce jour-là, elle avait compris qu'elle avait perdu son fils. Pire : elle ne l'aimait plus. « Tu finiras mal, lui avait-elle prédit.

– J'espère bien ! » avait-il répondu, avec mépris.

Alors, à son tour, elle l'avait gommé de sa vie. Et lui était parti se perdre dans Paris.

Il revenait parfois au village, sans aller voir ses parents. Si par hasard il les croisait, il crachait à terre et les regardait passer avec dégoût. Il retrouvait de vieux copains, ceux qui avaient grandi avec lui depuis l'école primaire, mais qui n'avaient pas eu comme lui le cran de partir. Ils n'avaient pas encore vingt ans et ils moisissaient dans une usine artisanale de découpe de dindes, la seule où trouver du boulot dans ce bled. Les bêtes arrivaient vivantes et repartaient en morceaux en fin de journée, sous emballage. Didier, son meilleur pote, souffrait d'une tendinite à la main droite à force, huit heures durant, dans une température constante de dix degrés, de découper les ailes des volailles qu'on poussait devant lui. Didier noyait son ennui au Café de la Paix à coups de pastis. Quand il revenait au pays, Nicolas accompagnait ses copains dans leurs beuveries jusqu'à la fermeture du bar, puis ils se finissaient sur la place du village, buvant au goulot la bouteille de gnôle que l'un d'eux avait piquée dans la cave de son père, fumant des clopes et se repassant des joints. Ils parlaient beaucoup des filles du village, s'encourageaient mutuellement à les sauter, « ces salopes ».

Lorsque les gens du coin avaient appris les horreurs commises par le fils Thomas, ils s'étaient regroupés sur la place et avaient marché en furie vers chez eux, les jeunes en tête du cortège, haineux. Les volets étaient fermés, la maison était plongée dans le noir, Antoinette et Lucien n'y étaient plus, emmenés discrètement par les gendarmes quelques heures plus tôt. Auraient-ils sans ça brûlé dans la petite masure ? Didier avait versé tout un jerrican d'essence sur la porte d'entrée et il avait suffi d'une seule allumette pour que la maison s'embrase. La foule avait retardé l'arrivée des pompiers et c'est presque un tas de cendres qu'ils avaient fini d'éteindre. À l'intérieur, tout avait flambé, emportant les maigres souvenirs d'une vie minable.

Antoinette et Lucien divorcèrent peu après. Elle n'avait jamais remis les pieds au village et, une fois installée en région parisienne, elle avait renié son nom d'épouse, Thomas, une tache indélébile, qui lui faisait honte. Il y avait tant de mépris dans le regard de ceux qui le prononçaient.

Quelques mois plus tard, alors que le procès de son fils approchait, elle apprit que Lucien était mort dans un accident de chasse. Elle ne ressentit rien : « Tu étais encore bourré, à tous les coups, se dit-elle. Bien fait pour ta gueule. »

Elle ne s'était pas déplacée pour les obsèques du père de son fils unique, qui quant à lui croupissait en taule, elle ne savait où.

Au procès, on attendait d'elle du remords, du désespoir d'avoir enfanté un tel monstre. Des paroles de mère dévastée, des excuses pour les victimes. Qu'elle dise qu'elle l'aimait toujours en dépit de l'horreur, qu'il avait été un enfant adorable. Qu'elle explique pourquoi elle n'avait pas pu s'apercevoir de sa métamorphose. Qu'elle tente d'attendrir les juges.

Mais au contraire, elle l'accabla. Envers ce fils, elle ne ressentait plus que de la honte.

Elle ne lui accorda aucune excuse. Elle raconta de menues anecdotes destinées à prouver qu'il avait le mal en lui. Elle dit combien elle avait souffert à cause de lui, demanda avec solennité qu'il soit sévèrement puni. « Tu n'es plus mon fils. Je te renie », déclara-t-elle en le regardant dans les yeux. Sans une larme, sans ciller, alors que lui était en pleurs. Son témoignage fut mal perçu par les jurés, et l'avocat de Thomas n'eut pas grande difficulté à retourner le tribunal contre cette mère qui condamnait son fils sans appel, soucieuse seulement d'elle-même et de sa réputation, décrivant une femme malsaine, une mère indigne et instable, aux mœurs douteuses.

Elle quitta le tribunal poursuivie par les journalistes. Elle fit face, uniquement pour répéter que Nicolas Thomas n'existait plus pour elle. « J'ai été bonne et attentive avec lui. Avec moi il n'a manqué de rien, ni d'affection », insista-elle. Dans les journaux du lendemain, on évoquait une « mère dénaturée, une femme insensible ».

Elle n'assista pas à la lecture du verdict.

Qu'il soit condamné à mort ne l'émut nullement. Et pas davantage qu'il obtienne sa grâce. Elle gomma son fils de sa vie et prit un nouveau départ, sous une nouvelle identité. Elle fit des ménages pour survivre, garda des enfants.

Elle ne lui écrivit pas une fois et ne lui rendit jamais visite.

En cette fin d'après-midi, c'est une femme de soixante et onze ans, à l'opulente chevelure toujours blonde, correctement vêtue, mais à la démarche mal assurée, que l'homme assis dans l'Abribus voit pousser la porte d'un immeuble de la rue Blériot, à Bois-Colombes. Il scrute la façade, attend qu'une lumière apparaisse dans les étages. Il patiente quelques secondes avant de traverser la rue.

Il s'engage dans l'escalier sans allumer la lumière.

Le corps d'Antoinette Soussin, épouse Thomas, sera retrouvé sept jours plus tard. Une tache sombre au plafond de leur appartement avait alerté ses voisins du dessous, qui l'avaient vue grossir chaque jour un peu plus. Puis il y avait eu cette odeur nauséabonde qui envahissait la cage d'escalier et les mouches vertes qui pullulaient.

Les pompiers avaient dû défoncer la porte. Ils l'avaient découverte la gorge tranchée, la langue arrachée posée sur un mouchoir blanc à côté de son corps convulsé par la souffrance. Ses yeux bleus grands ouverts fixaient le plafond.

Plus tard, l'autopsie allait montrer que la lame du couteau était du même type que celle qui avait éventré Pauline Jean-Joseph, à deux cent cinquante kilomètres de là.

15

Antoinette est morte après huit minutes d'agonie. La douleur est si puissante qu'on voudrait mourir tout de suite, pourtant, dans un dérisoire sursaut, le corps s'accroche, cherche à survivre.

Son agresseur la retient allongée sur le carrelage jaunâtre du salon où il l'a tirée par les épaules, après l'avoir violemment frappée à la tempe. Elle peut à peine respirer, clouée au sol par son genou sur son thorax. Quand elle revient à elle, il la regarde droit dans les yeux. Quand elle veut hurler, il plante la lame dans son cou flétri de vieille dame. Penché sur elle, il incise son larynx d'un geste sûr : une première entaille précise, qui ne lui ôte pas la vie. Elle ne sent rien ou presque, mais lorsqu'elle veut appeler à l'aide, seul un râle sort de sa gorge, pleine d'un sang épais qui s'échappe de sa bouche, s'écoule le long de ses lèvres, se mêle à ses cheveux épars. Alors la douleur arrive, comme une brûlure.

Elle n'a plus la force de résister. Chaque respiration la fait souffrir. Il commence à parler, et elle ne peut rien faire d'autre que l'écouter. Quand il se tait, elle se met à pleurer. Un torrent de larmes inextinguible. Elle se sait perdue.

Elle voudrait mourir vite mais ne peut se soustraire à son monologue, ne pas l'entendre dire à quel point il attendait ce moment. Il rit. Il saisit sa main quand elle tente de la porter vers son oreille, dans un mouvement absurde. Elle est sa proie.

Lorsqu'elle ferme les yeux, ne pouvant endurer plus longtemps ces souffrances, il lui ordonne de les rouvrir.

« Regarde-moi, chuchote-t-il. Tu ne mourras que quand je l'aurai décidé. »

Alors elle s'abandonne à son calvaire, priant qu'il s'achève rapidement, puis résistant encore. Pourquoi mourir aujourd'hui ?

Elle voit passer l'image de son enfant chétif qui réclamait un baiser au moment d'aller se coucher. Elle avait cru le protéger, ce fils qui pleurait la nuit, parlait des « monstres affreux » qui l'avaient réveillé et l'effrayaient. Elle demandait à son mari, cet homme qui puait l'alcool et partageait son lit, de se pousser. L'enfant aux douces mèches blondes se pelotonnait contre elle, calait son visage contre sa poitrine, apaisé. Elle le serrait fort contre elle jusqu'à ce qu'il s'endorme.

Ces nuits-là, elle restait éveillée, incapable de retrouver le sommeil. Elle épongeait son front brûlant, calmait ses soubresauts et l'embrassait dans le cou. Elle ressentait ses angoisses, aurait voulu les partager.

Au matin, il se réveillait tranquille, se demandait pourquoi il se trouvait là, dans le lit de sa mère. Il s'enfuyait dans sa chambre, réclamait son chocolat chaud, comme si de rien n'était.

Voilà à quoi elle pense au moment où la vie, sa pauvre existence, la quitte. À ce fils qu'elle avait tant aimé avant de le repousser et de l'abandonner à son sort.

L'homme n'est plus qu'une silhouette floue quand elle l'entend souffler, penché sur son oreille : « Tu peux crever maintenant. »

Il a approché son visage, il est tout près, elle tente de demander « pourquoi ? ». Mais ce simple mot, elle n'a pas le temps de le prononcer. Elle cesse de lutter, expire dans un dernier râle, un jet puissant de sang âcre s'échappe de sa bouche inerte, souillant le parquet vermoulu.

L'homme a trempé son index dans la flaque rouge et l'a porté à sa bouche. Il a fermé les yeux, comme s'il voulait mieux jouir du goût du sang.

Agenouillé, il est resté longtemps à côté du corps sans vie. Il souriait quand il s'est redressé. Il a replié son couteau et l'a glissé dans la poche de son pantalon. Il n'a pas perdu la main : à peine quelques éclaboussures de sang ont souillé ses vêtements. Puis, abandonnant le cadavre, il s'est s'étendu sur le lit défait. Il s'est aussitôt endormi.

Avant l'aube, il s'en va, refermant doucement la porte, sans se retourner. Volées dans son porte-monnaie, il emporte les maigres économies de la femme.

16

23 mars 1990

À sept heures, Sophie Ponchartrain sort de son immeuble, abritée sous le parapluie que tient Philippart. Il peste contre ce temps parisien pourri : « Chez moi, à Aubagne, c'est plein soleil toute l'année ! »

Elle salue les deux hommes en faction, demande à son garde du corps s'il a passé une bonne nuit.

« Je n'ai dormi que cinq heures, répond-il. Mais je n'ai pas besoin de beaucoup plus, madame la divisionnaire.

– Bravo ! Moi, trois heures me suffisent. »

– Comme le grand Napoléon ! Madame a l'air en pleine forme ! » commente-t-il avec un petit sourire pour les hommes qui battent la semelle devant la porte de l'immeuble. Ils réagissent à peine. La nuit a été glaciale et humide. La relève ne va pas tarder.

De sa virée dans Paris, la divisionnaire est revenue tard, passant par la porte arrière du bâtiment B, que personne ne surveille. Comme tous les matins, son réveil a sonné à six heures. Elle n'a pas traîné au lit, elle déteste ça. Elle a bu un café noir, pris une douche froide, a caché ses cernes sous une fine couche de fond de teint et s'est vêtue d'un costume sombre et d'une chemise blanche. Elle se soucie peu de son image. Y a-t-elle jamais fait attention ? Un mètre soixante-quinze, pour soixante-huit kilos, toujours la même coupe au carré, cheveux teints noir corbeau. Elle va chez le coiffeur une fois par mois, s'habille avec soin, toujours de la même façon. Peu lui importe qu'on la juge sévère et sans élégance. Elle offre au moins une apparence sérieuse, sans fioritures, ni ostentation. « Une divisionnaire n'a pas besoin d'être une pin-up. »

Elle préfère qu'on la respecte et elle s'y applique. Cette apparence stricte est son arme. Son armure, aussi.

Elle ne laisse jamais rien au hasard.

Puis, assise dans la salle à manger, elle a attendu que Philippart arrive, impatiente, sans resonger un instant à ce qu'elle a fait cette nuit. Ces virées ne sont que des péripéties insignifiantes. C'est son autre vie, des parenthèses qui ne regardent qu'elle. Elle s'y enfonce avec d'autant plus de délectation qu'elle oublie tout au matin.

Elle profite du trajet pour consulter les journaux du matin, indifférente à Paris qui s'éveille. Elle a hâte de retrouver son bureau, sa brigade, son équipe « de bras cassés ». Elle les tarabuste toujours ainsi, un peu maternelle, mais ils se plient à sa rigueur. Ses hommes sont convoqués à huit heures pétantes. Elle sait qu'il n'y aura aucun retardataire.

Le radio-téléphone de la voiture retentit. Philippart lui tend le combiné.

« C'est Rachel, annonce-t-il.

– Pas maintenant », répond-elle en se replongeant dans *Le Figaro*.

Que veut-elle si tôt ? Sans doute prévenir qu'elle ne peut pas venir parce que son petit garçon est malade. Elle dit à Philippart : « Elle est courageuse et vaillante, cette jeune femme, mais quelle idée de faire un gosse pour se séparer ensuite du père ? Résultat : elle l'élève seule, tire le diable par la queue, parce que le père, un flic dont je ne voudrais pas dans ma brigade, ne lui verse la pension alimentaire que quand il y pense... Ça me fait de la peine pour elle.

– Une fille aussi adorable, souligne Philippart.

– Et tellement jolie, hein, Damien?

– Oui, madame. C'est une belle femme. »

Philippart rougit jusqu'aux oreilles et cela n'échappe pas à Ponchartrain, assise derrière lui.

« Oh ! oh ! Vous êtes amoureux, Damien ? s'esclaffe-t-elle.

– Comme tout le monde à la brigade, madame ! »

Un homme, Sophie n'en a jamais voulu dans sa vie. Des gosses à torcher, encore moins. Pour quoi faire et avec qui ? Pour s'empoisonner la vie ? L'empêcher d'aller bosser ? Elle préférerait encore prendre un chat !

Le téléphone retentit à nouveau.

« C'est encore Rachel, dit Philippart.

– Je l'appelle en arrivant.

– Elle a laissé un message, précise son chauffeur. Vous voulez l'écouter, madame ? »

Pour l'entendre se confondre en excuses pour son gosse de trois ans qui a je ne sais quoi ? Pauvre enfant, songe-t-elle.

« Mettez le gyrophare », ordonne-elle au chauffeur alors que la circulation est encore fluide. Elle s'agace qu'il se soit arrêté au feu rouge. « On avance, s'il vous plaît ! »

Il obéit, sourire aux lèvres.

17

Rachel y a réfléchi toute la nuit. Elle se reproche souvent de prendre les choses trop à cœur mais elle est ainsi. Elle n'est pas flic (« Ah, ça, jamais ! »), n'est que la (« modeste », comme elle dit) assistante de la patronne, mais c'est plus fort qu'elle, elle ne se sort pas de la tête les affaires de la brigade.

Ce type, ce salopard qui s'en prend aux femmes dans les parkings, elle a une idée pour le mettre hors d'état de nuire. Ça l'a travaillée, si fort qu'elle a eu du mal à trouver le sommeil.

Un peu après sept heures, à l'heure où elle sait que sa chef est en route, elle n'a pas résisté à son impatience de lui parler. Elle n'en veut pas à sa patronne de ne pas avoir répondu et regrette maintenant son audace, et surtout d'avoir rappelé, osé insister. Elle a tant de responsabilités, s'est-elle reproché. Elle a dépassé les limites. Qu'est-ce qui lui a pris ?

Elles travaillent ensemble depuis six ans, elle devrait bien savoir...

Rachel avait été engagée en quelques secondes.

La place venait de se libérer, elle fut la première à se présenter. Quatre autres postulantes patientaient dans le couloir. Toutes avaient plus de la quarantaine, une longue expérience dans la police. Rachel n'avait que vingt-quatre ans et se donnait peu de chances. Ponchartrain avait survolé les quelques lignes de son maigre CV, lui avait demandé pourquoi elle voulait ce poste.

« Parce que c'est le meilleur au 36, madame. J'ai envie de travailler pour vous. »

Elle avait répondu spontanément, sans réfléchir.

« Alors je vous prends, Rachel. »

Elle avait adoré le sourire que Ponchartrain lui avait adressé et la poignée de main qu'elles avaient échangée. Comme un pacte.

Depuis, chaque jour, elle mesure sa chance de côtoyer une telle femme, au sein d'une brigade aussi performante.

Au 36, il n'y a pas de commissaire aussi respecté que Ponchartrain. Nombreux sont ceux qui rêvent de rejoindre son équipe. Mais les places sont chères et il y a peu d'élus... Elle en est. À ce poste effacé d'assistante, mais elle en est...

Ce n'est jamais de tout repos. Sophie Ponchartrain est exigeante, sévère parfois. Elle s'impatiente vite, quand les choses n'avancent pas au rythme qu'elle voudrait, s'énerve aussi, autoritaire et cassante. Certains la jugent intransigeante, mais ils se taisent. Pour la plupart de ses subordonnés, elle attend seulement de tous qu'ils donnent le meilleur d'eux-mêmes. Il ne faut jamais la décevoir. Autant que les hommes de l'équipe, Rachel Bachelard s'y applique de son mieux. Elle se dit que sa patronne doit être contente d'elle, puisque six ans après son engagement, elle est toujours là.

Sophie Ponchartrain n'oublie jamais l'anniversaire du petit, et ce simple détail éveille sa gratitude. Elle se rend bien compte que sa patronne est la mère qu'elle a si peu connue. Elle la respecte, l'admire, la sert sans faille. Elle aime tout chez cette femme, jusqu'à ses emportements.

Elle avait même pensé, à la naissance de son fils, lui demander d'être sa marraine. Elle n'a jamais osé.

Tout le monde s'accorde sur ce point : Rachel est sexy avec ses chemisiers échancrés, ses jupes courtes qui affolent les hommes. C'est vrai qu'elle est très jolie avec sa superbe chevelure rousse, ses traits fins, son regard franc, ses jambes fines, sa silhouette élancée. Elle répond toujours par un sourire à leurs inutiles tentatives.

Rachel a une certitude : elle ne se mettra plus jamais avec un flic. La vie avec celui qu'elle avait épousé, le père de Victor, était vite devenue un cauchemar. Ses horaires impossibles, écouter ses angoisses, supporter ses virées avec les collègues, dont il rentrait tellement bourré qu'il s'affalait dans le canapé sans se déshabiller. Une vie de flic, ce n'est pas une vie. Elle avait choisi de le quitter avant qu'il ne les détruise. Elle et surtout son fils.

Rachel n'attend plus le grand amour, mais elle en rêve encore parfois. Qui sait ? Il viendra sans doute, un jour.

Elle réveille son petit Victor. Il plisse ses yeux bouffis de sommeil, enfouit sa tête dans l'oreiller. D'elle, il a hérité sa rousseur, un vrai Poil de Carotte. De son père, ses yeux d'un noir profond.

Elle le prend dans ses bras, le couvre de bisous, le chatouille. Ses rires l'emplissent de joie.

Pendant quelques instants, elle oublie ce qui l'a tenue si longtemps éveillée. Ils s'entendent bien tous les deux, elle n'a besoin de personne pour être heureuse. Les week-ends où il est avec son père sont vides, elle ne revit que lorsqu'il le ramène, le dimanche soir.

À huit heures, elle le dépose à la maternelle, à deux rues de son deux-pièces de Faidherbe-Chaligny. Il a droit à la chambre, encombrée de jouets que, comme tous les matins, elle n'a pas eu le temps de ranger. Elle se contente du Clic-Clac du salon, qu'elle ne déplie que lorsqu'elle s'est assurée que son petit est bien endormi avec son Toto dans ses bras frêles. Toto est un singe en peluche grise dont Victor s'est amouraché depuis qu'il est tout petit. Un samedi, Toto était tombé de la poussette. Ils ne s'étaient aperçus de sa disparition qu'au moment du coucher. Rachel s'était reproché sa négligence, elle se sentait si fautive. Toto faisait partie de leur vie. Finalement, elle avait emmitouflé son fils dans son blouson d'hiver par-dessus son pyjama, et ils avaient arpenté les rues où ils s'étaient promenés. À travers la grille du parc fermé, elle l'avait vu, posé sur un banc par une main anonyme. Elle était passée par-dessus la grille pour le récupérer en hâte, laissant Victor endormi sa poussette, et en avait pleuré de soulagement.

Un café brûlant à la main, elle pénètre dans le bureau en désordre de sa patronne.

Elle a croisé les hommes de la brigade qui sortaient du briefing matinal. À voir leurs regards résolus, Ponchartrain a su les remotiver après plusieurs jours d'échecs. Elle ne les engueule jamais, dit seulement où, quand, pourquoi ils ont merdé et transmet des consignes précises, qu'ils doivent appliquer à la lettre. C'est ainsi qu'elle agit avec ses hommes. Fermement et avec autorité. Personne ne discute jamais ses directives. Les états de service du commissaire lui ont acquis la totale confiance de la hiérarchie et, surtout, de ses troupes. Ponchartrain attend de son équipe une entière fidélité. Ils lui donnent leurs tripes sans discuter, et elle les conduit sur les plus fascinantes enquêtes. En revanche, ceux qui mettent en doute ses jugements et ses décisions ne restent pas, rapidement écartés. Ils quittent son service, mutés discrètement, sans faire de remous… « Pas de temps à perdre avec des incapables. Nous sommes dans le même bateau, a-t-elle coutume de dire. On fait corps. »

Quand il a croisé Rachel, Dupouy lui a glissé : « Pompon est remontée comme un coucou. Bon courage, ma belle. »

Pompon, c'est ainsi qu'ils surnomment leur chef entre eux, non sans une certaine affection. « TGV » aussi, quand elle s'impatiente, car pour elle rien ne va jamais assez vite. « Accrochez-vous aux wagons. Avec Ponchartrain, c'est jamais le train-train ! » La blague cent fois répétée fait toujours recette.

Ils avaient demandé un jour à Rachel pourquoi elle restait dans leur service, si exigeant, alors qu'elle élevait presque seule son petit garçon.

« Je l'aime tellement, avait-elle répondu avec chaleur. C'est un grand flic et une grande dame. C'est une chance de bosser pour elle. »

Deltil avait pris un air grave.

« Méfie-toi, ma belle. Elle te tient, comme nous tous, et jamais tu ne la quitteras. »

La remarque du principal, pourtant si dévoué à Ponchartrain, avait pris tout le monde de court. Ils l'avaient dévisagé, interloqués.

« Cassons-nous vite ! avait lancé Marçais, rompant le silence.

– Pimpon ! Pimpon ! avait chanté Dupouy.

– Pompon, un grand flic ? Bof, un mètre soixante-dix sous la toise, tout au plus ! avait plaisanté Kassovic.

Ils s'étaient marrés, Deltil compris. Il ne savait pas trop quelle mouche l'avait piqué.

Rachel pose la tasse sur une pile de dossiers.

« Merci, Rachel », dit Ponchartrain, la bouche pincée. Elle est plongée dans le dossier de Chambaraud depuis son arrivée.

Comme son assistante reste plantée là, elle lève finalement les yeux.

« Quelque chose vous tracasse, Rachel ?

– Je pensais à une chose cette nuit, madame.

– Je vous écoute.

– C'est au sujet du violeur des parkings...

– Ah, ce sale type. Ne vous en faites pas, Rachel, il ne courra plus très longtemps. »

Rachel hoche la tête sans bouger, l'air embarrassé. Ponchartrain la dévisage quelques instants : « Vous prenez cette affaire à cœur, Rachel. Nous aussi, croyez-moi.

– Il va récidiver, madame.

– C'est évident. Tant qu'il ne sera pas sous les verrous, il représente une grande menace. »

Ponchartrain s'est replongée dans le dossier de Chambaraud.

Rachel ne lui avoue pas qu'elle l'a feuilleté la veille avant de partir. Ponchartrain la remettrait à sa place, et elle aurait raison.

C'est la déposition de la mère de Chambaraud qui a attiré son attention. Dans le procès-verbal, elle répétait avec insistance qu'elle ne voyait plus son fils depuis longtemps, ne voulait plus entendre parler de lui. « Je l'ai trop materné et voilà le résultat, un vilain garçon. » Rachel avait été étonnée de voir une mère abandonner ainsi son fils, mais surtout, elle ne saurait expliquer pourquoi, ses propos lui avaient paru sonner faux.

Cette impression ne l'a pas laissée en paix. À présent, elle n'a plus le choix, elle se lance :

« Et s'il était retourné chez sa mère ?

– On l'a déjà interrogée à deux reprises. Elle a coupé tout contact avec son fils depuis des années. La perquisition n'a rien donné. Ne vous inquiétez pas, Rachel, nous allons vite trouver où se planque ce salaud. Allez, filez maintenant et, soyez gentille, rapportez-moi un café. » Elle tend sa tasse vidée d'un trait, se ravise soudain.

« Qu'est-ce qui vous fait penser ça, Rachel ?

– Ils reviennent toujours chez eux, non ? Et sa mère... »

Elle hésite, s'interrompt.

« Oui, sa mère ? » l'encourage la divisionnaire.

Rachel se mord les lèvres, elle craint d'aller trop loin, poursuit cependant :

« Ce serait logique qu'elle le protège. C'est sa mère.

– Le protéger ? Des flics ?

– Oui, de nous... Elle le cache peut-être, parce qu'elle est convaincue qu'il est incapable de faire des choses pareilles. Une mère...

– Vous êtes adorable, Rachel. Vraiment, vous ne serez jamais flic...

– Ah, ça, jamais ! s'exclame Rachel.

– Et c'est mieux comme ça, ma fille..., approuve Ponchartrain avec un sourire. Écoutez, ce type est un tordu, mais il n'est pas assez idiot pour retourner là-bas.

– Je ne sais pas. Peut-être qu'il s'y sent en sécurité et qu'elle a menti.

– Et ce café, Rachel ? sourit sa patronne.

– Tout de suite, madame.

– Sans sucre, hein ? »

Ce jour, à onze heures trente-deux, Guillaume Chambaraud, soupçonné d'être le violeur des parkings, a été arrêté au domicile de sa mère, où il dormait comme un bébé.

Le ministre de l'Intérieur en personne appelle la divisionnaire pour la féliciter du succès de sa prise. Par la porte entrouverte, Rachel entend sa patronne jubiler : « Ça m'a paru une évidence, explique-t-elle au ministre. Les déséquilibrés de ce type, quand ils sont aux abois, se tournent souvent vers leur mère. Qui d'autre pourrait mieux les protéger ? Le principal est de l'avoir appréhendé, monsieur le ministre. »

Ponchartrain triomphe.

Elle s'emballe un peu vite. La douche froide ne se fait pas attendre.

Guillaume Chambaraud nie tout en bloc. D'abord, il se plaint du sort qu'on lui a réservé, supplie, pleurant presque, qu'on le laisse partir. Puis, d'un coup, il se défend comme un enragé, affirme qu'il a des alibis. Il exige qu'on le libère, menace de porter plainte. Ils vont entendre parler de lui...

18

Le corps d'Antoinette Thomas née Soussin gît toujours dans son modeste deux-pièces de Bois-Colombes et le corps éventré de Pauline Jean-Joseph, dans une cave de Bar-sur-Aube, n'a pas encore été découvert à l'heure où la brigade de Ponchartrain, réunie dans le bureau de Deltil, s'offre une bière pour fêter l'arrestation du violeur des parkings. L'avoir serré, c'est une chose, maintenant, il faut du concret... Des aveux, des preuves, ils entrevoient la masse de boulot qui les attend.

Ils attendent les ordres.

Il y a là : Alexandre Kassovic, un jeune qui a rejoint la brigade huit mois plus tôt. Il exulte : « Il fallait y penser, que ce fumier retournerait chez sa petite maman ! Quel putain d'enfoiré. Elle a un sacré flair, la Pompon.

– C'est pour ça qu'elle est chef, Alex », répond Rachel.

Kassovic est un garçon athlétique de vingt-neuf ans qui entretient une barbe de plusieurs jours. Ce serait vraiment un beau gosse, mis à part un gros grain de beauté incongru, un poireau disgracieux planté au bout de son nez. À la brigade, on le surnomme ouvertement « Bien Visé », mais il s'en moque, sûr de son physique, persuadé que ce « grain de beauté » ajoute à son charme. Il est le seul à croire encore à ses chances avec Rachel, qu'il drague depuis son arrivée et invite à dîner à la moindre occasion. Elle s'en sort toujours par un sourire en prétextant son gamin qui l'attend. Il ne se décourage pas. « Un de ces quatre, elle me tombera dans les bras », assure-t-il à ses collègues qui s'amusent de son manège et le poussent à s'accrocher.

Comme Bien Visé, chacun a un surnom.

Régis Deltil, quarante-cinq ans, c'est « Champion » – non pas parce c'en est un (« ça se saurait », plaisante Ponchartrain qui, la première, l'a affublé de ce surnom), mais parce que « Champion ! » est son exclamation favorite. Il est le plus ancien de la brigade. Il bosse au côté de Ponchartrain depuis onze ans. Refusant toute mutation qui l'aurait fait grimper plus haut, il est maintenant commissaire principal et cela lui convient parfaitement. Il sait que c'est à Ponchartrain qu'il doit cette promotion. Mais ce n'est pas seulement pour cela qu'il lui est dévoué corps et âme. Il a toujours le sentiment qu'avec elle, tout devient possible. Ensemble, ils ont remporté de belles victoires, dont il a souvent été un artisan majeur. Il s'est toujours effacé, lui laissant les honneurs. Les félicitations de sa chef lui suffisent. Son épouse, Michèle, avec qui il a quatre enfants, s'en amuse : « Mon mari a deux femmes dans sa vie... Heureusement que je ne suis pas jalouse ! » Sophie Ponchartrain est d'ailleurs la marraine de Vincent, leur troisième, et, comme pour Victor, elle n'oublie jamais son cadeau d'anniversaire.

Il y a aussi Bernard Dupouy, un métis réunionnais de trente-six ans, dit « le Frisé » ; Philippe Marçais, quarante-quatre ans, dont sept dans cette équipe, surnommé « le Petit » car il ne dépasse pas le mètre soixante ; et Philippe Lassus, quarante ans, surnommé tout simplement « Fifi ». À l'inverse de Deltil, il a demandé sa mutation deux ans plus tôt sur l'insistance de sa femme, qui en avait assez de voir rentrer un zombie... quand il rentrait ! Le travail dans cette brigade le bouffait et elle avait exigé qu'il la quitte. « Vous êtes tous les esclaves de cette femme et vous ne vous en rendez même pas compte ! Tu mérites mieux que de rester inspecteur. » Mais Ponchartrain avait fait pression, affirmé qu'elle avait besoin de lui. Il avait finalement cédé mais il lui avait fallu dix jours avant d'oser l'annoncer à sa femme, redoutant son mépris ou pire, qu'elle parte avec leurs deux gosses. Elle avait juste conclu qu'elle le plaignait. Depuis, elle lui infligeait ses sarcasmes et des colères de plus en plus fréquentes. Il n'osait s'avouer que sa vraie famille était peut-être cette brigade, et que, sans elle, il n'était plus grand-chose.

Sophie Ponchartrain rejoint ses hommes, qui se raidissent, se redressent à son entrée. La patronne n'apprécie pas le laisser-aller... Elle leur annonce qu'elle tient à consigner en personne les aveux de Chambaraud. « Il nous a assez fait chier, j'ai envie de me le faire. Je vais y retourner, explique-t-elle. Avec moi, il se mettra à table. Vous verrez qu'il finira par nous remercier de l'avoir arrêté avant que ça le reprenne. Je les connais par cœur, ces salopards, ils font les malins, puis chialent comme des brêles et finissent par supplier qu'on les soigne, parce qu'ils ne sont pas des criminels mais des pauvres malades incapables de résister à leur pulsions, et patati. »

Les hommes aiment bien quand leur chef se laisse aller à employer des mots un brin ordurier.

« Champion, patronne ! » tonne Deltil en levant sa canette, imité par tous les autres.

D'un coup, l'ambiance a changé. Personne ne doute que ce fumier va craquer face à la patronne.

Tandis qu'ils buvaient un coup, ils ont laissé leur suspect moisir, menotté, dans la pièce d'interrogatoire sous la surveillance d'un agent. Tout à l'heure, ils l'emmèneront chez le juge.

Avant cela, il aura tout craché à Sophie Ponchartrain.

Les hommes finissent leurs bières. Ils ont prévu d'aller déjeuner ensemble au Soleil d'Or. Coq au vin au menu du jour. Kassovic attend le moment d'inviter Rachel à se joindre à eux.

Aujourd'hui elle acceptera. Il s'arrangera pour s'asseoir à côté d'elle, avec la complicité des copains.

Ponchartrain se lève. « Bon, les enfants, la fête est finie. Allez déjeuner, je m'occupe de lui. »

19

Après avoir rangé le désordre laissé par les hommes, Rachel n'a pas échappé au déjeuner avec les collègues. « On t'invite ! » Comme de coutume elle a droit aux assauts inutiles de Bien Visé. « J'aime pas les flics ! plaisante-t-elle invariablement. Même quand ils sont aussi beaux gosses que toi ! » La remarque fait rire les collègues, tandis que Kassovic bombe le torse comme un gamin. C'est un bon flic, il deviendra sans doute très bon, mais il est encore un peu trop naïf, avec les femmes en particulier, et trop sûr de lui. Il faudrait quand même qu'il fasse ôter ce poireau de son pif, là, c'est sûr, il serait franchement séduisant. Bien Visé est un peu bourré, il lève son verre de rouge et porte un toast en regardant Rachel avec un sourire benêt : « À notre amour !

– Pas de flics, s'amuse la jeune femme.

– Change de rengaine, ma belle ! Je ne suis pas "les flics", je suis ton flic d'amour ! » proteste Kassovic, mi-rieur, mi-premier degré. C'est son gros défaut : il manque de recul et d'humour.

« Tu nous casses les couilles, conclut Dupouy. Il serait temps de rentrer, Pompon doit bouillir. À cette heure, le mec a dû passer à table, lui aussi. »

Tout le monde s'esclaffe, et c'est une joyeuse bande qui rejoint le 36, ravie d'avoir, une heure durant, échappé à la pression permanente que font peser leur boulot et leur chef sur chacun d'entre eux. Rachel est heureuse, au fond, de partager ces moments de camaraderie avec les hommes de la brigade de Ponchartrain.

Elle regagne son bureau. La patronne est toujours avec son suspect et Rachel ne résiste pas à la curiosité. L'idée l'a travaillée pendant tout le déjeuner.

Depuis toute petite, elle avait besoin de savoir, de se mêler de « ce qui ne la regarde pas », comme on le lui reprochait sans cesse. Elle en a pris des roustes à cause de ça, à fouiller dans le sac à main de sa mère, les costumes de son père, l'armoire de son frère cadet, les coffrets de sa mémé. Plus tard, le calepin de son mari policier. Partagée entre la frustration et le soulagement, elle n'avait pas trouvé alors ce qu'elle cherchait : la preuve de la liaison qu'il entretenait avec une fliquette du 12e arrondissement. Elle avait demandé le divorce. Elle ne supportait plus leur vie, bousillée par son métier de flic.

C'est plus fort qu'elle : elle se glisse dans le bureau de Ponchartrain. Elle veut savoir, comprendre peut-être. Elle n'est pas inquiète : en tant qu'assistante, elle a plein de bonnes raisons d'être ici. Elle n'a cessé de repenser à ces lettres que la divisionnaire range dans le tiroir du bas. Elle en reçoit régulièrement, les parcourt rapidement, s'en débarrasse dans ce tiroir, mais ne les jette pas. Lui arrive-t-il de les relire ?

Jusque-là, elle n'y prêtait guère attention, mais désormais ces lettres l'intriguent. Avoir vu Ponchartrain jeter d'un geste agacé, après un bref coup d'œil, une des enveloppes dans son tiroir du bas, la pousse maintenant à prendre le risque.

Fouiller dans les secrets de sa patronne, c'est quand même un coup à se faire virer.

Rachel ouvre d'un geste ferme le tiroir. Il y a bien là une trentaine de lettres, remises dans leurs enveloppes ouvertes sans soin, à demi déchirées, froissées, mais soigneusement empilées, de la plus récente à la plus ancienne. Elle examine les cachets de la poste ; cette correspondance secrète s'étend sur des années. Sur le dessus de la pile, celle qu'elle a reçue aujourd'hui, postée de Clairvaux. Elle l'ouvre et déplie une simple feuille sur laquelle est écrit, en majuscules : « SAUVEZ-MOI ».

Elle pioche au hasard dans le tas épais. Elle parcourt à la hâte de longs plaidoyers sur l'innocence de leur auteur ou de brèves professions de foi sur l'erreur judiciaire dont il se prétend victime. Ces deux mots : « Sauvez-moi », reviennent comme une litanie.

Mal à l'aise, Rachel remet tout en place précipitamment. Elle a l'impression d'avoir commis un sacrilège, violé un secret.

Chaque lettre est signée du même nom : Nicolas Thomas.

Ce nom lui dit quelque chose. Elle l'a lu récemment, ou entendu. Cela lui revient brusquement : c'est l'homme dont on a récemment signalé la libération conditionnelle. Elle parcourt le bureau des yeux. Était-ce Ponchartrain qui avait suivi l'affaire ? Peut-être qu'elle a ressorti le dossier, peut-être est-il là, dans une pile ? Elle le déniche en effet, enseveli dans le fatras de dossiers qui couvre le bureau. Elle quitte la pièce, le dossier sous le bras, l'ouvre fébrilement. Après une demi-heure de lecture, elle n'ignore plus rien des horreurs commises par Nicolas Thomas.

C'était il y a trente ans, en 1960. L'année de sa naissance.

C'est sa patronne qui, à l'époque, enquêtrice fraîche émoulue, avait obtenu ses aveux signés. C'est donc ainsi, avec ce résultat impressionnant, là où les plus anciens avaient échoué, que Sophie Ponchartrain a débuté son ascension fulgurante ? « C'est vraiment une femme exceptionnelle », murmure Rachel.

Pourtant, elle ressent une curieuse impression, un malaise, au plus profond d'elle-même. Elle est ainsi : hypersensible, depuis toujours, et contenant parfois difficilement ses émotions. Elle a l'intuition qu'un lien mystérieux et inquiétant unit l'auteur de ces lettres et sa patronne. Et cela l'angoisse pour une raison qu'elle ne s'explique pas.

Ponchartrain pourrait surgir d'un instant à l'autre.

Elle remet le dossier en place et rejoint les hommes dans le bureau de Deltil.

« Elle est toujours avec lui, indique le commissaire principal. Pompon doit en baver avec ce fumier. »

Ils attendent, attentifs au moindre bruit, quand soudain Ponchartrain déboule, en furie.

Il est déjà plus de dix-sept heures.

Elle demande à Deltil de prendre le relais. Mais déjà, elle n'y croit plus. Ce fumier ne cédera pas aujourd'hui, et il faudra le relâcher... En attendant mieux.

20

Il n'a pas cédé. Pas d'un pouce.

Guillaume Chambaraud a tenu face à la divisionnaire. Obstinément, avec une assurance jamais prise en défaut. De toute sa carrière, Sophie Ponchartrain ne s'est jamais heurtée à un tel mur. Elle a tout tenté : le menacer, l'insulter, lui promettre de le confronter à sa première victime qui, assure-t-elle, patiente dans un bureau voisin. « Elle t'a reconnu formellement. Elle ne rêve que d'une chose : qu'on te coupe les couilles. »

En réalité, la jeune femme est loin d'être aussi catégorique. C'est vrai, il lui semble que son agresseur avait la même taille, la même silhouette, le même regard noir que ce garçon qu'on lui a montré derrière une vitre sans tain. Pourtant elle doute : « Je ne suis plus très sûre, je ne sais pas... Il portait une cagoule, vous savez. » Son témoignage est devenu fragile. Ponchartrain se retient d'exploser et de la secouer pour lui remettre les idées en place.

Pour ce qui est de la deuxième victime, elle est toujours à l'hôpital, choquée, incapable de se souvenir de son agression. Dans l'immédiat, la police ne peut rien attendre d'elle.

En revanche, Chambaraud peut compter sur sa mère. Après avoir d'abord nié tout contact avec son fils, « pour le protéger, quelle mère agirait autrement ? », celle-ci est à présent formelle : son fils a passé toutes ses soirées avec elle, à son appartement. Ils dînaient, regardaient la télé et allaient se coucher. « S'il était sorti, je l'aurais entendu. Un rien me réveille », a-t-elle soutenu. Allez donc vous y retrouver dans les mensonges de cette femme.

« Elle défend son rejeton avec les dents », dit Marçais, qui a été chargé de l'interroger à leur retour du restaurant.

Les charges contre Chambaraud s'effritent une à une. Pas d'empreintes, pas de témoignages suffisamment solides, des alibis, « bidon » peut-être, mais que la mère est prête à confirmer sous serment.

Pourtant la divisionnaire Sophie Ponchartrain sait qu'elle tient son coupable. Elle n'a jamais été trahie par son intuition. Et quand Chambaraud a exigé de voir un avocat, elle est sortie de ses gonds. Il a dépassé les bornes de sa patience, et elle ne supporte pas ce qu'elle considère comme de la provocation.

Dans un mauvais réflexe, elle l'a giflé. À deux reprises, avec violence.

Elle a aussitôt réalisé son erreur. Chambaraud a de la haine dans le regard.

« Je veux un avocat et faire constater que j'ai été frappé. »

Il l'affronte sans baisser les yeux. Devant son silence, il répète.

« Je demande à voir un policier pour porter plainte. » Puis il s'est mis à chialer, « comme une gonzesse ».

Elle n'a pas répondu et elle est sortie en claquant la porte.

« Il est plus costaud que je ne le croyais », fulmine-t-elle.

Si les choses continuent comme ça, ce n'est pas aujourd'hui qu'elle le présentera au juge. Elle va le garder aussi longtemps qu'elle pourra, mais ce soir, il dormira chez maman.

« Quel enfoiré ! » hurle Ponchartrain en passant devant Rachel. Elle ordonne, sans un regard pour son assistante : « Apportez-moi un café ! »

Elle se reprend : « S'il vous plaît, Rachel. Veuillez m'excuser, mais ce salopard m'a mise hors de moi. »

Jamais la divisionnaire ne s'est sentie aussi humiliée. Elle a beau être convaincue qu'elle ne se trompe pas, qu'elle ne le lâchera pas et qu'il finira par tomber, elle déteste ce sentiment d'échec. Elle y est si peu habituée. Va-t-il falloir qu'elle reconnaisse sa défaite devant le juge Bugeaud, qu'elle lui avoue pourquoi elle doit relaxer Chambaraud ? « Nous ne disposons pas encore d'éléments suffisants. » Elle l'entend d'ici, ce planqué condescendant : « Vous vous êtes emballée un peu vite, madame la divisionnaire. Ce n'est pourtant pas dans vos habitudes. Vous avez vendu la peau de l'ours, et maintenant, vous voici dans de beaux draps. » Et si l'autre fumier porte plainte, et que Bugeaud apprend qu'elle l'a giflé...

Il y aura aussi ses charmants collègues des autres services, qui n'attendent qu'une occasion de lui tirer dans les pattes, à cette bonne femme, un peu trop vite montée en grade à leur goût. Ils vont bien se foutre de sa gueule. « Pompon l'a dans l'arrière-train ! »

Ce type, elle va devoir le remettre dans la nature, mais elle aura sa revanche.

« Ne triomphe pas encore, saloperie. Je t'aurai. Tôt ou tard, mais je t'aurai. »

Tandis qu'elle saisit le café sans un merci, elle dit d'une voix nerveuse :

« Appelez-moi Bugeaud, Rachel ! Il faut que je parle à cette enflure de petit juge !

– Maintenant ?

– Maintenant, oui. Vous avez une objection, mademoiselle Bachelard ? »

Ce « mademoiselle Bachelard » claque comme une gifle. Depuis six ans, c'est toujours « Rachel ».

Elle en pleurerait. Elle ne reconnaît pas la femme qu'elle respecte tant.

21

Par la porte du bureau restée entrouverte, Rachel entend exploser la colère de la patronne. Violente et incontrôlable. Personne n'est épargné : ni le juge qui, comme elle s'y attendait, en a profité pour la rabrouer, ni l'avocat de Chambaraud, mandaté par sa mère, et qui réclame maintenant une expertise médicale, ni cette ordure qui va s'en tirer. Tous lui ont infligé le pire des affronts.

Rachel en a l'estomac noué. Une femme comme elle, obligée de subir les remontrances du juge.

Bugeaud a estimé que les éléments rassemblés étaient *très* insuffisants pour inculper Chambaraud. « Rappelez-moi quand vous aurez du concret, madame la divisionnaire, a-t-il pontifié. En attendant, vous le relâchez... avec vos excuses. Il ne manquerait plus qu'il porte plainte. Ce n'est pas le moment d'attirer trop l'attention sur les errements de cette enquête, madame la divisionnaire. »

Guillaume Chambaraud n'a pas eu droit à ses excuses quand, en fin de soirée, il a quitté le 36 en compagnie de sa mère, venue chercher son « pauvre garçon ».

« Merde, il ne va pas lever le petit doigt, ce juge ? » s'insurge Deltil, tout aussi furieux que sa patronne. Il épouse toujours l'humeur de sa chef.

« On n'a pas de preuves, il a un alibi, répond Ponchartrain. Il ne voit pas plus loin.

– Sa mère ! Vous parlez d'un alibi ! fulmine Deltil.

– Laissez-nous cette bonne femme, patronne. Je vous assure que je vais me la payer. On va les faire sauter en moins de deux, ses alibis à la con, renchérit le petit Marçais.

– Boucle-la, Marçais. Le dossier était mal ficelé, bordel, et voilà le résultat ! Nous avons merdé. D'abord on le laisse filer, et maintenant, il nous rit au nez. Voilà ce qui arrive, à sous-estimer l'adversaire ! »

Ils se jettent des regards en coin. Aucun n'ose s'insurger. Jamais ils ne répliqueront qu'ils n'ont fait que suivre les instructions qu'elle a données. Elle était si sûre d'elle.

« Et la fille ? Il faudrait peut-être lui rafraîchir la mémoire. On aurait du solide, chef, suggère Lassus.

– Tu sais bien qu'elle s'est rétractée. Maintenant qu'elle a eu le temps de le regarder, elle ne le reconnaît pas vraiment, il était plus grand que Chambaraud, et tout un tas de conneries. Dans l'immédiat, elle ne reviendra pas là-dessus.

– Et l'autre ?

– Elle est dans le cirage. Pour l'instant, les médecins interdisent qu'on y touche.

– Putain, on a un violeur et on va le relâcher dans la nature », souffle Dupouy.

Il n'aurait pas dû insister.

« Vous me faites chier ! Qu'est-ce que je fous avec des tocards pareils ? Toi, le Frisé, retourne sur ton île à la con ! » tempête la divisionnaire.

Toute la rage de Ponchartrain explose d'un coup, trouve soudain un exutoire. Jamais ils ne l'ont vue ainsi, elle d'ordinaire maîtresse de ses nerfs en toute circonstance, ne se permettant aucune parole déplacée. Le Frisé paye pour le juge, se dit Rachel. Sans protester, Dupouy accuse le coup et choisit de s'éclipser.

« J'en ai ras le bol, de bosser avec des branleurs, je ne veux plus voir sa gueule », dit Ponchartrain à Deltil.

Le principal ne bronche pas, convaincu que la colère de sa chef passera aussi vite qu'elle est montée. Dupouy est un bon élément. Elle ne s'en séparera pas.

« Et le juge ? questionne-t-il pour détourner l'attention. Ne me dites pas qu'il croit Chambaraud innocent ? Il a tout nié en bloc, mais ça puait le mensonge, avec ses airs fuyants de pervers...

– Ce juge, il se la pète. Je ne sais pas comment je me suis retenu de foncer à son bureau pour lui mettre les points sur les i. Il m'a demandé de travailler avec "professionnalisme". Vous vous rendez compte, messieurs, ce connard, qui ose me parler, à moi, de "professionnalisme" ! C'est tout juste s'il ne m'a pas engueulée pour avoir arrêté un innocent !

– Il a quand même sorti sa bite, et pas qu'une fois, le Chambaraud ! grogne Deltil. Et sur ce point, on a des témoins catégoriques. Les filles l'ont toutes reconnu !

– Je lui ai dit, Deltil. J'ai tenté de lui faire comprendre mais cet imbécile n'a rien voulu entendre. Il m'a dit qu'il l'inculpera pour exhibitionnisme et le fera placer sous contrôle judiciaire, "quand les faits seront actés", mais que, "à ce stade, rien n'est prouvé, et qu'en tout cas rien ne permet de dire qu'il est le violeur qu'on recherche". Ce faux-cul de juge a voulu me montrer qui était le patron. »

Elle s'interrompt, passe ses hommes en revue de son regard froid et déterminé : « Voilà où nous en sommes, messieurs.

– OK, on fait quoi, patronne ? » Deltil est le seul à oser la questionner. Les autres n'ont pas envie de subir le sort de Dupouy.

« On ne le lâche pas d'une semelle. Je veux une surveillance permanente sur ce fumier. Il nous balade, avec sa mère et son avocat de merde. Je veux que vous me rapportiez un coupable, compris ?

– Oui, patronne, confirme Deltil.

– Lassus, tu fais savoir à sa boîte que leur gentil comptable montre sa queue dans les parkings. S'ils n'ont pas envie d'avoir d'emmerdes, ils le vireront, et ça le fragilisera.

– Mais si réellement c'était pas lui ? ose Deltil.

– Qu'est-ce que tu racontes ? C'est lui, point final. Deltil, tu diriges les opérations et tu me tiens au courant heure par heure. Je veux des résultats, ordonne Ponchartrain.

– C'est bon, chef. On l'aura.

– Vous me le serrez, ce fumier. »

Quand ils passent devant elle en quittant la pièce, Rachel entend Lassus glisser à Deltil :

« Et si elle se gourait, la patronne ?

– Va lui dire, mon vieux, répond le principal.

– Pimpon, pimpon ! » rigole le Petit. Mais à voix si basse que seule Rachel l'entend.

Ils ne le diront pas mais cela les a mis mal à l'aise de voir la patronne perdre les pédales comme ça. Jamais auparavant elle ne s'en était prise de façon aussi injuste à l'un des hommes de sa brigade.

Tandis que les gars s'éloignent, Rachel ne peut s'empêcher de penser aux lettres du tiroir. Dans lesquelles un homme, un psychopathe, répète à l'infini son innocence.

Elle prépare un café pour sa chef. Elle sait que la demande ne va pas tarder à fuser.

Pour la première fois en six ans, elle a aperçu une facette de sa supérieure qu'elle ignorait : incapable de maîtriser sa rage, insultante à la limite du racisme, comme si elle faisait de cet échec une affaire personnelle, qui avait soudain fait émerger la vulgarité enfouie en elle.

22

25 mars 1990

À deux cents kilomètres de Paris, comme tous les soirs, André Laforgue se sert un second whisky en regardant le soleil descendre à l'horizon. Il a décliné l'invitation de ses deux ouvriers à aller boire un coup au village. Il préfère toujours rester seul.

Trois mois plus tôt, il s'est porté garant pour accueillir Nicolas Thomas à sa sortie de taule. Depuis des années, à chacune de ses demandes de liberté conditionnelle, il s'était déclaré volontaire pour héberger ce détenu au passé tellement monstrueux que la plupart reculaient quand son dossier leur parvenait.

Il sait tout de lui. Qui il est, ce qu'il a fait. Il n'a pas peur. L'accueillir dans son exploitation normande, il l'a voulu. Orchestré.

Nicolas Thomas n'est pas le premier à qui il accorde sa protection.

« Ces types, même les pires, ont droit à une seconde chance », explique-t-il à ceux qui s'étonnent de son engagement. C'est par conviction qu'il la leur donne. « Parce qu'ils ont besoin qu'on leur tende la main, pour pouvoir prendre un nouvel envol. Ce sont des bêtes qui arrivent chez moi, et des hommes qui en repartent », conclut-il.

Après tout, lui aussi a fait des conneries quand il était jeune, confie-t-il avec franchise, et de la taule. Un peu plus de deux ans, dans les années 1950. « Qu'est-ce qu'on est con quand on est jeunot », se lamente-t-il, un brin amusé, auprès de ses copains. Il a été « sauvé », ce sont ses mots, par l'ancien proprio de la petite entreprise qui l'avait accueilli à sa sortie, et qui lui a légué son bien quand il est mort : une vaste maison dont il faudrait refaire le toit de chaume et une dizaine d'hectares où pousse ce qu'il vendra, le printemps venu, aux Parisiens toujours friands de produits du terroir. Sa petite entreprise rapporte assez pour employer deux ouvriers. Lui, il n'a pas de gros besoins. Il ne voyage pas, ne sort guère, ne va pas au restaurant, se contente de ce qu'il a.

Laforgue est un type bien, tout le monde le dit dans le village. C'est tout juste si on ne l'a pas affublé d'une réputation de saint homme. Il est célibataire. Il en plaisante : « Je sais faire la vaisselle et le ménage ! » Mais ajoute d'un air résigné : « Quelle femme voudrait de mes mauvais garçons ? »

Cela fait des années qu'il accueille des taulards (combien ? Il a perdu le compte) et il se targue de n'avoir jamais eu de problème. Ce ne sont pas des enfants de chœur, ce sont même souvent de vraies crapules. Mais au final, tous sont des mecs fracassés par la détention, le remords, la honte aussi. Quand ils arrivent, ils font profil bas, obéissent sans rechigner. Les trois derniers, ce furent un matricide, un violeur, et l'assassin d'une vieille dame.

Il est toujours partant pour les cas les plus difficiles.

D'emblée, il leur annonce qu'il refusera de parler avec eux de ce qu'ils ont fait, de la peine qu'ils ont purgée, de ce qu'ils ont enduré, de sonder leur passé. « Ça ne me regarde pas, répond-il à ceux qui cherchent à se confier. Chacun porte sa merde, même moi, mon ami. Tu es là pour oublier tout ça et regarder devant. Fais comme moi, mets une croix sur ton passé et avance. »

En réalité, il connaît tout d'eux.

Il a sa pièce derrière la grange, cadenassée, où il consigne méticuleusement les dossiers de chacun, soigneusement élaborés, avec les articles des journaux, les minutes des procès, les courriers officiels, les échanges avec les directeurs des prisons…

Parfois, il s'y enferme des heures entières, avec interdiction de le déranger. « Je vais faire les comptes », explique-t-il.

Il se plonge dans les lourds casiers de chacun sans que cela l'effraie. Bien au contraire… Dans son repaire, il complète régulièrement et avec minutie ces dossiers sur ses anciens pensionnaires. Ils sont son trésor secret.

Le type qui devait arriver ne serait jamais sorti sans lui.

Laforgue était la dernière chance de Thomas. Il l'a offerte une fois de plus, à un homme dont personne ne voulait entendre parler.

« On fait comme d'habitude, Thomas dormira dans la petite chambre aménagée dans la soupente de l'atelier, a-t-il expliqué aux fonctionnaires de la probation. Il partagera ses repas avec les deux autres ouvriers. Il ne bénéficiera d'aucun passe-droit, il devra bosser autant que les autres pour mériter sa place et sa liberté. Je l'aurai à l'œil et je veillerai en personne à ce qu'il respecte les règles de sa probation», a-t-il promis. Il a plaisanté : « Vous me connaissez, chez moi, on en chie et les gars filent droit ! Sinon, ouste ! »

Laforgue a toute la confiance de l'administration.

Ce soir, Thomas n'est toujours pas arrivé à Torgeville. Il devait être là depuis le 22, le 23 au plus tard. Pour l'instant, Laforgue n'a rien signalé.

Il se donne jusqu'à demain midi pour informer la gendarmerie de son absence. Dernier délai.

L'idée ne lui plaît pas. Vraiment pas du tout. Mais il devra bien s'y résoudre.

Il dîne seul et va se coucher, ne trouve pas le sommeil.

Le lendemain, André Laforgue laisse filer les heures. À dix-huit heures, il se résigne : il doit aller prévenir les gendarmes.

Le capitaine Delsol dit : « S'il est dans la nature, on est dans la merde. Et toi aussi. » Il l'engueule d'avoir laissé passer quatre jours sans prévenir quiconque. Il ajoute : « Tu t'es mis en faute, Laforgue. J'espère que ça te vaccinera de vouloir aider des assassins. »

Laforgue encaisse sans protester. Il répond : « Ce n'est pas un raté qui me fera renoncer. Cela devait bien arriver un jour ou l'autre. » Il s'excuse : « J'ai fait une erreur, j'ai voulu lui laisser une chance... »

Delsol hausse les épaules de dépit. Il n'apprécie pas trop les bons Samaritains.

Le soir même, un avis national de recherche est lancé.

« On ne plaisante pas avec un mec pareil en liberté. Imagine que ça le reprenne ! » enrage Delsol.

Cette nuit encore, agité, Laforgue dort mal. Il sait que Thomas ne viendra jamais.

Il y a longtemps que son passé n'a pas resurgi aussi brutalement, ranimant des souvenirs enfouis, mais jamais oubliés. Et ses mauvaises pulsions avec.

Il se réveille en nage, nauséeux : et merde, quelle folie l'a poussé à vouloir s'occuper de Nicolas Thomas ?

Il y a vingt-huit ans, il était présent aux assises quand la peine de mort avait été prononcée. Il avait hurlé sa haine avec les autres.

Il sourit : « Je dois être un monstre. » Puis se rendort.

23

1er avril 1990

Peut-être Bernard Nageotte avait-il eu la mauvaise idée de se réjouir au moment où le verdict était tombé ? Un large sourire satisfait qu'il n'avait pas cherché à dissimuler s'affichait sur son visage tandis qu'il parcourait des yeux la salle d'audience. Comme si cette condamnation était aussi sa victoire. Puis, il avait fixé Thomas, l'avait défié du regard. Tout juste s'il ne s'était pas joint aux applaudissements et aux cris de haine qui avaient suivi la lecture du verdict.

Il avait eu ce coup de chance inouï d'être tiré au sort pour faire partie des jurés au procès de Nicolas Thomas, surnommé par la presse « le monstre au visage d'ange », devant la cour d'assises de Paris.

Thomas l'avait repéré dès les premières minutes de son procès. À la tribune des jurés, Nageotte ne cessait de lui lancer des regards. Avant même que ne commencent les débats, il avait senti son hostilité.

Effectivement, le juré Nageotte s'était montré particulièrement appliqué aux débats. Il affichait ses états d'âme par des mouvements de la tête, ses impatiences en tapotant sur le pupitre devant lui, ses avis en les chuchotant avec ostentation à l'oreille de ses voisins. Il avait même eu le culot de remercier « la toute jeune » Sophie Ponchartrain pour « la justesse et le sérieux » de son intervention. Le juge l'avait rappelé à l'ordre.

En bon élève, il notait tout dans un cahier à spirale. Lorsqu'un témoignage lui paraissait important, il sortait un stylo rouge de sa poche. « Pour être sûr de ne rien oublier quand il faudra trancher », expliquait-il aux autres jurés, qu'il fatiguait avec ses certitudes et ses discours à chaque interruption d'audience. Il ne se privait pas de leur faire connaître son avis et s'étonnait que certains puissent avoir des doutes. « Vous ne voyez pas que ce monstre est le mal personnifié ? Il ne mérite que l'échafaud », les interpellait-il.

Il était un farouche partisan de la peine capitale.

À plusieurs reprises, il avait voulu affronter Thomas du regard mais, les rares fois où il avait réussi à l'accrocher, il n'était jamais parvenu à le faire céder le premier.

Avoir été juré dans un tel procès fut l'histoire de sa vie. Il s'était promis d'écrire un livre sur cette affaire, mais ne l'avait jamais fait. Du coup, il le racontait, encore et encore, aux collègues, aux amis. Aucun n'échappait à son récit et à son face-à-face avec le monstre, et tous se lassaient vite de ce vieux garçon maniaque et égocentrique. Cent fois il avait raconté, jamais avare de détails, les crimes de Thomas. Il avait contribué à « lui obtenir un rendez-vous avec môôôssieur André Obrecht, l'homme aux 322 exécutions ! », disait-il avec grandiloquence. Mais qu'est-ce qui avait pris à de Gaulle de le gracier ? « Ah, il en a fait, des conneries, le grand Charles. Mais celle-là ! »

Quelques jours plus tôt, une fois de plus (Tonio, le patron, a du mal à donner un jour précis, mais c'était il y a moins d'une semaine, pour sûr), au comptoir du Café de la Gare de Montargis, où il avait pour habitude de venir prendre son café vers une heure et demie après avoir déjeuné seul chez lui, Nageotte avait entrepris des ouvriers de la voirie venus travailler dans le quartier. Tonio était intervenu : « Tu ne vas pas encore nous bassiner avec ton procès ? », mais les trois hommes étaient passionnés par son histoire. Il faut dire qu'avec les années, il la racontait de mieux en mieux, sans omettre surtout les détails les plus croustillants.

Au Café de la Gare, personne ne s'est inquiété de son absence les jours qui ont suivi. Les Favereau ne se sont pas étonnés de n'entendre aucun bruit chez leur voisin. Sa vieille mère a bien pesté que son fils de soixante-deux ans n'ait pas téléphoné comme il en avait l'habitude chaque dimanche soir, mais pas question que ce soit elle qui appelle la première. Elle dit qu'elle n'en a pas les moyens, à l'inverse de son Bernard, dont elle se demande ce qu'il fait de sa retraite de journaliste.

Il faudra que leur chien aboie à plusieurs reprises, alors qu'ils passaient en se promenant devant le pavillon aux volets clos, pour que les Favereau s'interrogent et finissent par appeler les pompiers. Ces derniers fracassèrent la porte du pavillon le matin du 1er avril 1990.

On pensa tout d'abord à un rôdeur : l'appartement avait été entièrement retourné comme à la recherche d'argent et d'objets de valeur. Mais la violence du crime cadrait mal avec un simple crime crapuleux : Nageotte avait été découvert la gorge tranchée et les yeux arrachés. Ceux-ci étaient posés, soigneusement, sur ses orbites ensanglantées. Alors on explora sa vie personnelle, ses relations. « C'est un crime de pédé, une vengeance », décréta le commissaire Michelena, qui avait des idées bien arrêtées et dépensa beaucoup d'énergie à démontrer que Nageotte était « de la maison d'en face », selon sa formule consacrée, fouillant dans les milieux homos de la région jusqu'à Orléans.

Un temps précieux fut ainsi perdu avant que le lien puisse être fait avec celui que Ponchartrain et son équipe seraient bientôt chargés de traquer : Nicolas Thomas.

DEUXIÈME PARTIE

SOPHIE PONCHARTRAIN

De mes années de détention, seules les premières furent douloureuses. J'ai eu droit au traitement réservé à des types comme moi. Rien d'humiliant ne me fut épargné. J'ai été frappé, puni, les gardiens m'ont livré à des ordures de la pire espèce. C'était un châtiment promis et j'ai fini par me laisser faire. Plus je hurlais mon innocence, plus je luttais, plus ils me faisaient souffrir. Finalement, je m'étais résigné, et me soumettais à leur haine sans protester.

Tout ça a cessé après le jugement, quand j'ai été enfermé dans un quartier réservé aux condamnés, ceux qui ne peuvent plus espérer qu'une grâce présidentielle. On n'agresse plus un homme qui va mourir, on éprouve même de la pitié pour lui, comme si rien ne pouvait arriver de pire que d'être conscient de vivre ses dernières heures. Le général de Gaulle avait la réputation de ne pas se laisser souvent fléchir.

Guerlantezec m'avait abandonné à mon sort, il ne m'avait jamais rendu visite dans le quartier des condamnés à mort. J'en avais conclu que c'est sans y croire qu'il est allé plaider ma cause auprès du général. Le jour où il est venu, finalement, m'annoncer qu'il avait gagné, on aurait dit qu'il était le premier surpris. « Je suis parvenu à émouvoir de Gaulle, m'a-t-il raconté. Il m'a écouté plaider votre cause, évoquer votre jeunesse, exprimer vos regrets sincères pendant plus d'une heure. Croyez-moi, c'était loin d'être gagné, car vous avez l'opinion publique contre vous. Quand j'ai achevé ma plaidoirie, le président m'a seulement dit : « Vous m'avez convaincu, maître, je vous accorde la grâce de

Thomas.» Je n'ai pas traîné pour faire établir le décret, de peur qu'il change d'avis parce qu'un conseiller lui recommandait de refuser. La voilà! Vous pouvez être fier de moi! Vous allez vivre.»

Fier de lui, alors que j'allais devoir vivre derrière des barreaux jusqu'à la fin de mes jours! Son sourire satisfait me dégoûtait. Il m'a tendu la lettre, avec la signature du président. J'y ai à peine jeté un œil. Il a paru étonné que je manifeste si peu de joie. «Vous allez vivre», m'a-t-il répété comme si je n'avais pas compris.

J'ai répondu: «Je suis innocent, monsieur, et vous n'avez pas su me défendre comme il fallait.

– Bien sûr, bien sûr. Vous n'avez rien fait!» Il était fâché: «Vous êtes un ingrat, Thomas. Vous pensez parfois à toutes ces jeunes femmes martyrisées? Vous vous en tirez bien, croyez-moi.»

J'étais resté muet de stupeur.

Ainsi, il ne m'avait jamais cru, et me pensait coupable. J'ai dit: «Partez maintenant, je ne veux plus vous voir.» Et je lui ai craché au visage. Il le méritait bien, non?

Il n'a pas demandé son reste, je l'ai vu filer comme le sale rat qu'il était.

Les gardiens, eux, me l'ont fait payer, cette grâce. À nouveau, j'ai dû endurer leur vengeance, courber la tête pour entrer dans le moule. J'ai cessé de crier mon innocence et, les années passant sans même que je le réalise, je me suis fait oublier. Je n'étais plus qu'un numéro d'écrou.

Et ils ont fini par admettre que j'étais un «détenu exemplaire».

On finit toujours par sortir de prison.

«Un homme neuf», je l'ai déjà dit. Mais un homme qui n'a rien oublié.

24

2 avril 1990

La résidence HLM s'appelle Le Grand Bois car elle a été construite non loin du bois de Vincennes. Autrefois, dans les années 1950, quand les immeubles de huit étages sont apparus ici, on pouvait s'y rendre à pied. Aujourd'hui, les balcons donnent sur le périphérique. On n'y va que pour étendre le linge. Un camp de Gitans s'appuie contre le grillage rouillé.

Avec les années, la résidence a perdu sa splendeur passée.

Elle est mal entretenue, le jardin et les allées jonchées de papiers gras sont négligés. Les trois bâtiments, autrefois peints en bleu, résistent au temps tant bien que mal entre une supérette et un kebab turc, Istanbul, tenu en réalité par une famille kurde.

Ici ne peuvent survivre que des gens à la peine.

La cité n'a pas connu pareille animation depuis bien longtemps. Le parking est encombré de véhicules de police, d'une camionnette de pompiers, d'une ambulance. Il faut contenir la foule qui cherche à s'approcher au plus près.

Philippart ne s'est pas embarrassé : il a garé la berline sur une place pour handicapés. Ponchartrain lui a demandé de foncer et ils ont mis moins d'un quart d'heure pour arriver.

Le garde du corps sort du véhicule et a juste le temps d'ouvrir un parapluie pour abriter sa patronne.

« Avec ce temps, c'est vraiment la déprime, cet endroit », dit la divisionnaire à son garde du corps. Elle lève les yeux sur la façade. Les gens, au balcon en dépit de la pluie, sont au spectacle. D'autres, tenus à distance par des hommes en uniforme, patientent sous leurs parapluies, tendant le cou.

Un homme d'une cinquantaine d'années se précipite à leur rencontre. L'eau qui ruisselle sur son crâne chauve ne semble pas le déranger. Il ôte ses lunettes qu'il essuie à sa chemise.

« Commissaire Heydon », se présente-il.

Sa main est mouillée. Ponchartrain l'effleure à peine.

Du menton, il désigne le bâtiment B : « Comme vous l'avez demandé, personne n'a touché à rien. C'est au deuxième sous-sol, dans les caves. L'entrée est derrière l'ambulance des pompiers.

– Merci, dit la divisionnaire.

– Il faudra vite l'évacuer, précise Sylvain Heydon. L'odeur devient épouvantable. Inutile de vous dire que ce n'est pas beau à voir.

– Alors, ne perdons pas de temps, commissaire », ironise la divisionnaire.

Heydon la rencontre pour la première fois mais il connaît Ponchartrain de réputation. Un grand flic, mais pas une marrante, voilà ce qui se dit dans la Maison. Une dure qui vous colle au mur au premier impair. Mieux vaut faire profil bas et éviter qu'elle vous prenne en grippe. Il se murmure que certains l'ont payé d'années de placard.

D'un autre côté, ses résultats plaident pour elle et ses hommes la vénèrent.

Elle a le bras long, et le respect de sa hiérarchie.

Bref, Heydon n'a pas l'intention de la ramener. Il a tout fait comme on lui a demandé, a bouclé hermétiquement le périmètre, n'a pas donné la moindre information, même à la famille de la pauvre femme. Famille, façon de parler : une mère vieillie trop vite et un frère à moitié demeuré.

Ils ont accouru dans le hall de l'immeuble depuis leur quatrième dès qu'ils ont vu arriver la berline noire. Heydon les avait avertis : « Il faut attendre la venue des gens de la brigade criminelle. L'enquête est de leur ressort, pas du mien. » Il n'est pas certain qu'ils aient compris, ni même qu'ils sachent ce qu'est la Criminelle. Probablement des flics importants, s'est dit la mère, pas comme ce Heydon qui, ce matin, leur a demandé s'ils reconnaissaient Fabienne sur la photo qu'il leur a présentée. Ils ont hésité un moment, effarés par le sang sur son visage.

La mère et le fils laissent passer cette dame en tailleur noir sans oser l'interpeller. Ponchartrain les entend sangloter.

Elle se retourne et leur adresse un petit signe désolé, qui semble signifier : « Je partage votre douleur. »

Les marches de béton du perron s'effritent. Les lourdes portes métalliques ont perdu leurs vitres depuis des lustres. Dans le hall d'entrée, plusieurs boîtes aux lettres, certaines débordant de prospectus, ne ferment plus. Deux hommes en tenue gardent la porte de la cave, dont la peinture s'écaille. Ils s'écartent, soulagés : leur calvaire devrait bientôt s'achever. Une odeur pestilentielle remonte des bas-fonds de l'immeuble et imprègne leurs uniformes.

Comment s'est-il retrouvé là ? Dans cet endroit perdu ? se demande la divisionnaire, en pensant à l'auteur de l'assassinat, tandis qu'ils descendent l'escalier étroit et humide.

« Faites attention, la prévient Heydon, ça glisse. »

Les caves du deuxième sous-sol sont à l'abandon. Il faut marcher sur des cartons, éviter des tessons de bouteilles et tout un tas de saloperies jetées là faute de mieux.

Les flics ont apporté un projecteur, un puissant faisceau lumineux éclaire le fond de la cave. Ponchartrain y pénètre la première. Philippart et Heydon demeurent en retrait.

« N'entrez pas », demande Ponchartrain, que l'odeur nauséabonde qui envahit la cave ne semble pas incommoder.

La fille est là, gisant sur un matelas crasseux, cuisses écartées. Elle est nue, ses vêtements dispersés au hasard tout autour, imbibés de sang coagulé – avec seulement aux pieds des chaussures marron.

« Des gamins l'ont découverte hier soir, indique le commissaire, à cause de l'odeur. Ils descendent ici pour faire les cons. Vu l'état du corps, la mort remonte à plusieurs jours. L'autopsie nous en dira plus. »

Ponchartrain ne relève pas. Elle demande :

« Sa famille ne s'est pas inquiétée de son absence ?

– Une ivrogne et un débile... Ils n'ont même pas vu qu'elle n'était pas là. Elle allait et venait... Ces gens-là, c'est pas humain. Ils ne sont pas comme nous... »

Ponchartrain le remet à sa place :

« Qu'est-ce que vous en savez, Heydon ?

– Rien, rien », bredouille-t-il.

De cette femme martyrisée, on ne voit que cette effrayante plaie béante du pubis à la poitrine et des yeux bleus grands ouverts où la divisionnaire croit lire la souffrance que lui a infligée son assassin.

« Son nom ?

– Fabienne Berthon, répond Heydon.

– Qu'est-ce qu'on sait d'elle ?

– Célibataire, trente-cinq ans. Vit du chômage, se tape des mecs dans cette cave. Vingt francs la pipe... Elle a un gosse de dix ans qui vit chez son père, à Laval. Nous ne les avons pas encore prévenus. Elle habite dans l'immeuble avec sa mère et son frère. Le père s'est tiré il y a un bon moment. Je vous enverrai un rapport complet mais de ce qu'on sait, ça ne vole pas haut dans la famille. »

Ponchartrain reste ainsi, debout à moins d'un mètre du corps, durant plusieurs minutes, dans un silence total. Comme si elle voulait s'imprégner de la scène, ne rien perdre.

« Remontons », décide-t-elle enfin.

Dans l'escalier, elle dit à Heydon : « C'est bon, vous pouvez faire venir la police technique et scientifique, maintenant. »

Dans le hall d'entrée, elle n'a ni un regard ni un mot pour la famille. Que leur dire ?

« On retourne au 36, ordonne-elle à Philippart.

– Vous ne voulez pas voir la famille ? s'étonne Heydon.

– Pas maintenant, j'enverrai quelqu'un de mon équipe.

– Nous avons déjà récolté quelques éléments qui vous seront utiles, madame la divisionnaire, insiste le commissaire. Des jeunes qui fumaient sur les marches du bâtiment A l'ont vue arriver avec un type. Nous avons une vague description.

– Pas le temps, je rentre, coupe-t-elle d'un ton cassant. Vous verrez tout ça avec mes hommes, faites-moi parvenir tous les résultats de l'enquête de proximité dès que possible.

– J'ai mis tout le monde sur l'affaire. S'il est du coin, il ne nous échappera pas, comptez sur nous. »

À quoi bon lui répondre ? Elle sait que son tueur n'est pas du coin, qu'il a déjà filé, qu'il est loin désormais.

Sylvain Heydon se demande à quoi rime tout ce cirque. Pourquoi a-t-elle fait cet aller-retour express juste pour jeter un regard sur le cadavre de la femme ? Elle nous fait perdre du temps, peste-t-il en son for intérieur. Non mais pour qui elle nous prend ? Pour ses larbins ?

« Vous pouvez compter sur moi et mes hommes, madame », dit-il avec raideur. À nouveau, Ponchartrain ne peut éviter sa main humide.

Derrière elle monte un long hurlement de douleur.

Sophie Ponchartrain s'éloigne déjà, sans se retourner sur la mère que deux policiers soutiennent. Au volant, Philippart se tait. Il se contente de rouler le plus vite possible, respectant à peine les limitations de vitesse.

Il a du mal à cerner sa patronne.

Comment pourrait-il comprendre qu'il fallait qu'elle vienne, qu'elle voie de ses yeux ? Qu'elle constate que cette scène est l'exacte réplique de celle que, jeune enquêtrice, elle a vue trente ans plus tôt. La même sauvagerie brute.

Elle a trouvé ce qu'elle est venue chercher, ce crime est signé du même homme.

La deuxième victime de Nicolas Thomas, jadis, avait été retrouvée ainsi, éventrée dans une cave, les cuisses offertes, les yeux ouverts, ses vêtements dispersés autour d'elle et ses chaussures aux pieds. Comme elle, elle avait une trentaine d'années, les cheveux blonds décolorés et elle menait une vie minable.

Tout en parcourant les gros titres du *Figaro*, Sophie Ponchartrain serre les poings rageusement. Il y aura bientôt deux autres femmes massacrées avec la même application perverse, elle en est certaine.

Elle a compris que c'est un défi que lui lance le meurtrier.

Le téléphone de la voiture retentit. C'est Deltil. Le violeur des parkings a récidivé. Mais ce n'est pas tout. De la voix la plus calme possible, il annonce à sa patronne que cette fois l'homme a franchi une nouvelle limite : il a assassiné sa victime après l'avoir violée.

« Il lui a fracassé la nuque d'un seul coup de marteau, juste en bas du crâne. Un carnage, chef.

– Et Chambaraud ? réplique-t-elle, rageuse.

– Chez lui. Les gars en planque ne l'ont pas vu sortir.

– Ils sont miros, vos agents », tranche la divisionnaire d'un ton cinglant.

« Foncez, bon Dieu ! Vous vous traînez, Damien ! » ordonne-t-elle à son chauffeur. Il accélère, freine sec quand une camionnette lui coupe la route, force le passage dans le trafic qui se densifie à l'approche du centre de Paris. Dans la cave, il est resté en retrait, pourtant ses vêtements sont encore puants de la sale odeur de ce corps massacré.

25

Le matin même, Rachel était déjà là quand le directeur de la police nationale a appelé sa patronne. Elle venait de lui faire signer un formulaire de demande de congés d'un agent. Ponchartrain avait bougonné : « On en passe un temps avec cette paperasserie, vous ne trouvez pas, Rachel ? À croire qu'on n'a rien de mieux à faire. »

Comme toujours, Rachel avait approuvé. Elle ne pense pas rencontrer un jour un flic, ou qui que ce soit, aussi passionné et dévoué à son travail. Ponchartrain force son respect. Elle fait ce que peu de gens sont capables de faire : sacrifier sa vie à son métier. Pendant les rares vacances qu'elle s'octroie, elle repasse toujours au bureau. Jamais elle ne s'éloigne de Paris et de ses dossiers en cours. Rachel a d'ailleurs l'impression que cela agace sa chef que des flics prennent des congés. Est-ce qu'elle en prend, elle ?

Rachel, poussée par sa curiosité, était vite revenue dans le bureau pour lui apporter un café brûlant.

« Nous sommes à fond sur le type des parkings, monsieur le directeur, expliquait Ponchartrain au téléphone. Il vaudrait mieux trouver quelqu'un d'autre. »

Il y avait eu un long silence, elle écoutait, puis avait repris : « Je ne crois pas être la bonne personne. Je me suis beaucoup investie dans cette histoire par le passé. Je n'aurais pas le recul suffisant. » Au bout du fil, le directeur devait insister : « Au contraire, vous êtes la mieux placée. Vous connaissez parfaitement l'adversaire, je compte vraiment sur vous », etc. Finalement, la divisionnaire avait soupiré, comme à son corps défendant : « C'est vous qui décidez, monsieur le directeur. » Rachel l'avait vue esquisser un sourire de contentement. Son œil pétillait, elle avait levé le pouce à l'adresse de son assistante : « J'ai l'affaire ! »

Rachel connaît sa coquetterie, sa petite faiblesse : Sophie Ponchartrain aime se faire prier et flatter un peu. En vérité, elle n'aurait pas du tout apprécié qu'on confie la traque de Thomas à quelqu'un d'autre qu'elle.

Le big boss l'avait assurée de son entière confiance et Ponchartrain en avait profité pour négocier des moyens supplémentaires et une totale liberté de manœuvre. « Je veux que personne ne se mêle de la façon dont je mènerai les choses, sinon je préfère laisser tomber, avait-elle précisé avec insistance. On travaille à ma façon ! »

En quittant la pièce, Rachel l'avait entendue poursuivre : « Ce n'est pas nouveau, monsieur le directeur. Ces imbéciles de juges d'application des peines font n'importe quoi, et à nous après de faire le ménage et de réparer les dégâts ! C'est une bête qu'ils ont relâchée, et je sais de quoi je parle. » Sa patronne souriait toujours.

Rachel avait laissé la porte entrouverte pour entendre la suite de leur conversation, mais Ponchartrain s'était levée elle-même pour la refermer. Elle avait compris qu'il y a des choses qui ne la regardaient pas. Mais la satisfaction qu'affichait sa patronne la rassurait.

La divisionnaire, sitôt revenue du 20e, demande à Rachel de convoquer en urgence les hommes et « préparez-moi un café, s'il vous plaît ».

« Messieurs, commence-t-elle avec autorité, nous ferons un point en début d'après-midi sur le violeur des parkings lorsque nous disposerons des premiers éléments. On nous a confié une nouvelle affaire, prioritaire, tout autant que celle du violeur. Mais rassurez-vous, j'ai exigé des effectifs supplémentaires. »

Elle ignore leurs froncements de sourcils.

« Un dénommé Nicolas Thomas, sorti de Clairvaux le 22 mars, ne s'est pas présenté dans le patelin de Normandie où il devait accomplir sa conditionnelle. Il est introuvable. À ce stade, voilà ce que l'on sait : on recense trois meurtres, effectués avec le même couteau, ou au moins suivant le même mode opératoire, et sûrement par le même type : la mère de ce Thomas, chez elle, à Bois-Colombes, un journaliste à Montargis, qui était juré à son procès, et le pire, une jeune maman de vingt-trois ans, à Bar-sur-Aube, le jour même de sa sortie de prison. Il semblerait qu'il ait fait le trajet depuis Clairvaux assis à côté d'elle, dans l'autocar de la compagnie Gaboriaud qui s'arrête devant la centrale et poursuit jusqu'à Troyes, en passant par Bar-sur-Aube. Pour moi, ces trois assassinats sont l'œuvre de ce Nicolas Thomas. J'en ai l'absolue certitude. Enfin, il y a eu un nouveau meurtre, une femme retrouvée éventrée, dans une cave du 20e. Son nom, Fabienne Berthon. J'étais sur la scène de crime ce matin, et, même si nous n'avons pas encore les résultats de l'autopsie, je sais que c'est lui.

« On viendra aux détails plus tard, maintenant il faut que je vous parle de ce Nicolas Thomas. Je le connais depuis trente ans. C'est moi qui ai obtenu ses aveux, en 1960. Il a été condamné à mort puis gracié par de Gaulle. Il a fait trente ans de taule. »

Les hommes échangent des regards effarés.

Ponchartrain leur relate le dossier dans les détails, la sauvagerie avec laquelle quatre jeunes femmes avaient été martyrisées par un monstre d'à peine vingt et un ans. Elle brosse le portrait d'une brute qui se repaît de la souffrance des autres, « une bête à qui il aurait bien mieux valu couper la tête ».

De toute évidence, cet homme sans pitié ni états d'âme, à peine sorti de taule, a récidivé. « D'après les premiers éléments, le crime de Bar-sur-Aube est la réplique de ceux commis jadis par Thomas. »

Elle s'en prend aux psys et aux juges, vibrante de colère : « Ils s'imaginent qu'un monstre peut s'amender en taule. Ils ont remis en liberté le mal absolu. Et maintenant, à nous de passer la serpillière ! »

» Messieurs, conclut-elle sombrement. J'ai eu Thomas face à moi. Écouter ses aveux fut le moment le plus éprouvant de ma vie de flic. »

Elle poursuit dans un silence glacé. « Cette nouvelle série de meurtres est signée : dès sa libération, Thomas a voulu régler ses comptes avec son passé, sa mère qui l'a complètement trahi et qu'il hait, et ce journaliste, qui faisait partie des jurés, et qui a précipité sa perte. Il était le plus acharné à réclamer la peine de mort et, ensuite, en totale contradiction avec la déontologie, il a écrit des papiers totalement à charge. Thomas a agi dès sa sortie, comme s'il n'avait attendu que ce moment, et n'avait passé toutes ces années qu'avec cette seule idée en tête : se venger.

« Mais il n'y a pas que ça : tout juste remis en liberté, ses démons l'ont repris, et il a repéré cette malheureuse jeune femme dans le bus, à Bar-sur-Aube, Pauline Jean-Joseph.

« Et aujourd'hui, on a trouvé le corps d'une femme de trente-cinq ans dans la cave d'un immeuble du 20e. Le mode opératoire est identique dans les deux cas, deux femmes éventrées avec un grand couteau de cuisine, du type qu'on trouve dans n'importe quel magasin ou grande surface. Enfin, un point capital : comme les victimes de Thomas en 1960, Jean-Joseph a été tuée avec une extrême brutalité, mais elle n'a pas été pas violée. On attend les résultats de l'autopsie pour Berthon. Pour moi, ils ne font aucun doute : l'une et l'autre ont été mutilées avec la même cruauté, la même sauvagerie et selon le même processus que celui de Thomas.

« Après trente années passées coupé du monde, Nicolas Thomas a assouvi sa vengeance et renoué avec ses vieux démons. »

Elle se tait, dévisage les hommes rassemblés face à elle : « Nous avons désormais deux affaires à résoudre et je vais avoir besoin de votre investissement total. »

Elle insiste : « Deux affaires exaltantes, messieurs, on ne va pas s'ennuyer ! »

Rachel, en retrait, n'a rien perdu de l'exposé plein de force et de conviction de sa patronne, qui semble revivre cet épisode crucial de sa carrière.

Rachel s'étonne qu'elle n'ait pas parlé du secret qu'elle conserve dans le tiroir du bas de son bureau : toutes ces lettres que Thomas lui a adressées, depuis son arrestation. Se les réserve-t-elle pour plus tard ? Rachel se promet de les lire à la première occasion. Pour comprendre. Ou du moins essayer...

26

Rachel se hâte. Ponchartrain a été convoquée chez le procureur à midi pétant. Elle n'hésite pas : c'est le moment. Elle s'assoit pour la première fois sur le fauteuil affaissé de sa patronne. Jamais, depuis qu'elle travaille pour Ponchartrain, elle n'a osé ce sacrilège. Puis elle pose devant elle, sur le bureau encombré, le tas de courrier envoyé par « l'éventreur ». Les lettres sont classées par ordre chronologique, la plus ancienne au bas de la pile. Elle vient de Fleury-Mérogis. Sur l'enveloppe, le cachet de la poste indique le 10 avril 1962, une quinzaine de jours avant le début du procès de Thomas.

Elle est très chiffonnée, comme si, à l'époque, on l'avait froissée pour la jeter, avant de la récupérer. Les lettres sont si grandes qu'elles occupent toute la page : « SAUVEZ MOI ». Déjà les mêmes mots. Sans le trait d'union. L'écriture est hésitante, on sent que l'homme s'est appliqué. La deuxième lettre est un gribouillis interminable. Il a été écrit recto verso en grosses lettres sur une feuille quadrillée de cahier d'écolier. Le papier a jauni avec le temps, l'encre a pâli, des mots sont à peine lisibles. L'écriture est celle d'un enfant, elle part dans tous les sens, avec plein de fautes d'orthographe :

tu ma tendu un piège et j'y suis tombé comme un con.
tu ma bien eu
tu sai que NICOLAS THOMAS est INOCENT
JE NAI RIEN FAIT DE MAL CEST UN AUTRE pas Nicolas Thomas.

Cest un FUMIER
PAS UN HOMME
une BETE
pourquoi tu ma forcé a signer ce papier
ici je soufre bocoup BOCOUP BOCOUP
ils me batent
ils me donne au autres
je sui violé je n en peut plus je pleure tout le temp CEST TROP DUR
cest TA FAUTE TA FAUTE TA FAUTE
je suis un idiot mais je suis INOCENT!!!!!!!!
Sauvez moi, s il te plait.

L'ensemble est entouré du mot « inocent » répété comme à l'infini. C'est la lettre d'un simple d'esprit ou d'un fou, songe Rachel.

La suivante est tout aussi désordonnée, tout aussi délirante :

Dans trois jours comence mon procé
J ai PEUR PEUR PEUR PEUR PEUR PEUR PEUR
Ji vai comme à labattoir car tout le monde maccuse
Partout on me traite de monstre j ai lu les journaus
Je nen suis pas un monstre TU LE SAIT, HEIN??????
le monstre cest pa moi
j aime les femme et je ne leur fait pa de mal JAMAIS
ils von m envoyer en prison pour toute ma vie si tu leur dit pas
je vai tro soufrir. Je veus pas mourrir.
aide moi, s il te plait
ne dit pa de mal de moi au juge
la verite LA VERITE
je suis inocent
aide moi PITIE!!!!!!!!!!!!!!!!!!!!!!!!!!!!!!!!! PITIE
Vien a mon secour
SIL TE PLAIT MADAME JE TE SUPLI DE ME SAUVER

Comme les deux précédentes, le mot « inocent » entoure le texte.

Rachel compare les lettres avec celles reçues ces dernières années. Elle a du mal à reconnaître l'écriture. Dans les plus récentes, le mot « innocent » est écrit avec deux « n ». Mais c'est le même homme qui les a rédigées. L'écriture s'est affinée, affermie, il n'y a plus de fautes d'orthographe, mais les mêmes délires. Dans toutes, ce cri d'innocence. Dans toutes, la même rage. Elle est troublée, mal à l'aise, presque malheureuse de ce qu'elle a sous les yeux, et le sentiment de ce lien mystérieux l'oppresse.

Pourquoi cette supplique, « sauvez-moi », qui revient dans chaque lettre ? Comment sa chef aurait-elle pu sauver le coupable de ces quatre crimes atroces ? Lui a-t-elle répondu ?

Grâce aux cachets de la poste, elle peut suivre un long parcours carcéral, depuis Fleury-Mérogis pour la plus ancienne, jusqu'à Clairvaux pour les plus récentes.

Toutes sont signées du même nom : Nicolas Thomas. Parfois en majuscules, parfois en caractères multicolores, ou une autre fantaisie, comme si l'homme s'était longuement appliqué, amusé, en écrivant son nom.

Elle sort l'avant-dernière lettre de son enveloppe. Elle est datée du 14 mars 1990 :

Madame la commissaire divisionnaire Ponchartrain,

La justice, dans sa magnanime bonté, va enfin libérer un homme INNOCENT.

Je sors bientôt après trente années d'injuste prison dont vous êtes la responsable.

J'espère qu'en lisant ces lignes, le remords vous touchera enfin et que vous réaliserez votre faute.

Je sors avec le seul souci de reprendre ma vie là où vous m'avez forcé à la quitter il y a tant d'années, après tant de souffrances terribles. Je compte bien profiter des moments qui me restent à passer sur cette terre, tellement ingrate avec votre serviteur.

Je ne vous oublierai jamais, soyez-en certaine. Je mourrai, un jour, en maudissant votre nom. Mais avant, je vais vivre selon mon unique plaisir en espérant que ma libération va pourrir le vôtre. Et je sais à quoi je vais désormais m'occuper.

Une question me hantera toujours : Pourquoi ne m'avez-vous pas sauvé ?

Maintenant que je suis libre, il est trop tard.

Signé : j'étais INNOCENT.
Votre NICOLAS THOMAS

Soudain, Rachel perçoit de l'agitation dans le couloir. Sa chef s'est absentée une vingtaine de minutes à peine.

Elle range précipitamment le paquet de lettres, s'assure que rien ne trahit sa fouille et regagne son bureau. Mais elle se replongera le plus tôt possible dans le secret de ces lettres.

Elle voit arriver Ponchartrain, et se hâte vers les toilettes, dissimulant les tremblements qui la secouent et qu'elle ne peut maîtriser.

Elle ne s'est pas aperçu qu'une carte postale s'est échappée du tas de courrier, glissant sous le bureau.

27

À quatorze heures, les hommes se rassemblent dans le bureau de leur patronne. Deux nouveaux sont déjà là. Les autres arriveront dans deux jours au plus tard.

L'équipe, dont les renforts, six hommes (Ponchartrain n'a jamais voulu de femmes à ses côtés), se serre dans le bureau en désordre de la divisionnaire, debout. Plus que la fatigue, c'est un sentiment d'impuissance qui se lit sur leurs visages. Mêlée à eux, Rachel se fait toute petite.

La divisionnaire résume pour les nouveaux :

« Messieurs, nous avons deux tueurs dans la nature. D'abord Nicolas Thomas. Les autopsies détaillent le mode opératoire : même type de blessure mortelle sur les personnes de Fabienne Berthon et Pauline Jean-Joseph, à l'arme blanche. Mode opératoire en tout point identique à ce que nous avons observé il y a trente ans. De plus, les victimes d'aujourd'hui sont les mêmes, physiquement et socialement, que celles de Thomas autrefois. Enfin, les meurtres de sa mère et de ce journaliste témoin à son procès le désignent formellement. Bref, Nicolas Thomas a recommencé à tuer dès sa sortie, et il ne s'arrêtera pas là. Ça ne devrait pas être bien compliqué de le trouver, sans argent ni attaches. Ensuite, nous avons le violeur des parkings. Là, j'ai ma petite idée… Régis, je t'écoute. »

Deltil, assis inconfortablement sur l'accoudoir d'un fauteuil de coton gris envahi de dossiers, fait le point sur le meurtre du violeur des parkings. La nouvelle victime s'appelle Marie Samuel.

« Elle a vingt-huit ans, débite-t-il d'un ton neutre. Célibataire, travaille dans un cabinet d'expertise comptable dans le 8e.

– Je vous rappelle, le coupe Ponchartrain, que Chambaraud est comptable. Il faudra vérifier s'ils ont pu être en relation professionnellement. Continue, Deltil.

– Elle a été agressée dans son parking, rue Gallieni. Elle rentrait seule, vers une heure du matin, d'une soirée avec des amis dans un bar du Marais. Nous les avons déjà interrogés, ainsi que le personnel du bar. Ils n'ont rien relevé d'anormal, aucune présence suspecte. On peut supposer que son agresseur l'attendait dans le...

– Tu nous épargnes les suppositions, Deltil, interrompt sèchement la divisionnaire.

– Donc, poursuit le capitaine sans tiquer, le tueur l'attendait dans le parking. Le corps a été retrouvé ce matin vers six heures, par un habitant de l'immeuble, un homme, qui a le box voisin. »

Il fait circuler les photos prises par l'identité judiciaire. On y voit un corps à moitié dénudé, qui semble avoir été poussé dans une Austin Mini verte par la porte passager, que son agresseur n'a pas pris la peine de refermer. Les jambes pendent dans le vide, elle a perdu une chaussure, l'autre, un escarpin à talon, reste accrochée à son pied droit. Son collant et sa culotte sont descendus sur ses chevilles. Ces photos, plusieurs les ont déjà vues, mais tous les scrutent, en se les passant de main en main, jusqu'à leur chef. Elle les examine, imperturbable.

« La jeune femme a été frappée d'un coup dans le crâne, unique mais très violent. Le coup a été mortel, imparable. Le tueur a utilisé la partie pointue du marteau, qui s'est enfoncée de plusieurs centimètres à l'arrière de sa tête. Des fragments d'os et de cervelle ont été relevés sur le sol et sur le mur », poursuit Deltil. Son ton est froid, direct, clinique. Entre flics, inutile de prendre des gants. « L'analyse de la scène de crime indique qu'elle a été violée et tuée à l'extérieur de la voiture, à même le sol. Ensuite il l'a tirée, sans doute par les jambes, et l'a hissée dans l'Austin. »

Il fait circuler une photo montrant une flaque de sang et des éclaboussures sur le bas du mur, des traînées sur le sol jusqu'à la voiture.

« Il n'y a pas de caméras de surveillance dans le parking et, à ce stade, nous ne disposons d'aucun témoignage. La nuit, il n'y a pas grand monde dehors. Mais vu la puissance du coup, ses vêtements étaient forcément couverts de salissures, du sang, des fragments d'os et de cervelle.

– Bonne déduction », ironise la divisionnaire.

Sur la photo que lui tend Deltil, la tête de Marie Samuel repose sur le siège du conducteur. S'il n'y avait ce filet de sang qui sort de sa bouche et quelques traces rouge sombre sur ses cheveux blonds, coupés court, on dirait qu'elle sommeille paisiblement.

« Pas d'empreintes, je suppose, dit-elle.

– Non, aucune. Le corps est arrivé à l'institut pour l'autopsie. Elle devrait confirmer le viol.

– On sait comment le tueur est sorti du parking ?

– Par l'entrée du garage, tout bonnement. Il a dû prendre ses clefs et son bip. On ne les a pas retrouvés.

– C'est risqué quand même, de sortir comme ça, à pied, couvert de sang.

– C'est sûr. Il a pu se changer, il aurait apporté des vêtements, enfilé un manteau ? Il devait avoir un véhicule garé pas très loin.

– Selon toi, il est venu en voiture ? insiste Ponchartrain.

– Ou à moto… Il ne pouvait pas partir à pied.

– Mais qu'est-ce qui te fait dire que c'est notre homme ?

– Le parking, patronne.

– C'est un peu juste…

– Je le sens, c'est le même.

– Je le sens aussi, Deltil, rassure-toi. Nous avons affaire au même taré. Et Chambaraud ? Toujours chez lui ? »

Ah, nous y voilà ! pensent les hommes.

« Selon nos gars sur place, il n'a pas bougé de la nuit. » Deltil parle d'un ton prudent.

« Ça reste à prouver, Régis, tranche-t-elle. Ce type est bien plus malin que vous ne le pensez. On ne le lâche pas, compris, messieurs ? »

Puis elle répartit les rôles. « Deltil, tu supervises en priorité l'enquête sur le violeur. Avec cet assassinat, il ne faut plus traîner. Il va recommencer et on aura tout le monde sur le dos, journalistes, proc et compagnie… Plus tôt on en aura fini avec lui – ça ne devrait pas durer longtemps, bon Dieu –, plus vite on pourra se consacrer totalement à l'autre. C'est essentiel. » Puis après un silence : « Surtout, vous ne lâchez pas Chambaraud. » Elle feint d'ignorer les interrogations dans les regards des hommes de la brigade. Ils sont perplexes : pourquoi s'acharner sur ce type, qu'ils surveillent en vain depuis des jours ? Ils ne comprennent pas son entêtement, alors que Chambaraud ne bouge pas une oreille. On dirait qu'elle en fait une affaire personnelle.

Ils savent que le moment est venu de se disperser.

« C'est le train-train », répond le petit Marçais à l'un des nouveaux qui lui demande si leur patronne est toujours aussi expéditive. « C'est pas une marrante, votre Pompon ! On n'a pas intérêt à la contredire, j'ai l'impression. »

Les nouveaux ont déjà adopté son surnom.

« Un peu spéciale, c'est sûr, mais tu apprendras à l'apprécier, dit Marçais. Elle est hors du commun. En tout cas, bosser avec elle, c'est formidable. Elle a toujours un pas d'avance sur tout le monde. Et c'est pour ça qu'on la suit.

– Les yeux fermés ?

– On peut dire ça. Confiance totale. »

Une fois les hommes sortis, Ponchartrain s'étonne :

« Qu'est-ce que vous faites là, Rachel ? Vous ne devriez pas trop vous préoccuper de ces affaires. C'est éprouvant, pour une jeune femme comme vous. Ça va encore vous empêcher de dormir… Vous vouliez me dire quelque chose ?

– J'avais pensé à un truc…

– Je vous écoute, mon petit, n'ayez pas peur.

– Et si l'assassin, au lieu de partir tout de suite, était remonté chez la fille ? Il avait ses clefs, c'était facile.

– J'y ai pensé, Rachel. Les gars n'ont rien trouvé, mais ça me trotte dans la tête... Vous voudriez bien aller me chercher un café et un sandwich ?

– Bien sûr, madame. Jambon beurre ?

– C'est ça, Rachel, merci. J'ai une faim de loup ! »

Dès qu'elle a quitté la pièce, Ponchartrain appelle Deltil.

« Dis-moi, Deltil, vous êtes bien montés chez elle ?

– Dans son appartement ? Bien sûr, mais on n'a rien vu. Apparemment, elle a été tuée avant de rentrer.

– Renvoie un gars. Cherchez si le type n'a pas pu aller se planquer au chaud chez elle, se faire une beauté tranquillement en attendant de ressortir.

– Je ne vois pas comment...

– Je parle français, Deltil ? coupe Ponchartrain. Vous y allez, maintenant, vous me démontez la baignoire s'il le faut. Tu n'as pas imaginé dans ta cervelle de flic qu'il a pu attendre le matin chez elle ?

– Oui, madame. Nous y allons tout de suite. »

Comment ont-ils pu ne pas y penser ? C'est évident, il a pris les clefs, bien sûr qu'il est monté chez elle. C'est ce qui l'épate avec Pompon, elle a toujours un coup d'avance sur tout le monde.

Ponchartrain se penche sur le dossier, vieux de presque trente ans, de Nicolas Thomas. Quelle sera la prochaine étape ? Comment va-t-il la défier maintenant ? Un nouveau courrier ? Une nouvelle victime martyrisée ?

Elle en est certaine : tout recommence, et Thomas n'en a pas fini avec elle.

Cela ne la trouble pas : elle le coincera, comme elle l'a coincé trente ans plus tôt.

28

Elle attrape la déposition signée par Thomas. Trois pages tapées à la machine et paraphées d'une écriture presque enfantine. « Persiste et signe »... Elle les parcourt, et leur lecture lui rappelle avec précision chaque instant de leur tête-à-tête.

Elle le dominait, il n'était plus qu'une petite chose pitoyable et si malléable... Elle l'avait réconforté, avait assuré qu'elle le croyait, quand il jurait qu'il n'avait rien fait, qu'il allait porter le chapeau à la place d'un autre. Il était à bout, n'avait réagi que d'un mouvement de la tête, presque imperceptible.

« Merci, mademoiselle, avait-il murmuré. Je vois bien que je peux vous faire confiance.

– Bien sûr.

– Merci, merci... Sauvez-moi, alors... »

Et les vannes s'étaient ouvertes. Il s'était mis à parler, de son enfance malheureuse, de sa mère qui l'avait abandonné, de son père qui l'avait traité comme un chien. Un viol qu'il aurait subi petit. Il avait accusé un voisin. « J'ai eu droit à une rouste quand je l'ai dit à mon paternel », s'était-il plaint. Les femmes, trop rares, qu'il avait connues, et qui l'avaient méprisé. Son incapacité à faire durer ou construire quoi que ce soit, sa difficulté à les satisfaire, sa solitude et ses errances. Il parlait de sa peur de la vie, s'exprimant avec des mots simples, la mine contrite d'un animal blessé. Son regard humide n'émouvait pas la jeune policière, qui notait dans un carnet à spirale ses confidences, l'histoire d'une vie bâclée, déjà perdue. Elle bouillonnait. Elle s'en moquait bien, de son enfance malheureuse, mais il fallait en passer par là si elle voulait obtenir ses aveux. Obscurément, elle avait la certitude qu'elle finirait par obtenir ce pour quoi elle supportait ces inepties écœurantes.

Ainsi, il suffirait d'avoir été violenté pour expliquer toutes ces horreurs. Un peu facile, pensait-elle en elle-même. Sans rien laisser paraître, d'un mot glissé ici ou là, elle l'encourageait à poursuivre.

« Je comprends. Tu as beaucoup souffert.

– Au-delà de tout, avait-il soufflé, avant de se taire, semblant s'éteindre d'un coup.

– C'est tout ce que tu as à me dire ? » s'était-elle étonnée doucement.

Il n'avait pas répondu. Elle sentait qu'il se refermait, se murait dans son silence. Il fallait qu'elle force l'ouverture, il le fallait absolument. De quoi aurait-elle l'air devant son chef et ses collègues si elle déclarait forfait à son tour ? Ils l'avaient laissée seule, dubitatifs, ouvertement méprisants.

Elle avait l'impression de jouer sa vie.

« Alors je vais continuer à ta place, avait-elle poursuivi calmement. Je sais que tout ça est trop dur pour toi. »

Elle se souvient parfaitement de ce qu'elle lui avait dit ensuite.

« Faites comme vous voulez », avait-il soufflé.

Elle s'était décalée légèrement pour se mettre face à la machine à écrire et avait commencé à taper :

Le 26 avril 1960, nous, Sophie Ponchartrain, brigadier de police, officier de police judiciaire, en fonction à la brigade criminelle de Paris 75001, constatons que se présente devant nous Nicolas Thomas.

Elle ne s'était interrompue qu'une fois ou deux pour lever sur lui un regard plein de compassion. Il ne perdait rien de ce qu'elle était en train d'accomplir. Elle avait tapé à un rythme régulier les trois pages qui, trente ans plus tard, se trouvaient sous ses yeux.

Elle se souvient du sentiment de puissance qui l'avait envahie quand, de longues minutes plus tard, elle lui avait présenté les trois feuillets. « Il faut les lire, Nicolas, et ensuite les signer. C'est la loi. Ensuite ce sera fini. »

Il avait murmuré : « Je signe, tout ce que vous voulez, je veux juste qu'on me laisse tranquille. »

Il avait tout signé, sans lire, d'une écriture hésitante.

« C'est bien, Nicolas, c'est fini, maintenant, avait-elle annoncé.

– Merci », avait-il soufflé. Mais déjà, Sophie quittait la pièce, triomphante, impatiente d'aller retrouver ses collègues.

Aujourd'hui, en relisant les lignes qu'elle a tapées trente ans plus tôt, un trouble s'empare d'elle.

Et si cette victoire n'avait été qu'une illusion ?

Peu importe la manière, seul compte le résultat. Ce pourrait être sa devise, elle l'a conduite au sommet.

Elle esquisse un sourire : elle a deux affaires à régler et elle les réglera ; par tous les moyens. Ces ordures finiront par tomber.

29

Sur le paperboard dressé dans un coin de son bureau, la divisionnaire retrace le parcours meurtrier de Nicolas Thomas à l'aide d'un feutre rouge. Elle est seule et a exigé qu'on ne la dérange pas.

Il est sorti de Clairvaux le matin du 22 mars. Elle entoure le nom de Pauline Jean-Joseph sous Bar-sur-Aube. Le chauffeur de l'autocar a parfaitement reconnu Thomas sur la photo des flics, et les passagers sont formels : il était assis à côté de la jeune femme et il est descendu à Bar-sur-Aube alors que le bus continuait jusqu'à Troyes. Ils se souviennent d'un homme mutique, l'air fatigué. Ils l'ont remarqué, forcément : comme tous les gars qui montent à cet arrêt, ça intrigue... Alors ils brodent, parlent d'un mec bizarre, l'air louche. « Il faisait peur », dira une dame qui voyageait deux rangs derrière. « Il était pas clair », affirmera un voyageur.

Un trait et elle inscrit Paris. Une date : 22 mars. Ils ignorent encore comment il s'est rendu dans la capitale. En train, sans doute, puisqu'il disposait d'un billet fourni par l'administration pour rallier la Normandie. Ils n'ont pas trouvé de témoin. Les contrôleurs ne se souviennent pas de lui. Elle inscrit tout en haut du paperboard : « COMMENT ? », en lettres majuscules.

Rien d'établi non plus sur l'endroit où il a trouvé refuge.

Elle écrit « Bois-Colombes » sous le nom de sa mère. Le lit était défait, le Frigidaire pillé, quelques bouteilles de vin vidées. Aucune empreinte dans le petit appartement, mais Ponchartrain en est certaine, c'est là qu'il a dormi tout le temps où il est resté dans la capitale, qu'il s'est saoulé la gueule, à quelques mètres du cadavre. Ça lui ressemble bien, à Thomas.

Les voisins n'ont rien remarqué d'anormal avant les taches de sang qui ont souillé leur plafond. Ces immeubles sont tellement mal insonorisés que les bruits peuvent venir de partout, ont-ils expliqué aux enquêteurs. Ils voyaient rarement la vieille dame, qui pouvait rester des jours entiers chez elle, volets clos. Personne ne s'est donc étonné qu'ils demeurent fermés. Et puis « cette vieille dame au visage sévère était si peu sociable, on ne s'intéressait pas trop à elle », a reconnu la gardienne portugaise qui s'occupe de trois immeubles dans la rue. Dans celui-ci, elle passe l'aspirateur trois fois par semaine dans l'escalier, nettoie l'entrée, et glisse le courrier sous les portes. « Elle n'en recevait presque pas », a-t-elle indiqué. Elle ignorait tout de sa vie, « elle n'était pas très causante ». Mais non, a-t-elle affirmé quand on lui a présenté la photo de Thomas, elle ne l'avait pas croisé. « Un visage comme ça, je l'aurais pas oublié, avec des yeux pareils », crut-elle bon de renchérir. Il est vrai que sur la photo prise à son arrivée à la centrale de Clairvaux, il a vraiment une tête effrayante. Visage maigre, mangé par ce regard translucide qui fixe l'objectif.

Mme Antonia Carvalho, surnommée Darkvalo dans son immeuble où elle impose ses règles strictes, n'en revenait pas d'apprendre que le fils de la vieille sortait de prison et qu'il était probablement son assassin. L'histoire allait lui faire son année…

Le trait rouge va maintenant jusqu'à Montargis où ce journaliste, Bernard Nageotte, subit le même sort. L'assassinat a été estimé au 24 ou au 25 mars.

Là encore, pas d'empreintes, pas de témoins. Mais les autopsies ont montré que c'est la même lame qui a été utilisée dans cette effroyable série d'assassinats.

Enfin retour à Paris. Dans le 20e, il éventre Fabienne Berthon, sans doute dans la nuit du 1er avril. Pas de lien direct cette fois, mais le même mode opératoire. Et la victime semble ne pas avoir été choisie au hasard. Elle ressemble de manière frappante à sa deuxième victime en 1960 : la trentaine, blonde, usée par la vie. Les policiers ont montré la photo de Thomas dans la cité et aux alentours, les cafés, les boutiques. Sans résultat. Ponchartrain note à nouveau : « COMMENT ? » Est-il resté tapi tout ce temps dans le logement de sa mère, malgré les mouches qui l'envahissaient et l'odeur devenue insoutenable du corps en décomposition ? Sans doute. Sans argent, il n'avait pas d'autre endroit pour se cacher. « OÙ EST-IL MAINTENANT ? » écrit-elle.

À l'exception des passagers de l'autocar, aucun témoin ne s'est manifesté. Ce n'est pas faute d'avoir fait circuler sa photo un peu partout, désormais. Aucune trace de lui depuis Bar-sur-Aube. C'est un fantôme qu'ils poursuivent.

On frappe.

« J'ai demandé qu'on ne me dérange pas pour l'instant, grogne la divisionnaire en découvrant son assistante dans l'encadrement de la porte.

– Je vous ai préparé un café, madame, s'excuse presque Rachel.

– Ah, merci. C'est gentil de penser à moi. Pour tout dire, j'en ai bien besoin... »

Avant de sortir, Rachel s'arrête devant le paperboard.

« Décidément, cette affaire vous passionne, s'amuse sa chef.

– Bien sûr, madame. Comme tout le monde ici. » Elle hésite. « Vous n'avez pas peur qu'il s'en prenne à vous ?

– Ne vous en faites pas pour moi, mon petit. J'y ai pensé depuis longtemps, bien sûr. Je sais me défendre et je suis bien protégée. J'ai mon Damien, mon ange gardien ! Ce serait bien trop risqué, il n'osera jamais... »

Elle se veut rassurante, mais cette idée ne cesse de tourner dans sa tête. Nicolas Thomas règle ses comptes. Et elle a été l'acteur principal de sa condamnation.

Elle sourit, murmure pour elle-même : « Tu me gardes pour la fin, mon salaud. Mais je t'aurai avant... »

Rachel frissonne. La tranquille assurance de sa patronne ne la rassure pas. Cet homme insaisissable est une menace, sournoise et bien réelle. Il faut qu'elle parle d'urgence à Damien Philippart. Elle prend conscience qu'elle ne supporterait pas qu'il arrive quelque chose à cette femme.

30

Ponchartrain s'adresse à l'équipe réunie.

« Il faudrait comprendre un point essentiel : comment Thomas s'est-il débrouillé pour ne jamais se faire repérer au cours de ses déplacements ? Nous avons fait circuler sa photo partout, Rien, rien, rien. Que dalle ! Comment circule-t-il ? Il doit avoir une très bonne planque quelque part, mais où ? Quand nous aurons la réponse à ces deux questions, tout le reste en découlera, je le sens. Trouvez-moi qui le planque et où. »

Du doigt, elle suit le parcours meurtrier de Nicolas Thomas. Elle égrène les dates, les distances parcourues.

« Oui, c'est une histoire de dingue ! confirme le petit Marçais, que Ponchartrain a chargé de sillonner toutes les gares ferroviaires et routières du parcours. Côté train, aucun témoin, nulle part, et l'examen des enregistrements des caméras de surveillance dans les gares n'a rien donné. S'il se déplace en bagnole, c'est tout aussi bizarre : il n'a pas conduit depuis trente ans, il n'a pas de fric à ce qu'on sait, il aurait fallu qu'il en vole une.

– Bien vu, inspecteur, c'est toute la question, le reprend la divisionnaire. Comment a-t-il pu se livrer à une telle boucherie, en si peu de temps, sans que personne ne remarque rien ? Nom de Dieu, il a forcément laissé des traces quelque part. Mais vous allez me les trouver ! »

Les hommes fixent le paperboard.

« Donnons sa photo aux journaux, propose enfin Deltil, rompant le silence pesant qui s'est installé dans la pièce. Quelqu'un l'aura forcément croisé…

– Non, pas pour l'instant, tranche Sophie Ponchartrain.

– Pourquoi pas, madame ? ose Bien Visé.

– Réfléchis, Kasso, je n'ai pas envie que toute la presse se jette sur cette histoire. Vous imaginez les titres : "Le tueur sanguinaire remet le couvert à sa sortie de taule !" Hors de question, compris ? »

Personne ne dit mot. Elle poursuit : « Notre type sait qu'il est traqué mais il se croit invincible. Il finira par faire une connerie. »

« Bon, annonce-t-elle après un nouveau silence. On reprend tout par le début. Lassus, tu vas à Clairvaux. Je veux savoir quel genre de détenu il était. Il a passé dix ans là-bas.

– Il se faisait oublier et ne posait pas de problème. J'ai parlé au directeur.

– Eh ben, tu y retournes. Il faut qu'on ait en tête que ce fumier est plus malin qu'on a pu croire. Il a baisé tout le monde. Tu me cherches qui il fréquentait, s'il a pu garder des contacts, à quoi il s'occupait, et tout le tintouin.

– Aujourd'hui ?

– Non, bien sûr, quand tu voudras, pourquoi pas la semaine prochaine ? ironise Ponchartrain. On a tout notre temps, inspecteur... »

Lassus dissimule une grimace. Il va devoir expliquer à sa femme qu'il est obligé d'annuler le dîner prévu ce soir, pour leurs dix ans de mariage. Déjà deux fois qu'il reporte. « Ne t'inquiète pas, avait-il assuré quelques jours plus tôt, cette fois, la vieille Pompon, je l'envoie paître, s'il le faut. »

« Qu'est-ce que tu attends, Lassus ? Tu files à Clairvaux, s'agace la divisionnaire. Après, tu refais un passage à Bar-sur-Aube. On ne peut pas massacrer quelqu'un sans laisser de traces ! Tu vas montrer la photo jusque dans les maternelles, et tu ne reviens que quand tu as quelque chose, je me suis bien fait comprendre, Lassus ?

– Parfaitement, chef. »

Lassus file sans demander son reste.

Deltil se voit confier le dernier assassinat : il retournera dans le 20e avec Marçais. « Reprends l'enquête de voisinage avec la photo de Thomas. C'est impossible que personne ne l'ait vu traîner dans le coin.

– Et le mec des parkings ? demande-t-il. C'est toujours mon dossier, patronne ?

– Je prends le relais. Je vais aller chez Chambaraud.

– Vous allez chez sa mère à Montrouge ? s'étonne Deltil.

– Il faut bien que je bosse un peu, messieurs !

– Mais pourquoi aller là-bas ?

– Parce que ce type m'intrigue, Régis. Je l'ai dans le collimateur depuis le début. J'ai envie d'aller me frotter à lui, histoire de le faire flipper. Qu'il sache qu'on ne l'oublie pas !

– Je préviens les types en planque ?

– Surtout pas. Et maintenant disparaissez. »

Les hommes se dispersent dans une cohue silencieuse.

« Elle se gourerait pas, avec Chambaraud ? Qu'est-ce qu'elle va foutre là-bas ? souffle l'un des nouveaux arrivés ce matin, Christian Pelletier, à Deltil.

– Remuer la merde, elle adore ça, notre patronne. C'est sa façon de faire. Et ça donne souvent des résultats, admet le principal.

– Je la sens pas, cette histoire. Ce mec, il n'a rien à voir là-dedans. J'y mettrais mes couilles à couper.

– C'est pas ce que pense Ponchartrain. Va donc le lui dire, toi qui as des couilles !

– Oh, je ne suis pas fou ! Mes couilles, je les bichonne !

– Eh ben, moi aussi, Pelletier. Ici, on ferme sa gueule ou on se casse… Mais tu apprendras que Pompon se goure rarement.

– Rarement, ça veut pas dire jamais ? » ironise Pelletier.

« Encore là, Rachel ? »

L'assistante est restée immobile devant le paperboard, pensive.

« Il est impossible qu'il fasse tout cela sans un complice, ils sont deux, murmure-t-elle.

– Vous croyez vraiment qu'on n'y a pas pensé ? réplique Ponchartrain avec agacement. Allez, mon petit, laissez-nous travailler, et allez plutôt me chercher un café. »

Une fois seule, elle rappelle un à un ses hommes : « Fouillez au maximum du côté d'un complice qui l'aurait attendu à l'extérieur. Plus ça va, plus je me dis qu'il est impossible qu'il ait pu agir tout seul. »

La porte est restée entrouverte : « Et mon café, Rachel ? Vous attendez qu'il refroidisse ? »

Elle prend la tasse d'un air impatient. « Pas trop tôt, merci quand même. »

Rachel est malheureuse quand sa patronne la traite ainsi. Aussi, elle l'a énervée, avec sa manie de se mêler de ce qui ne la regarde pas. C'est si rare, et elle a des excuses : la pression de ces deux enquêtes menées en parallèle doit être insupportable.

Un peu plus tard, Ponchartrain l'appelle : « Dites à Philippart de se tenir prêt, je dois sortir. »

31

Physiquement, Philippe Lassus en impose, avec sa gueule de militaire, taillée à la serpe. Cheveux gris, nez aquilin, un mètre quatre-vingt, tout en muscles. Il s'emploie à les travailler dans une salle de sport de Pantin dès que « ses deux patronnes », comme il dit, sa Sidonie et la vieille Pompon, lui en laissent le loisir.

Il est récemment passé numéro deux, « à l'ancienneté » avait « gentiment » précisé Ponchartrain quand elle lui avait annoncé sa promotion. À quarante ans, dont huit passés dans la brigade, il la méritait bien ainsi que les deux cents francs d'augmentation qui allaient avec. Dans sa carrière, il a été de tous les coups durs, des planques interminables, des arrestations musclées de types qui vous crachent à la gueule, vous menacent : « Quand je sortirai, j'irai trouver ta gonzesse et je lui défoncerai le cul. » Avec le temps, il a appris à maîtriser ses réactions et à sourire aux menaces. La première fois, ils s'étaient mis à trois pour le retenir. Il aurait massacré cette pourriture, qui avait enlevé deux fillettes, les avait séquestrées pendant une semaine avant d'enterrer leurs petits corps dans le bois de Meudon. Il ne sait pas ce qui lui avait pris, il était hors de lui, à la pensée de sa gamine à lui, cinq ans, et il avait commis l'erreur d'en parler. Le type lui avait promis qu'il la ferait « jouir, un de ces quatre. Sarah, c'est un prénom ravissant, je m'en souviendrai ! »

Il a appris à se taire, et plus grand-chose ne l'atteint, ni les menaces, ni l'horreur qu'il côtoie au quotidien. « Fifi, c'est un roc, disent ses collègues. On peut lui demander l'impossible, il le fera. » Quand il est face à un de ces fumiers, il ferme sa gueule et se contente de se dire qu'ils vont finir comme des merdes en taule. Celui qu'il avait failli massacrer est mort d'un cancer généralisé dix ans plus tard. « Il pleurait sa mère, lui avait raconté un gardien. On jetait ses médocs et on l'a laissé crever de douleur, cette saloperie. »

Avant de quitter Paris, il a appelé Sidonie. Il ne s'est pas étendu, à quoi bon ? Il partait pour Clairvaux, ne rentrait pas ce soir, ils fêteraient plus tard leur anniversaire de mariage, et embrasse les enfants. « Merci, Pompon ! » a raillé Sidonie. Il lui répond qu'il l'aime et qu'elle l'aura, son dîner. « Pour nos noces de diamant... », réplique-t-elle. Elle se radoucit : « Allez, bonne route ! » Puis elle raccroche.

Lassus se dit qu'il est verni : son couple tient depuis quinze ans dont dix de mariage. Et huit sous les ordres de Ponchartrain.

Sur le registre de la centrale de Clairvaux, son arrivée est notée à 18h07, c'est dire qu'il n'a pas traîné.

Il en ressort à 19h46, a juste le temps d'aller acheter du dentifrice, une brosse à dents, des rasoirs et de la mousse à raser. Il a pris une chambre à l'hôtel de la Pomme d'Or. Il se fait monter un sandwich au saucisson et une bière, appelle à la maison. Tout va bien.

Puis il sort son carnet, relit les éléments qu'il a réunis. Tous le lui ont dit : Thomas s'était forgé l'image d'un détenu modèle. Libérable.

Cette fois encore, la prison l'a frappé par son état de délabrement, comme si elle était à l'abandon.

Le directeur, Nicolas Piette, est un homme rondouillard et affable, la cinquantaine. Il lui demande de ne pas faire attention à l'état des bâtiments. Ils sont sales, certaines parties semblent carrément à l'abandon. Les budgets pour l'entretien ont sérieusement baissé, explique-t-il. Et le nombre des gardiens diminue lui aussi. « Franchement, cet endroit périclite à vue d'œil. Un de ces quatre, Clairvaux ne sera plus qu'un souvenir et une immense ruine dans la campagne. » Bref, Nicolas Piette n'a pas le moral...

Il a sorti le dossier de Nicolas Thomas. Une chemise grise renfermant quelques feuillets seulement. Ils décrivent un détenu sans problème.

« Avant d'arriver chez nous, Thomas a fait le tour de France des centrales, comme on dit dans notre profession. Il a passé six ans dans ces murs. Il quittait rarement sa cellule, il occupait ses journées à regarder la télé ou à lire, allongé sur son lit, sinon il donnait un coup de main à la bibliothèque, il y passait pas mal de temps. Il consultait souvent l'ordinateur, aussi. »

Il soupire : « Vous vous rendez compte, nous n'en avons qu'un seul. »

Il poursuit : « Ici, où on a beaucoup de braqueurs, des types du milieu au casier long comme le bras, on n'aime pas trop ce genre de détenus comme votre Thomas : les pointeurs, les tueurs de femmes. Leur passé est vite connu de tous et même quand ils ont déjà un long parcours carcéral, on leur fait comprendre qu'ils vont en baver. Mais Thomas était tellement discret et insignifiant qu'il s'est fait oublier. Il était même apprécié par les rares personnes qu'il fréquentait, que ce soient des détenus ou des gardiens. J'ajoute qu'il n'y a pas eu le moindre incident avec lui. J'oserai presque dire que des détenus comme lui, on en voudrait tous les jours... Il est exact que j'ai appuyé sa troisième demande de liberté conditionnelle. Au bout d'un moment, il faut bien qu'ils sortent. Quoi qu'ils aient fait, c'est mon credo ! Les maintenir en prison n'est plus la solution, et puis, il faut faire de la place ! »

Il secoue la tête : « J'ai du mal à y croire. Croyez-moi, je suis excessivement vigilant sur les libertés conditionnelles. S'il y avait eu le moindre doute, je m'y serais opposé. Ce n'est pas le genre de la maison de relâcher dans la nature des êtres dangereux. Thomas, vous pouvez demander à tout le monde, n'était plus une menace. »

Il agace Lassus avec son ton sentencieux.

« Oui, enfin, je vous rappelle que je suis là parce qu'il a récidivé, et dans les grandes largeurs, monsieur le directeur. Alors, pour le détenu parfait, laissez-moi rigoler. Il vous a bien baisé... »

Piette accuse le coup. Il bat en retraite, se retranche derrière la commission : « Moi, vous savez, je n'ai qu'un avis consultatif. Il faut que vous rencontriez le juge d'application des peines. En tout cas, si vous ne vous trompez pas de client, ils ont fait une belle connerie ! »

Il s'excuse presque : « En tout cas, jamais je n'aurais pu imaginer… C'est impensable. Il paraissait tellement usé. Il était encore jeune, bien sûr, mais c'était déjà un vieillard… Comment dire… inoffensif. Oui, c'est bien ça, un vieillard inoffensif. Demandez aux gardiens, inspecteur, ils vous diront comme moi.

– C'est bien ce que je dis, monsieur Piette : le Thomas, il vous a tous bien baisés ! »

Le directeur lui a proposé de visiter sa cellule, restée inoccupée.

La pièce anonyme ne peut rien lui apprendre, avec ses images banales de paysages désertiques. Pas davantage que ses voisins de cellule, qui affirment avoir eu peu de relations avec lui.

« Ici, il n'avait pas d'amis, quelques connaissances, c'est tout. C'était un solitaire. Il se faisait oublier », résume le directeur.

Il se faisait oublier, en effet, se dit Lassus. Tandis que le directeur le raccompagne vers la sortie, il lui annonce qu'il reviendra le lendemain matin.

« Pour quoi faire ? s'était étonné Piette.

– Je veux être sûr d'avoir parlé à tout le monde.

– Comme vous voudrez, mais à mon avis, vous perdez votre temps. Ici, Thomas était un fantôme.

– On verra bien, s'est contenté de répondre Lassus. Je serai là à huit heures. »

Il se débarrasse de la moitié de son sandwich dans la poubelle et achève d'un trait sa bière, se brosse longuement les dents. Quelque chose lui dit qu'il n'est pas venu pour rien. Il ignore pourquoi, mais il le sent. La patronne loue souvent son flair.

Il s'allonge et s'endort aussitôt en pensant à sa femme et ses gosses. Pour lui, à l'inverse de beaucoup de ses collègues, trouver le sommeil n'est jamais un problème.

32

2-3 avril 1990

Lorsque Philippart lui ouvre la portière de la berline, Sophie Ponchartrain rajuste prestement sa jupe noire, saisit ses dossiers, sort et se dirige vers son immeuble sans songer à lui adresser une parole. Même pas l'habituel « À demain, sept heures ». Elle n'a pas un mot, non plus, pour les deux gardiens en faction qui s'écartent à son passage.

« Ce n'est pas dans ses habitudes, s'étonne Philippart. Il y a quelque chose qui ne tourne pas rond. »

Il pense à sa conversation avec Rachel, qui lui a dit qu'elle avait peur pour elle avec ce Thomas qui rôdait. Ce n'est pas qu'un type de cinquante berges l'impressionne, mais on ne sait jamais, avec ces cinglés...

Il est tard, presque minuit. Appuyé à la portière, le garde du corps attend que la fenêtre s'éclaire au troisième étage. Alors il entre dans l'immeuble, inspecte l'escalier jusqu'au sixième, descend à la cave, s'assure que la porte qui donne sur l'arrière est bien verrouillée. Il demande aux hommes de garde de redoubler de vigilance. Puis il regagne sa voiture. Sa nuit sera courte, il le sait, les paroles de Rachel l'ont inquiété.

De sa vie, grâce à leur proximité quotidienne, cette patronne qu'il protège depuis trois ans sait tout désormais. Qu'il est veuf, qu'il vit chez sa mère qui s'occupe de ses deux enfants... Ponchartrain a l'art d'attirer les confidences et elle a toujours un mot aimable pour eux : Élodie, l'aînée, qui va passer son bac dans quelques semaines et Germain, le cadet, qui ne rêve que d'entrer dans la police. Comme son père qu'il admire tant. Il a beau lui répéter que, flic, c'est un métier de chien, Germain n'en démord pas. « Ils ont de la chance d'avoir un papa comme vous », lui a-t-elle dit un soir.

Avec ce train d'enfer que lui impose son métier, il les voit peu, et songe parfois à chercher ailleurs.

Sophie Ponchartrain se débarrasse de ses escarpins noirs, se laisse tomber dans son canapé de cuir blanc, posant à ses pieds les dossiers qu'elle a emportés. Elle n'a pas envie de les ouvrir. « Quelle journée de merde », grogne-t-elle à mi-voix.

Les gars n'ont rien rapporté de nouveau. Aucune trace de Thomas, un vrai mystère. Aucun indice, pas le moindre début de piste, le petit bout d'un fil à tirer. Mais s'il n'y avait que ça pour la rendre furieuse.

Elle a pris un sacré coup, aujourd'hui.

Elle était arrivée devant chez Chambaraud en fin d'après-midi.

Elle peste en voyant les deux flics en planque : ils sont garés trop loin. Ils lui confirment qu'ils n'ont pas vu Chambaraud mettre le nez dehors. « Ou alors par un tunnel secret ! » ose plaisanter celui qui est assis derrière le volant. La lumière de la chambre est restée allumée jusqu'à deux heures puis s'est éteinte. La divisionnaire les écoute sans faire le moindre commentaire.

Les deux agents espéraient qu'on venait leur annoncer que cette surveillance inutile était suspendue. Ils sont déçus, mais ne posent pas de questions. Ils proposent à la divisionnaire de l'accompagner, mais elle s'éloigne sans leur répondre. Ils échangent un regard avec Philippart, qui leur fait comprendre qu'il vaut mieux ne pas insister. Le garde du corps a emboîté le pas de sa patronne. Il la suit jusqu'à la grille, qui grince quand elle la pousse. Le petit jardin devant les trois marches du perron est bien tenu, avec ses rosiers qui commencent à bourgeonner.

Elle donne un premier coup de sonnette, puis, comme rien ne bouge, plante son index sur le bouton et ne le lâche plus, jusqu'à ce qu'elle entende tourner le verrou. Une femme apparaît, dans un peignoir qui bâille un peu sur un soutien-gorge bleu ciel, les yeux rougis. Elle ne semble pas fâchée, seulement étonnée qu'on la tire ainsi du sommeil, un peu embarrassée aussi d'apparaître vêtue de cette façon en début d'après-midi.

« Que désirez-vous ? » demande-t-elle d'une voix pâteuse.

Ponchartrain sent son haleine alcoolisée. Elle passe devant elle sans répondre, entre d'autorité dans la maison. Sur la table basse traînent une bouteille de scotch largement entamée et un tas de coques de cacahuètes. Le canapé convertible est déplié, avec un oreiller et un drap blanc en boule. C'est là qu'elle cuve son whisky, se dit la divisionnaire. Eh bien, elle n'est pas jolie à voir, la maman chérie du violeur. Si c'est ça, son alibi, il ne pèse pas lourd.

« Je n'ai pas eu le temps de ranger », marmonne la femme.

Tout dans le pavillon est silencieux.

« Votre fils est dans sa chambre ? »

La femme serre la ceinture de sa robe de chambre. Elle paraît mal à l'aise.

« Vous le cherchez pour quoi ?

– Il est dans sa chambre ? répète la divisionnaire.

– Qu'est-ce que j'en sais, moi ? »

Ponchartrain fonce à l'étage, vers la pièce du fond, tandis que la femme se laisse tomber sur un fauteuil de toile grise. La chambre est vide, les rideaux tirés, la couette remontée sur un oreiller intact.

« Il est parti ? geint la femme quand elle redescend.

– Quand ?

– Je ne sais pas, moi !

– Vous ne savez pas ?

– Il va, il vient. Je le surveille pas... C'est un grand garçon !

– Vous devriez, pourtant, fulmine Ponchartrain.

– Il était là hier soir. Il m'a même préparé à dîner, mon gamin, pérore Mme Chambaraud.

– Ton fils est accusé de meurtre, ça te dit quelque chose, vieille alcoolique ?

– Je ne vous permets pas ! » Elle est carrément larmoyante, à présent. « Vous êtes vraiment une méchante femme, vous !

– Méchante avec les méchants, oui, toujours ! »

La divisionnaire ne se donne pas la peine de fouiller le pavillon. Elle en a la certitude, Chambaraud a filé, qui sait depuis quand ? Elle enrage.

La mère de Chambaraud lui lance un regard mauvais : « Qu'est-ce que vous lui voulez encore, à mon garçon ? Il a rien fait de mal, il l'a dit, le juge ! »

Vautrée dans son fauteuil gris, elle crache par terre, attrape la bouteille de scotch, boit une longue rasade directement au goulot. C'en est trop pour Sophie Ponchartrain. Elle claque de toutes ses forces la porte d'entrée en sortant.

C'est à ce moment-là, devant la grille, qu'elle croise le jeune homme. Elle a un instant de stupeur, comme prise en défaut. Il la dévisage :

« Qu'est-ce que vous faites chez moi ?

– Je passais dans le quartier, ironise-t-elle.

– Foutez le camp !

– Si je veux...

– Vous avez un mandat ou un truc dans le genre ? »

Il la défie. Moins d'un mètre les sépare. Elle ignore sa question et poursuit :

« Dis-moi, tu ne connaîtrais pas une certaine Marie Samuel, par hasard ?

– Barrez-vous, ou j'appelle la police !

– Mais elle est là, la police ! Regarde ! »

Elle exhibe sa carte.

« Partez, madame. Vous n'avez aucun droit de pénétrer chez moi.

– La police a tous les droits, mon garçon. Tu finiras par l'apprendre.

– Ne me tutoyez pas et ne revenez plus, ou je préviendrais M. le juge et vous aurez des ennuis ! Laissez-moi passer, maintenant, allez, du balai ! »

Elle ne fait pas un geste. Il la frôle en passant, repousse la grille et la referme à clef.

« Au revoir, assène-t-il d'un ton qui se veut assuré.

– À bientôt », corrige-t-elle.

Mais ses mots sonnent dans le vide. Guillaume Chambaraud a tourné le dos et elle n'a plus rien d'autre à faire que s'éloigner.

Il l'a menacée, il a triomphé, et cela la met hors d'elle.

Elle rejoint Philippart sans se retourner, ignorant les flics en planque dans la voiture, qui n'ont rien perdu du spectacle.

Dans la voiture, elle peste contre elle-même. Cet enfoiré l'a prise à son propre piège. Elle s'est emballée en allant chez lui, au lieu d'attendre patiemment que les éléments tombent. Qu'espérait-elle de cette descente impromptue ?

Résultat, il s'est payé sa tête. Et ça, jamais elle ne le lui pardonnera.

Un point lui redonne confiance : ainsi, Chambaraud se débrouille pour entrer et sortir de chez lui au nez et à la barbe de ses agents, à sa guise, sans se faire repérer. Comment fait-il ? Ont-ils négligé un accès par l'arrière, les voisins ?

Elle houspille son garde du corps, qui se traîne à une vitesse d'escargot, l'invective quand il coupe la route d'une fourgonnette jaune de la poste. « Faites attention, où avez-vous la tête, bordel ? Et puis ramenez-moi chez moi, je ne repasse pas au 36. »

Bien plus tard, à l'heure où Rachel pose un baiser sur le front de Victor endormi et s'apprête à aller se coucher, Sophie Ponchartrain se glisse hors de chez elle par la porte de derrière. Elle s'éloigne d'un pas vif, avant de faire signe à un taxi en maraude. Ce soir encore, elle part s'enfoncer dans son Paris secret.

Ce qu'elle ne sait pas, c'est qu'aujourd'hui, préoccupé par les inquiétudes de Rachel, Philippart a décidé de ne pas rentrer. Il a repéré sa silhouette familière qui se glisse dans un taxi. Sans réfléchir, il décide de la suivre.

33

3 avril 1990

Philippe Lassus s'est présenté aux portes de la centrale à huit heures précises. C'est un gars ponctuel, il ne supporte pas d'être en retard, même d'une minute. « Tu sais ce que disait Mitterrand des gens qui sont toujours à l'heure ? avait un jour demandé Rachel devant les copains de la brigade. Que c'est des pervers ! » Depuis, quand ses collègues veulent le voir monter dans les tours, ils l'appellent « le pervers ». Lassus est réputé à la brigade pour manquer d'humour, surtout quand il en est la cible. Il s'énerve vite et les traite tous de connards de flics.

Il s'impatiente quand on lui apprend que « M. le directeur Piette » ne sera pas là avant neuf heures et qu'il doit jusque-là l'attendre dehors. Abrité sous un auvent à cause de la petite pluie fine qui tombe sur la campagne et fait monter un nuage de brume, Lassus vitupère.

« Bon, suivez-moi, finit par céder un gardien chef qui le conduit dans la pièce attenante au bureau du directeur. Vous venez pour qui ?

– Un ex-détenu, Thomas. Je voudrais revoir sa cellule, demande-t-il.

– Nicolas Thomas ? Vous êtes là pour lui ? »

Au ton du gardien, Lassus saisit qu'il a des choses à dire. L'homme a de la bouteille, avec ses cheveux grisonnants, son visage tanné aux rides profondes. Il se présente en lui tendant la main, souriant.

« Jérémie Michalon, répond le gardien en la serrant.

– Ça fait longtemps que vous êtes à Clairvaux ?

– Depuis toujours. J'ai fait toute ma carrière ici, dans cette putain de prison. Je pars bientôt en retraite. J'imagine qu'au final, je le regretterais, mon Clairvaux. Je suis entré à vingt berges et j'ai trente-huit ans de pénitentiaire dans le rétro... J'étais déjà là à l'époque de Buffet et Bontems, vous imaginez... Quand j'ai commencé, les mecs se promenaient en sabots et dormaient sur des paillasses. Ça a bien changé, la taule. Maintenant, ils se lancent des invitations à déjeuner entre voisins de cellules !

– Vous avez dû en croiser, des salopards ?

– Salopards, le mot est bien faible, inspecteur. Des pourritures absolues, je dirais. Pas un pour rattraper l'autre. Et maintenant, il faut leur donner du monsieur et leur faire des courbettes.

– Et donc, Nicolas Thomas, vous l'avez connu ?

– Ah, celui-là...

– Oui ? Celui-là ?

– Une vraie merde.

– Pourtant, il est sorti, ça doit être que son dossier était béton ? Il paraît qu'il n'avait plus rien à faire en taule, d'après les toubibs ?

– Il aurait dû y crever, oui. Une vraie merde, je vous dis. Pour moi, il a baisé tout le monde, avec ses airs de gentil vieux rangé des voitures. Même le directeur s'est fait avoir. Mais pas moi.

– Comment ça ?

– J'ai bien vu son manège. Il jouait au bon client bien sage. Il souriait, marchait la tête baissée, obéissait sans jamais discuter. On lui aurait donné le bon Dieu sans confession. Je lui ai dit, au directeur, quand il l'a finalement obtenue, sa conditionnelle, mais il m'a envoyé balader. Pour lui, j'étais de la vieille école, celle qui n'a rien compris. D'après môssieur le directeur, tout détenu doit avoir droit à une nouvelle chance. Mais moi je vous le dis, celui-là en méritait encore moins que les autres : un type qui a massacré quatre femmes est une sale merde. Et une merde reste une merde. Point final. Le jour où il est sorti, j'étais là à la porte. Je n'ai pas pu m'empêcher de lui dire de se casser vite fait.

– Il a réagi comment ?

– Il est parti vers l'arrêt de car sans broncher, mais il bichait, ce fumier, je l'ai senti. Il se foutait de moi, avec son petit air supérieur... J'ai fermé ma gueule, mais je vous l'affirme, inspecteur, quand il est monté dans l'autocar, ce n'était plus ce vieux marqué par trente ans de zonzon, mais un mec tout neuf. Il nous a bien eus, avec ses allures de pauvre type. »

Les yeux du vieux gardien se plissent : « Et si vous êtes là, inspecteur, c'est pas pour des prunes, hein ? »

Lassus n'hésite pas : « En effet. Et vous aviez raison, chef Michalon, ils auraient dû vous écouter. Votre Thomas est une vraie saloperie.

– Il a recommencé, alors ?

– Ouais, et c'est pas beau à voir.

– La salope », crache le gardien.

Lassus lui raconte dans le détail tout ce qu'ils ont sur Thomas depuis qu'il est sorti. Il voit Michalon s'affaisser, comme s'il portait le poids de tout ce malheur.

« J'en étais sûr, soupire-t-il.

– Mais qu'est-ce qui vous avait alerté, chef ? »

Jérémie Michalon plante ses yeux noirs dans ceux de Lassus.

« Tout un tas de détails. Souvent, je le surprenais en train de faire des pompes dans sa cellule. Quand il me voyait, il se laissait tomber sur le sol, en soufflant comme un cochon. Il faisait mine d'avoir du mal à se relever, "c'est trop dur de vouloir retrouver sa jeunesse", il disait. Du cinéma, oui. Par exemple, pendant des années, il a passé des journées entières dans la bibliothèque, "pour s'instruire", il disait. Le directeur laissait faire, il l'encourageait même, il trouvait ça formidable qu'un détenu reste curieux du monde extérieur, avide de culture et tout un tas de conneries. Pour les conneries, il est champion, notre directeur ! Moi, je sais pourquoi il passait tant de temps à la bibliothèque. Il était tout le temps le nez collé sur le Minitel.

– Il cherchait des adresses ?

– Ouais, je l'ai signalé, mais on ne m'a pas autorisé à contrôler ce qu'il trafiquait. C'était pas normal, ça...

– Il y a eu d'autres choses ? le relance Lassus.

– Le courrier. Il était tout le temps en train d'écrire. Je suis certain qu'il faisait passer des lettres en douce avec la complicité d'autres détenus. Un jour je lui ai demandé à qui il écrivait comme ça et il m'a répondu avec son air de chien battu : "À moi-même. Je n'ai pas beaucoup d'amis, malheureusement." Il m'a montré un journal de jardinage étalé sur sa table. "C'est pour quand je sortirai. J'ai un contact avec une boîte d'horticulture. Alors, j'apprends le métier." Il se foutait bien de ma gueule. Ça, je l'ai vu dans ses yeux, et je l'oublierai jamais. Je vous le dis, ce type nous a roulés dans les grandes largeurs, point final. Mais ce foutu directeur, avec ses principes modernes à la con, il voulait pas m'écouter. Au bout d'un moment, on se dit qu'ils aillent se faire foutre. Mais je me trompais pas, la preuve... »

« Tiens, Michalon, vous êtes là ? »

La voix irritée du directeur s'élève soudain. Ils ne l'ont pas entendu approcher.

« J'accompagnais ce monsieur, j'y retourne », répond sans ciller le gardien chef avant de s'éclipser. Silencieux. Le regard qu'il pose sur Lassus avant de s'éloigner signifie : « Motus et bouche cousue, inspecteur. »

« Vous êtes là depuis longtemps ? » demande le directeur, faussement prévenant, en lui tendant la main.

Lassus la serre sans conviction.

« Je viens d'arriver. Je voudrais revoir la cellule de Thomas, interroger ses voisins et vérifier deux ou trois points », répond Lassus.

Il n'espère pas en apprendre davantage, avec ce directeur qui ne cherche qu'à se dédouaner de toute responsabilité. Il est à présent convaincu que Thomas n'était pas aussi isolé et démuni que tout le monde a voulu le croire. Il s'est fabriqué l'image d'un détenu usé et pacifié. Mais il entretenait une correspondance avec l'extérieur. Lassus ne doute pas de ce que lui a dit le chef Michalon, et il a hâte de quitter ce trou pour appeler la divisionnaire.

« Je pourrais jeter un œil à la bibliothèque ? demande-t-il. Vous me disiez que Thomas passait pas mal de temps là-bas ?

– Si vous avez du temps à perdre », lâche le directeur de Clairvaux d'un air pincé.

Après avoir fouiné dans les rayonnages, Lassus s'avoue vaincu. Il n'a rien trouvé qui semble concerner Nicolas Thomas. Tout juste un bouquin qu'il avait emprunté, sur les techniques horticoles.

34

« Je vous passe l'inspecteur Lassus, madame.

– Pas trop tôt ! murmure Ponchartrain. Et apportez-moi rapidement un café, Rachel. Je suis en manque. »

C'est son troisième de la matinée, alors qu'il est à peine dix heures. Rachel laisse la porte entrouverte. Elle tend l'oreille.

« Thomas est un solitaire, Philippe, on ne lui connaît aucun contact. Je me demande comment il a pu établir des relations avec l'extérieur. » Il y a un long silence, elle écoute son enquêteur envoyé à Clairvaux : « OK, mais ne t'emballe pas, inspecteur. Tant qu'on n'a rien d'autre que les impressions d'un vieux gardien, on ne va pas aller loin. » Nouveau silence. « C'est sûr, il n'est pas clair, et il préparait sa sortie. C'est là qu'il faut chercher, continue comme ça, c'est du bon boulot. Après, tu iras à Ensisheim. Tu vas trouver, l'encourage-t-elle. En tout cas, ce gardien a raison sur un point au moins : Thomas a berné tout le monde. » Puis elle raccroche.

« Rachel ! Venez voir, s'il vous plaît. »

Debout face à sa patronne qui porte la tasse à ses lèvres fines qu'elle ne souligne jamais de rouge à lèvres, Rachel est toujours impressionnée, un peu intimidée. Elle s'appuie au dossier de la chaise, son regard s'échappe un instant vers le portrait du directeur de la PJ, posé sur le bureau de la divisionnaire, perdu au milieu des dossiers. Elle se souvient du commentaire de sa chef quand elle avait enlevé celui du précédent, son ancien patron, André Fasseta, et l'avait posé par terre dans le couloir : « Encore un qu'on ne regrettera pas. Eux, ils s'en vont et nous on reste...

dans la merde jusqu'au cou ! » Les gars avaient rigolé quand elle avait plaisanté : « Qui sait, peut-être qu'un de ces jours, c'est moi qu'on mettra sur ce bureau ? » Plaisantait-elle vraiment ? À l'écart, Dupouy avait murmuré pour les copains : « Elle s'y voit déjà, la Pompon, l'air de rien ! »

Le cadre était resté plusieurs jours, ainsi abandonné. « Il est toujours là, celui-là ? Allez me mettre ça à la poubelle, Rachel », avait-elle ordonné d'un ton désinvolte. Rachel avait obéi sans un mot.

« Alors, qu'est-ce que vous pensez de tout ça ? demande Sophie Ponchartrain en relevant les yeux sur son assistante et en finissant d'un trait le reste de café tiède.

– De quoi, madame ?

– De ce que vous venez d'entendre. Si vous croyez que je ne m'aperçois pas quand vous laissez la porte ouverte, Rachel. Vous êtes une petite curieuse… Alors, qu'en pensez-vous ? »

Rachel renonce à se défendre.

« J'en pense comme vous, Nicolas Thomas agit avec un complice. Il avait des contacts avec quelqu'un à l'extérieur tout le temps où il était incarcéré. Ça explique qu'il ait pu échapper à tous les contrôles dans les gares et aux départs des autocars. Il y a quelqu'un qui le trimbale. Et maintenant il se planque grâce à son aide.

– Je le crois aussi. Continuez, Rachel, l'encourage Ponchartrain.

– On ne trouvera rien sur les relevés des caméras de surveillance aux péages des autoroutes. Ils ont pris les nationales. C'est là qu'il faut chercher. Ils se sont forcément arrêtés quelque part, pour déjeuner…

– Ou pour faire de l'essence.

– Voilà, madame. Mais c'est un travail de fourmi.

– Les flics sont des fourmis, Rachel. Inlassablement nous poussons notre miette de pain jusqu'au nid et nous repartons en chercher une autre sans nous poser de questions, il faut juste retourner au charbon. C'est ainsi que nous nous nourrissons et que nous finissons par gagner. Miette après miette.

– Je me souviendrai de ces mots, madame. C'est la plus belle définition du travail de la police que j'aie jamais entendue », ose dire Rachel, étonnée par cette soudaine confidence.

Sa patronne hausse les épaules : « Allez, stop, Rachel. Mes chevilles vont enfler ! se moque-t-elle.

– Il y a autre chose, madame.

– Je vous écoute.

– Vous savez, ce type chez qui Thomas devait se rendre, en Normandie ?

– Oui ?

– Je me demande ce qui le pousse à aider des types comme ça.

– Thomas ne s'est pas présenté.

– Je sais bien. Je me demande ce qu'il en pense, lui...

– Bon, assez bavardé maintenant, j'ai besoin d'un bon café ! Au boulot, Rachel, et appelez-moi Deltil. »

Rachel met un filtre neuf dans la cafetière. Elle entend sa patronne informer son second de sa discussion avec Lassus.

« Ça ne fait que confirmer ce que je pense. Thomas est aidé par un complice avec qui il a noué des liens durant son incarcération à Clairvaux. »

Peut-être même avant, songe Rachel.

« Eh oui, Deltil, c'est un travail de fourmi... Il faut retourner fouiller dans le passé de Thomas. Il y a forcément quelqu'un. Il faut se concentrer là-dessus, dis-le aux gars. Thomas n'est pas seul dans la nature, quelqu'un l'aide, j'en suis sûre et certaine. Mais pour commencer, je voudrais que tu ailles faire un tour en Normandie, pour voir ce Laforgue, tu sais, l'horticulteur ami des taulards ? »

Deltil n'est pas emballé par la perspective de devoir écouter les fadaises d'un vieux baba cool aux idées larges. Mais il ne discute pas, bien entendu.

Rachel est contente d'avoir pu parler à sa chef. Elle a l'impression que ses idées font leur chemin, qu'une complicité se renforce entre elles deux, et elle n'espère rien de plus.

L'essentiel, pour elle, c'est que l'enquête ait progressé ce matin, et que Sophie Ponchartrain ait de l'estime pour elle. C'est un remerciement en soi.

Pour le moment, il lui tarde de retrouver son fils. Avant de rentrer, elle passera à la boulangerie et lui achètera un éclair au chocolat, son dessert préféré. Elle l'aime tant, son petit bonhomme, il est toute sa vie. Elle angoisse déjà à l'idée du prochain week-end. Victor sera chez son père et elle sera seule.

35

Toute la journée, un soleil radieux a réchauffé la campagne normande, après plusieurs journées mornes et pluvieuses.

Assis sur un banc de bois, André Laforgue profite du soleil rasant et encore chaud de la fin d'après-midi sous le tilleul centenaire, tandis que s'éloignent à mobylette ses deux ouvriers.

Dans ces moments précieux, il songe à ce que fut sa vie. Il lui arrive de pleurer tant le poids qu'il porte lui pèse encore.

Il étend ses jambes fatiguées par une journée passée à clôturer une parcelle. Ils finiront demain et il y lâchera la jument grise qu'il a achetée cet hiver. Il a toujours rêvé d'en voir gambader une et s'est enfin offert ce simple plaisir. Un cheval, ça ne sert pas à grand-chose, songe-t-il, mais à soixante-six ans, si on ne pouvait pas céder à ses envies, ce serait à désespérer de tout.

Il fouille dans la poche de sa veste de velours, sort sa pipe, la bourre avec de l'Amsterdamer, passant outre les mises en garde du docteur Milhaud, depuis l'alerte qui l'a cloué au lit pendant une bonne semaine, à l'automne. Son cœur n'est pas vaillant, a diagnostiqué cette foutue médecin. Elle avait voulu le faire hospitaliser pour une série d'examens. Il avait refusé. Les médecins ne sont là que pour faire chier le monde. À les écouter, il faudrait vivre comme un légume, ne bouffer que de la soupe dès qu'on a passé la soixantaine. Il l'enterrera avant d'aller à son tour au cimetière. Ce n'est pas demain la veille.

L'hôpital lui rappelle trop la prison. On sait quand on y entre, jamais quand on en sort.

Il pense au courrier qu'il a reçu du tribunal de Nanterre, il y a trois jours. Le juge d'application des peines lui demandait s'il acceptait d'accueillir un nouveau détenu libérable. L'administration pénitentiaire le tient donc toujours en bonne estime. Ça l'a rassuré, mais il a préféré décliner, sans fournir d'explication.

S'il n'avait pas une telle flemme, il irait bien se servir un petit whisky. Mais il n'a pas envie de bouger. Il ferme les yeux, songe à sa jument qu'il entend piaffer dans son box. « Demain, ma belle, demain tu seras libre... » Qu'il est doux, cet instant, à revivre ces derniers jours.

Il entend des pas sur le gravier de l'allée et ouvre les yeux. Il doit pencher la tête, s'abriter de la main, pour deviner à contre-jour l'homme qui approche d'un pas lent. Trapu, la quarantaine, un flic, songe-t-il.

« Je suis chez M. Laforgue ? demande l'homme.

– Lui-même, monsieur. Et vous êtes... ?

– De la police. Commissaire principal Deltil. »

Au mot « police », Laforgue s'est raidi. C'est toujours incontrôlable. L'homme s'en est-il aperçu ? Il se ressaisit :

« Bonsoir, commissaire. C'est à quel sujet ? dit-il, en retirant sa casquette de velours marron.

– Je voudrais vous parler de Nicolas Thomas, le détenu que vous aviez accepté de recueillir dans le cadre de sa liberté conditionnelle. »

Laforgue scrute les environs. L'homme est venu seul, il n'y a donc pas de raisons de s'alarmer.

« Thomas ne s'est pas présenté, je l'ai déjà signalé à la gendarmerie.

– On est au courant... Je suis passé voir le capitaine Delsol, à Caen, avant de venir ici. D'après lui, vous êtes un peu dingue de recevoir tous ces types, et ce genre de problème devait finir par arriver. »

Il a passé deux heures dans les locaux de la brigade de Caen à écouter le capitaine Delsol, un type engoncé dans ses certitudes. « Vouloir héberger des taulards, comme ça, et pas des enfants de chœur, moi je trouve ça bizarre. Laforgue aussi, il a fait de la taule, vous savez ? Il y a longtemps. Deux ans, je crois, pour des histoires avec des gonzesses. Rien de bien méchant. Je sais pas à quoi ils pensent, en accueillant ces mecs, c'est des types qui ont des choses à se faire pardonner, une façon de se repentir... »

Laforgue éclate de rire : « Dingo ! Il a raison, Delsol, et j'en suis fier ! On ne se refait pas... C'est vrai qu'il faut être un peu fou pour faire ce que je fais... »

Il reprend son sérieux, poursuit avec un haussement d'épaules :

« Pour moi, tout le monde doit avoir droit à une deuxième chance dans la vie, même mes gars. »

Deltil n'est pas de cet avis, mais il se tait. « Mes gars » ? Il a une drôle de façon de parler de ces ordures.

Laforgue se lève, tend la main à Deltil.

« Je ne vois pas ce que je pourrais vous dire de plus, commissaire. Nicolas Thomas a disparu dans la nature. C'est la première fois que ça m'arrive, hélas. »

Le principal apprécie le contact avec cette main ferme quand il la serre. Il oublie l'impression qu'il a ressentie quand il a vu Laforgue tressaillir au mot « police ».

« J'ai quand même quelques questions à vous poser.

– Lesquelles, commissaire ?

– Par exemple, comment choisissez-vous vos protégés ? Vous êtes en contact avec eux ? Et avec Thomas en particulier.

– Ça va être long, commissaire. Il va me falloir un verre, qu'est-ce que vous en dites ?

– Ma foi, pourquoi pas ?

– Suivez-moi, dit-il. J'ai un vingt ans d'âge, vous m'en direz des nouvelles... »

Les deux hommes passent la porte vitrée de la cuisine, aux rideaux de toile grise. Régis Deltil pénètre dans un intérieur parfaitement rangé, avec un soin presque maniaque.

Lorsque, le lendemain, il émerge à l'aube, réveillé par la pluie qui pique les vitres de sa chambre d'hôtel, Régis Deltil réalise qu'il s'est endormi tout habillé, ses mocassins encore aux pieds. « Eh ben, j'en tenais une sacrée… », s'amuse-t-il, en se demandant comment il a pu regagner l'Ibis, à une quinzaine de kilomètres de Torgeville.

Sur le parking, sa voiture noire est garée de travers et la portière avant est restée ouverte.

Un bon café efface le goût âcre de l'alcool au fond de sa gorge. Ils ont fini la bouteille sur le coup de minuit et il en garde un putain de mal de crâne.

À huit heures, il appelle sa patronne.

« Notre homme est clean », résume-t-il.

Il ne précise pas qu'il l'a même trouvé sympathique. Et son whisky, excellent.

36

4 avril 1990

En s'asseyant à son bureau, Sophie Ponchartrain laisse échapper son stylo, qui roule sous la table. Elle se penche pour l'attraper, fouille à tâtons, doit s'accroupir, et la première chose qu'elle voit est cette carte postale tombée par terre, bien cachée, coincée par le pied de la table. Depuis combien de temps est-elle là ? Elle la reconnaît aussitôt. On y voit la cathédrale de Moulins, elle lit ce qui est écrit au verso :

Les années sont longues, tellement longues, madame, pour un innocent. Voyez, je ne vous oublie pas et, puisque vous ne m'avez pas sauvé, priez au moins pour moi. Nicolas Thomas.

Elle date de 1984, Thomas avait séjourné une année à Moulins avant d'être transféré à Clairvaux, où il a terminé sa peine.

Une chose la tracasse depuis plusieurs jours. Elle a relu toutes les lettres que Thomas lui a envoyées. Dans aucune ne filtrent de volonté de se venger ou de mention de meurtre. Elle n'a trouvé que d'inutiles et obstinés cris d'innocence.

Elle glisse la carte postale au hasard dans le tas de courrier. Puis elle se ravise, soudain, elle a un doute : elle n'y touche jamais, comment aurait-elle pu la faire tomber ? Quelqu'un aurait-il pu fouiller dans le tiroir de son bureau ? Elle dispose la carte de façon qu'elle dépasse un peu. Si le curieux récidive, elle le saura.

La divisionnaire ne veut pas y croire. Qui, dans ce service, oserait violer ainsi le saint des saints ? Elle préfère penser que la carte lui a échappé des mains. Le piège qu'elle a mis en place ôtera ses doutes.

Sur la pile, avant de refermer le tiroir avec précaution, elle relit les mots postés de Clairvaux : « SAUVEZ-MOI ». Elle vérifie le cachet de la poste. C'était bien le jour de sa sortie, avant qu'il ne disparaisse.

Le sauver de quoi ? De lui-même ? Ce type est un minable et elle aura facilement sa peau. Il ne mérite pas autre chose. Les mots qu'il a envoyés ne sont que de pitoyables défis écrits par un dément. Comment a-t-il pu berner la commission de remise en liberté conditionnelle ? Ces juges l'étonneront toujours.

Elle se dirige vers le paperboard où, d'une écriture noire, elle note dans un coin le nom de Laforgue avec cette question : « 1960 ? » Elle a confiance en Deltil, mais son rapport ne l'a pas satisfaite. Il faut creuser le passé de Laforgue. Et s'ils s'étaient connus avant l'arrestation de Thomas ? Et s'ils s'étaient croisés en prison ?

Le puzzle vient de gagner une pièce de plus. À côté de Clairvaux, elle ajoute une autre question : « Un complice ? Priorité. »

Les yeux fixés sur le tableau, elle se repasse pour la centième fois le déroulé de la fuite meurtrière de Thomas. À Bar-sur-Aube, à peine sorti, emporté par une pulsion folle, il assassine la malheureuse Pauline Jean-Joseph. D'expérience, elle sait que la prison ne guérit pas les individus comme lui. Il a retrouvé celui avec lequel il a noué des liens, en prison ou avant, son complice. Ensemble, par des chemins secondaires, ils ont gagné Paris, et là, il se livre à sa vengeance mûrie des années durant, s'acharne sur ceux qu'il estime responsables de sa déchéance. D'expérience aussi : les malades paranoïaques de ce genre en veulent à la terre entière et leur volonté de revanche ne les quitte jamais. Thomas a voulu tout effacer, sa mère haïe d'abord, puis ce journaliste. Qui la prochaine fois ?

Il faut trouver la logique dans le comportement de tels hommes. Mais une logique qui échappe à la raison. Ils jouent un rôle, auquel ils croient, comme Thomas a joué la victime, des années durant, en l'inondant de courriers ridicules. Mais aujourd'hui, il a massacré deux femmes qui ressemblaient en tout point à ses deux premières victimes.

Il lui en faudra une troisième. Elle aura environ vingt-quatre ans, des cheveux blonds coupés à la garçonne, et elle sera étudiante en médecine... Une réplique de celle qu'il avait choisie tant d'années plus tôt.

Sophie Ponchartrain se réjouirait presque. Elle sait ce qu'elle a à accomplir maintenant. Thomas a un complice, ils ont un véhicule, il l'aide à se cacher. Désormais elle a deux cibles : lui et son allié anonyme.

La divisionnaire reprend la déposition de Thomas, celle qu'elle avait tapée et qu'il avait signée sans sourciller à l'endroit qu'elle lui avait indiqué.

La première ne compte pas, lit-elle au bas de la deuxième page. *C'est à la seconde qu'on commence à apprécier. J'ai aimé la troisième et encore plus la quatrième. J'aurais bien voulu continuer car je n'étais pas encore rassasié. Dommage.*

C'est quand elle avait lu, d'une voix ferme, avec un brin d'émotion contenue, ces lignes de la déposition de Thomas, que le tribunal avait basculé. Des mots pareils, on ne peut pas les inventer. Ils ne peuvent sortir que de la bouche d'un monstre. Qui ne méritait pas de vivre, devait disparaître de la surface de la terre, avait-elle vu dans le regard des jurés. Ainsi, la seule lecture de ces quelques lignes avait, d'un coup, balayé les doutes distillés par son avocat dans le tribunal.

Jamais elle n'oubliera le silence qui s'était emparé de la salle d'audience quand elle avait quitté la barre. Comme si, dans un hommage muet, toutes ces familles meurtries la saluaient.

Elle se lève, ouvre la porte entrebâillée et demande :

« Rachel, vous avez vu des gens entrer dans mon bureau en mon absence, ces derniers temps ?

– Non, madame. En dehors de moi, personne ne vient quand vous n'êtes pas là. Pourquoi ?

– Pour rien... Allez donc me préparer un café, s'il vous plaît, et trouvez-moi Deltil. »

Deltil aurait dû s'attendre à la demande de Ponchartrain : obtenir le casier de Laforgue et fouiller son passé de fond en comble.

« Sa peine de prison, ça remonte à la nuit des temps !

– Débrouille-toi, ce type m'intrigue.

– C'est quoi votre idée, chef ? Qu'ils se sont croisés en taule ? Impossible, j'ai vérifié, les dates ne collent pas. Vous croyez qu'ils se connaissaient ? Vous croyez qu'il pourrait être le complice que nous cherchons ?

– Régis, combien de fois il faudra que je te le répète ? Dans mon équipe on ne croit rien. On cherche. Et on trouve. »

TROISIÈME PARTIE

RACHEL BACHELARD

Évidemment, ce serait mentir (et je ne suis pas un menteur) de prétendre le contraire : obéir aux règles trop strictes de la prison est le plus dur à supporter. Mais on s'y fait, comme à l'enfermement, à la solitude.

Je le dis, il y a des règles et il convient de les respecter. Il ne sert à rien de se rebeller, même quand, comme moi, il n'y a pas lieu d'être là.

Ce serait mentir aussi de prétendre qu'un détenu n'envie pas celui qui sort. Chaque fois que cela arrive, il recompte les années qu'il lui reste à faire, et j'en ai entendu un paquet chialer. Moi, jamais.

Si j'ai appris une chose en taule, c'est la patience. Je savais que mon heure viendrait. Je n'ai même pas enragé quand mes premières demandes de liberté ont été refusées. Pas plus que je n'ai souri quand on me l'a accordée.

La plupart de ceux qui sortent le font discrètement, sans se vanter. Ce serait une injure pour ceux qu'ils abandonnent derrière eux. Pendant ma détention, j'en ai vu partir des dizaines, voire des centaines. Certains avaient tellement d'années au compteur que devoir affronter le monde du dehors les terrifiait – même s'ils ne l'avouaient jamais. Ils n'avaient plus de famille, pas de boulot en vue, pas assez de pognon pour repartir dans cette nouvelle vie. Du monde ils ne connaissaient que ce qu'ils en voyaient dans les journaux, puis à la télévision quand nous y avons eu droit, et ce que leur racontaient les nouveaux.

Beaucoup replongeaient très vite, parfois pour des peccadilles. Dehors, ils étaient perdus et la prison était leur seul refuge. Au moins, là, ils avaient leurs repères. Ils disaient qu'ils s'étaient bien éclatés dehors. Ils mentaient, mais qu'auraient-ils pu dire d'autre ?

Moi, je n'étais pas comme eux. Je savais que le jour où je sortirais, je ne reviendrais jamais. Dedans, dehors, quelle importance… Mon heure viendrait, point final.

Je n'ai jamais participé à ce genre de discussions, mais combien de fois ai-je entendu les gars rêver à la première chose qu'ils feraient quand ils partiraient. Des rêves d'une banalité affligeante. Se faire une gonzesse avec de gros seins, bien sûr, un gueuleton dans un bon resto : une entrecôte frites et une bouteille de bordeaux, aller chercher leur gamin à l'école ou, plus triste encore, aller devant la tombe du paternel mort pendant qu'ils croupissaient en prison.

Moi, je saurai m'occuper bien mieux que ça.

Je les ai toujours trouvés pitoyables, ces pauvres types. Aucun ne m'a jamais intéressé. En prison, on ne croise que des imbéciles. Certes, moi, j'y suis entré quasiment analphabète, mais je n'étais pas un idiot.

Je peux bien l'avouer alors que ma sortie approche : la seule chose qui me fascine, c'est les centres commerciaux. Je n'ai connu que les épiceries de quartier, ou ce qu'on appelait les supérettes. Il existe désormais ces mastodontes.

J'ai longtemps rêvé de m'y perdre.

J'irai quand je sortirai. C'est idiot mais c'est ainsi !

37

5 avril 1990

Ce matin du 5 avril 1990, le bulletin météo annonce des passages pluvieux et une température douce.

En retard comme toujours, Rachel a enfilé un jean, une chemise blanche et une paire de baskets rouges. Comme souvent, elle n'a pas eu le temps de maquiller ses yeux noirs, de coiffer sa crinière rousse, qu'à défaut elle a attachée en queue-de-cheval.

Au lever, Victor l'occupe tout entière. Elle doit faire œuvre de patience pour qu'il consente à ouvrir un œil. « Victor, Victor, c'est l'heure, mon bébé. »

Il réclame son câlin, menace de ne pas bouger tant qu'elle ne l'aura pas pris dans ses bras. Parfois, comme ce matin, il part se cacher au fond des draps. Ils ont joué, elle l'a chatouillé jusqu'à ce qu'il se rende et elle a profité de la douce tendresse de son petit corps. Elle hume avec bonheur son odeur de bébé, avec le sentiment qu'elle l'accompagnera jusqu'au soir. Que serait-elle sans lui ? se demande-t-elle souvent.

Elle garde des stigmates de ses nuits sans sommeil, des cernes sous les yeux, une énergie vacillante. Elle la rassemble pourtant pour s'occuper de son petit. Le débarbouiller en dépit de ses protestations, l'habiller, ne pas oublier de ranger sa trousse dans son cartable, veiller à ce qu'il ne se goinfre pas de céréales, car dès qu'elle tourne le dos, il tente de remplir son bol en cachette.

« Vilaine maman, lance-t-il.

– Tu vas avoir une fessée ! gronde-t-elle, les yeux rieurs.

– Un bisou ! »

Ce matin encore elle n'a pas pu résister.

Cet enfant, elle l'avait toujours voulu. Il serait sa bouée de sauvetage.

Son couple était à la dérive, Étienne n'était plus l'homme qui l'avait conquise, drôle, insouciant, volontaire, plein de vie, d'ambition… « Je serai un grand flic », disait-il. Elle avait épousé six mois après l'avoir rencontré celui qui avait été le premier homme de sa vie. La fête avait rassemblé plus d'une centaine de personnes, la famille, les amis, les collègues… et avait duré jusqu'au bout de la nuit.

Mais très vite, elle l'avait vu sombrer, petit à petit, jour après jour, sans comprendre pourquoi. Comme si son métier le bouffait de l'intérieur. Elle ne trouvait pas les mots pour le secourir. Il buvait, rentrait tard, partait à l'aube, restait absent des week-ends entiers. Quand ils faisaient l'amour, c'était rapide et brutal. Longtemps, elle lui avait caché sa tristesse, elle n'osait pas l'affronter, de peur qu'il s'éloigne davantage.

Puis elle était tombée enceinte et s'était accrochée à ce nouvel espoir. L'arrivée de cet enfant allait peut-être ressouder son couple ? De fait, quand il avait su qu'il allait être papa, Étienne était redevenu celui d'avant. Elle les avait crus sauvés, la vie, à nouveau, était belle. Ils discutaient des heures entières de son prénom. Victor, c'est lui qui l'a choisi. Émeline, si c'était une fille. Il l'avait accompagnée à la première échographie, ils ne voulaient pas connaître le sexe de leur enfant et ils étaient sortis main dans la main.

Mais très vite, il s'était laissé rattraper par les exigences d'un métier qui, pensait-elle, n'était pas fait pour lui, mais comment lui en parler ? Il s'était à nouveau laissé submerger et le mal, sournoisement, était revenu. Elle se sentait impuissante.

Elle se souvient des nuits passées en larmes en attendant son retour. Après quoi, elle l'entendait boire dans le salon. Il finissait par s'affaler dans le lit, parfois tout habillé, portant encore son arme de service, puant la mauvaise transpiration et l'alcool. Elle s'occupait de lui, le déshabillait et rangeait le pistolet dans le tiroir de la table de nuit. À son réveil, il avait disparu.

Un soir, alors qu'il venait d'allumer la télévision à peine rentré, en montant le son, elle avait pris sa décision. Il n'avait pas pipé mot quand elle lui avait annoncé qu'elle partait, pas posé de question. Il avait éteint le poste et était allé se coucher. Au matin, elle avait disparu avec quelques affaires, pour retourner chez ses parents dans l'Oise.

Elle était enceinte de huit mois.

Il n'avait pas cherché à se rapprocher d'elle, ni demandé qu'elle revienne. Lorsque, rarement, ils se croisaient à la brigade, il l'évitait. Quand ils avaient divorcé, il ne s'était pas présenté devant le juge. Son avocat avait indiqué que son client était d'accord sur tout. C'est ainsi que tout avait été terminé.

Plus tard, longtemps après la naissance de Victor, elle est allée le voir pour lui présenter son fils. Elle lui a dit qu'il pourrait lui rendre visite quand il voudrait. Il a simplement répondu qu'il comprenait pourquoi elle l'avait quitté, et il a pleuré. Depuis, leur relation s'est apaisée, et Victor a un père, qu'il voit un week-end sur deux.

Elle veut croire qu'il aime son enfant.

Elle n'a pas lâché la main de son Victor jusqu'à la maternelle, à deux rues de là. Elle l'a encore couvert de baisers et l'a accompagné jusqu'à la porte de la classe puis est repartie vers Reuilly-Diderot, sans se soucier de la fine pluie qui tombe sur Paris. Il est huit heures et dans moins de trente minutes, elle apportera à sa patronne le premier café de sa journée.

Elle s'engouffre dans les entrailles du métro, au milieu d'une foule dense. Il n'y a pas de place libre pour elle dans le wagon bondé de la ligne une. Elle est habituée à ce voyage inconfortable, serrée contre des inconnus. Elle compte les stations jusqu'à Châtelet, sans prêter attention à l'homme qui se colle à elle, dans son dos.

Elle n'a pas remarqué qu'il l'a suivie depuis qu'elle est sortie de son immeuble, tenant son fils par la main.

38

Comme elle avait fait la demande la veille, il ne lui a pas fallu plus de quelques minutes au greffe pour qu'on lui sorte le dossier d'Églantine Desplace, la troisième victime de Thomas en 1960. Rachel avait entendu Ponchartrain en parler aux hommes.

« Il faut malheureusement s'attendre à un troisième assassinat, messieurs, avec selon toute vraisemblance un profil très proche de celui d'Églantine Desplace, la troisième victime de Thomas, comme on l'a observé pour les deux précédentes. Bref, je ne vous fais pas un dessin, il faut mettre les bouchées doubles, si on ne veut pas de ce troisième crime... »

Lorsque, une vingtaine de minutes plus tard, l'assistante de la divisionnaire arrive au bureau, le dossier Desplace en main, une chemise épaisse et brune fermement serrée par deux gros élastiques, Ponchartrain la salue d'un sourire. « Bravo ! Vous avez fait vite. »

Avant de monter, Rachel a pris le temps d'y jeter un œil. C'est plus fort qu'elle, elle ne sait pas résister à la curiosité. Elle s'est assise sur les marches et l'a ouverte avec précaution de peur que l'une des nombreuses photos ne s'échappe.

C'est le visage souriant d'une jolie jeune femme blonde qu'elle découvre d'abord. Elle fixe l'objectif avec assurance. Les cheveux sont coupés court, à la garçonne, ses traits sont fins, harmonieux. Sur les deux suivantes, levant un verre, elle trinque avec des amis lors d'une soirée, dans un bar bondé. Cette photo a été prise le soir même du meurtre, est-il précisé. Puis viennent les clichés pris par la police dans le studio d'Églantine, où son corps avait été trouvé dans l'après-midi par une voisine, intriguée par la porte d'entrée restée entrebâillée. La vision de ce corps brutalisé est insupportable, pourtant Rachel affronte sans sourciller la série de photos en noir et blanc. On lit l'horreur et la peur dans les yeux restés grands ouverts de la jeune femme. Sa chevelure n'est plus qu'une tache sombre, la souffrance l'a rendue presque méconnaissable.

Églantine avait vingt-quatre ans, elle suivait des études de médecine et était la fille unique d'un couple de professeurs de français. Elle était célibataire depuis plusieurs mois. Elle avait confié à une de ses amies qu'elle avait rencontré un jeune et beau garçon qui lui plaisait beaucoup. Cette piste avait très vite été classée comme fantaisiste : la police privilégiait déjà celle d'un tueur en série, et il s'était avéré qu'Églantine avait inventé cette histoire pour que ses copines cessent de lui présenter des prétendants.

Rachel lit le rapport d'autopsie : il consigne que la victime a lutté de longues minutes contre la mort qui n'est venue que petit à petit. L'ecchymose sur son front témoigne qu'elle a été frappée violemment. Elle a perdu connaissance et s'est retrouvée ligotée aux poignets et aux jambes. Les cordes ont été ôtées après la mort, et ont disparu, emportées par le tueur, selon toute vraisemblance. Ses joues gardent les traces du bâillon de gros Scotch qui l'a empêchée de hurler.

Elle a vécu ses derniers instants d'agonie sous le regard de son bourreau. Rachel examine longuement la photo qui montre l'ensemble de la pièce. Le lit défait, les vêtements épars et déchirés, et au fond, posé sur l'évier, un verre de vin et une bouteille à moitié vide. Rachel imagine que le tueur a fêté ainsi son crime, peut-être assis aux côtés de la malheureuse tandis qu'elle s'éteignait.

Aucune empreinte n'a été relevée dans le studio. Personne n'a rien entendu. Pas de cheveux, aucune trace de sang dans la douche où l'homme s'est lavé.

Le rapport décrit un assassin parfaitement organisé, sûr de lui. Il n'avait rien laissé au hasard, avait effacé toutes ses traces. Il avait forcément apporté des vêtements de rechange.

Rachel s'en étonne. Cet homme semble si loin de la brute fruste et quasiment analphabète arrêtée ensuite, et qui a tout avoué à la jeune Sophie Ponchartrain. Ou alors Thomas donnait le change, et était beaucoup plus intelligent que les enquêteurs ne l'avaient pensé à l'époque.

Elle referme le dossier, monte en hâte, sa patronne doit bouillir.

Elle craignait son impatience, mais c'est à une Ponchartrain souriante qu'elle présente le dossier.

« Merci, Rachel. À propos de la question que je vous posais hier, vous êtes bien certaine que personne n'entre dans mon bureau en dehors de ma présence ?

– Certaine, en tout cas tant que je suis à côté.

– Personne, en dehors de vous, bien sûr », reprend la divisionnaire.

Rachel rougit. Elle voudrait prendre ses jambes à son cou.

« Vous êtes bien émotive, ma fille !

– C'est ces meurtres effrayants... C'est atroce.

– À qui le dites-vous... Vous saviez que c'est moi qui avais obtenu les aveux de Thomas, à l'époque ?

– Oui, madame.

– Et qu'est-ce que vous en pensez ? »

Rachel sent un piège se refermer sur elle. Elle craint de savoir où sa chef veut en venir, rougit de plus belle.

« Vous avez accompli un travail formidable...

– Vous n'avez rien à me dire, Rachel ? »

Elle se prépare pour un déferlement de fureur, auquel elle n'aura rien à opposer. Mais c'est d'une voix douce, presque protectrice, que Sophie Ponchartrain lui demande :

« Rachel, c'est vous qui avez fouillé dans mon tiroir, n'est-ce pas ? »

Immobile, tétanisée, Rachel voit sa patronne se pencher puis poser devant elle le tas de lettres qu'elle a sorties de son tiroir.

« Prenez-les, Rachel. Vous pouvez lire tout ce que ce tordu m'a écrit. Il n'y a pas grand-chose à apprendre là-dedans, hélas. Les élucubrations d'un sadique pervers. Mais bon, votre curiosité sera comblée.

– Veuillez me pardonner, madame, bredouille-t-elle, pitoyable.

– Vous êtes toute pardonnée, Rachel. La curiosité n'est pas forcément un vilain défaut !

– Pourquoi me les donnez-vous, madame ?

– Vous avez commencé à les lire, autant terminer. Et puis, ça m'intéresse d'avoir votre avis sur ces lettres. Je n'ai jamais vraiment compris pourquoi cet assassin m'inondait de pareilles inepties. Allez, disparaissez maintenant. Et n'oubliez pas mon café.

– Oui, madame...

– Pas un mot à quiconque.

– Vous pouvez compter sur moi, madame.

– Alors, ces lettres seront notre petit secret. »

Rachel prend bien soin de refermer la porte derrière elle. La confiance que vient de lui témoigner cette femme si intransigeante la transporte de joie.

39

À une heure du matin, peut-être plus car elle a renoncé à regarder sa montre, Rachel est en nage. Elle a laissé ouverte la fenêtre du salon où elle a déplié son Clic-Clac et le froid de la nuit l'a saisie lorsqu'elle s'est levée pour changer de tee-shirt, tant elle transpire. Elle se demande si elle parviendra à s'endormir. Il le faudrait, les journées sont harassantes au 36. Malgré cela, ce boulot, elle ne s'imagine pas en faire un autre. Elle repense souvent à ce petit miracle qui lui est arrivé, d'être choisie par Ponchartrain. Elle lui sera toujours reconnaissante de lui avoir donné sa chance d'emblée, alors qu'elle était si jeune, si inexpérimentée. Elle admire tout chez cette femme, ses intuitions fulgurantes, son exigence, la manière dont elle a su s'imposer dans ce monde d'hommes, le respect qu'elle inspire.

Certes, elle n'a pas un instant à elle : dossiers à aller récupérer, réunions à organiser, des notes à taper, courriers, dossiers... Et des cafés, encore des cafés. À croire que sa patronne, qui ne sort que rarement pour déjeuner, ne se nourrit que de cela.

Lorsqu'elle a quitté les bureaux, à dix-huit heures trente tapantes, et que, comme tous les soirs, elle a averti la divisionnaire de son départ, Sophie Ponchartrain n'a fait aucune remarque quant au paquet de lettres que Rachel a glissé dans son sac à main sans lui en demander la permission. Pendant la journée, elle n'a pas eu une minute pour s'y plonger. Chez elle, elle aura tout le temps, une fois Victor au lit.

La sonnerie stridente de son téléphone la fait sursauter. Il est presque deux heures. Qui peut bien l'appeler à une heure pareille ? Elle a la certitude que c'est sa patronne. Que lui veut-elle ? Depuis qu'elle travaille pour Ponchartrain, ce serait bien la première fois qu'elle l'appellerait en pleine nuit. Elle hésite à répondre, pour lui dire quoi ? Il lui sera facile d'expliquer qu'elle n'a pas entendu. La sonnerie s'interrompt puis reprend, comme un ordre de décrocher.

« Je ne vous réveille pas, j'espère ? dit la voix de Sophie Ponchartrain.

– Bonsoir, madame, répond-elle maladroitement.

– Alors, vous les avez lues, Rachel ?

– Oui, madame, j'ai tout lu ce soir.

– Vous avez terminé ? Alors, qu'en dites-vous ? » Son ton est plein d'autorité.

Rachel ne peut reculer. Mais comment parler de son trouble à la lecture de ces lettres, qui l'ont laissée perplexe, assaillie d'interrogations.

Mieux vaut dire ce que sa chef veut entendre :

« On a l'impression en les lisant d'être face à un innocent, madame, c'est très perturbant, il doit être vraiment schizophrène. Pour tout vous dire, ça m'a effrayée au point que je n'arrive pas à trouver le sommeil.

– Oui, il s'est prétendu innocent sans jamais en démordre. Et tout ce temps, il ne songeait qu'à se venger… Et il l'a fait, malheureusement. C'est ça qui vous trouble ? »

Est-ce vraiment cela ? Elle ne sait pas définir le malaise qu'elle a ressenti à leur lecture. Sans qu'elle sache pourquoi, parfois, les mots de Thomas l'ont touchée. Ses appels à l'aide sont tellement pathétiques…

« Oui, madame, c'est cela.

– Votre curiosité est satisfaite ? Je vous l'avais bien dit, Rachel : ces lettres ne sont qu'un ramassis de bêtises, écrites par un dingue.

– Ces lettres sont celles d'un monstre, madame.

– Un monstre, oui, Rachel, un monstre dangereux. C'est un fou, tranche-t-elle, et un abruti. Nous en parlerons demain. Et rapportez les lettres, je n'ai pas envie qu'elles traînent n'importe où. Il faut dormir maintenant !

– Madame ?

– Quoi encore ?

– Comment tout cela va finir ? murmure Rachel. Cette affaire est tellement effrayante...

– Ça va finir par l'arrestation de ce malade et son retour en taule jusqu'à la fin de ses jours. Voilà, vous êtes rassurée ?

– J'ai peur pour vous, madame, avoue Rachel d'un ton hésitant.

– Arrêtez avec ces bêtises. Je vous ai déjà dit que je ne risquais rien. Bonne nuit, Rachel !

– Bonne nuit, madame. »

Rachel reste immobile, sans songer à reposer le téléphone, tandis que résonne dans son oreille la tonalité lancinante d'une conversation interrompue.

Rachel s'est mise au lit dès neuf heures, pour commencer sa lecture. Elle a posé la pile à sa droite et a commencé dans l'ordre chronologique, par les plus anciennes, celles qu'elle a déjà parcourues et qui sont pleines de fautes d'orthographe.

Au fil des années, l'écriture s'améliore, les fautes disparaissent, la syntaxe devient soignée.

Les premières n'étaient qu'un fatras, des hurlements d'innocence.

Plus tard viennent les accusations, de l'avoir condamné à une telle vie de douleur. Un jour, Nicolas Thomas écrit : « Cela ne vous fait jamais souffrir, le mal que vous m'avez fait ? » Une autre fois, il demande : « Êtes-vous toujours heureuse de me savoir malheureux, en prison, coupé de tout ? Pourquoi ne m'avez-vous pas sauvé ? »

Très souvent, il se plaint des conditions « effroyables » de sa détention.

Il y a aussi des mots durs, contre elle, et tous ceux qui se sont « acharnés » sur un innocent. Puis il s'excuse, supplie qu'elle lui vienne en aide. « Ne me trahissez pas une deuxième fois. » Mais elle ne trouve aucun mot de haine, juste la fièvre que lui donne, encore, l'espoir de voir enfin sa grâce accordée. « Un innocent ne mérite-t-il pas de retrouver un jour la liberté ? »

Dans presque toutes reviennent comme une litanie les mêmes mots : « innocent », « sauvez-moi ». Jamais il ne demande pardon.

Rachel suit au fil des missives le long parcours carcéral de Thomas. Il raconte les gardiens, les brimades, les privations, mais aussi ses études, ses progrès. Il y a dans les lettres, pliée en quatre, la copie de son diplôme, le baccalauréat qu'il a obtenu en 1982. « AVEC MENTION AB », écrit-il en lettres majuscules. Il parle des rares détenus qu'il parvient à supporter, difficilement, évoque la façon dont sa vie s'écoule dans la torpeur carcérale. « Je m'enferme, semaine après semaine, dans ma terrible solitude. »

Ces lettres sont parfois si touchantes que la jeune femme en arrive à le plaindre, à partager sa douleur. Puis elle se reprend, songe aux souffrances qu'ont dû endurer les victimes, les familles. Elle frissonne en se représentant ce monstre qui les a regardées mourir en trempant son doigt dans leur sang.

Serai-je toujours le même, le jour où je sortirai ? Car ce jour viendra, j'en suis sûr, s'interroge-t-il. *Je n'ai pas peur du dehors. J'aurai des choses, beaucoup de choses, à accomplir.*

Se venger ? s'interroge Rachel.

Elle ne parvient plus à chasser le malaise qui est monté au fil des lettres, qui s'est emparé d'elle au point de l'empêcher de fermer l'œil. Pourquoi Thomas s'est-il entêté à écrire ces mots restés sans réponse ? Ces lettres jetées comme des bouteilles à la mer, abandonnées comme des détritus au fond d'un tiroir. Pourquoi Sophie Ponchartrain les a-t-elle toutes conservées, sans en parler à quiconque ? Pourquoi n'y a-t-elle jamais répondu, ne serait-ce que pour y mettre fin ? Pourquoi l'a-t-elle autorisée à les lire cette nuit ?

Et puis il y a ce mot, laconique, le dernier, envoyé de Clairvaux.
« Sauvez-moi. »

L'a-t-elle piégé, comme il le prétend ? Mais que veut-il dire, et comment aurait-elle pu le sauver ? Pourquoi, depuis trente ans, la supplie-t-il de le faire ?

Et la question, au-delà de tout le reste, qu'elle tourne et retourne sans explication : quel lien secret unit sa patronne et ce monstre ?

Toute la nuit, et ce matin encore, ces questions tournent à l'infini dans sa tête. Mais tout à l'heure, lorsqu'elle l'a appelée, elle n'a pas eu le courage de les poser à Sophie Ponchartrain.

40

6 avril 1990

« Vous avez les traits tirés, Rachel, commente la divisionnaire quand son assistante pénètre dans son bureau, café brûlant en main. On dirait que vous avez passé une mauvaise nuit...

– C'est vrai, j'ai peu dormi, madame, confesse Rachel.

– Je vous ai réveillée avec mon appel ? Je vous prie de m'excuser, ma pauvre Rachel. Si vous avez besoin de rentrer chez vous... »

Sophie Ponchartrain semble sincèrement navrée et cela touche sa jeune assistante.

« Merci, ça ira, madame. »

Elle ne s'est endormie que très longtemps après l'appel de Ponchartrain, résistant à la tentation d'avaler un cachet. Le réveil aurait été pire encore.

« Et vous, madame, avez-vous bien dormi ?

Pourquoi a-t-elle posé cette question ? Pour le simple plaisir de l'entendre répéter qu'elle est comme Napoléon, que quelques heures de sommeil lui suffisent ?

Sophie Ponchartrain ne lui parle pas des lettres. Elle se contente de les prendre de la main de son assistante et de les ranger, de s'en débarrasser plutôt, dans le tiroir du bas. Comme des choses sans importance. Ensuite, pas un mot, comme s'il n'y avait rien à ajouter à leur brève conversation de la nuit dernière.

En fin de matinée, Rachel tente d'évoquer le sujet : « Les lettres de Thomas, je pourrai les lire à nouveau ? demande-t-elle.

– Ça ne servirait à rien, sauf à vous empêcher de dormir, ma petite Rachel, répond Ponchartrain sans lever les yeux du dossier dans lequel elle est plongée.

De la journée, elle ne la revoit que pour lui apporter des cafés. La divisionnaire ne sort pas de son bureau, suspendue au téléphone pour suivre et diriger le travail de ses hommes sur le terrain, en ligne avec le procureur, le juge.

Rachel a cependant l'impression que sa chef s'est replongée dans sa correspondance. Le tiroir qu'elle avait refermé si énergiquement est entrouvert.

Un vendredi sur deux, Rachel quitte le Quai des Orfèvres à dix-sept heures pour aller chercher Victor à la maternelle.

Elle va saluer sa patronne.

« Profitez bien de votre Victor, Rachel.

– Merci, madame.

– Et promettez-moi de ne plus vous soucier de Thomas, intervient Ponchartrain. Ne gâchez pas votre week-end.

– Je vais essayer... Mais je n'arrive pas à me le sortir de la tête.

– Je n'aurais pas dû vous laisser lire ces lettres. Je vois bien que ça vous perturbe. Je regrette.

– Ce qu'il a fait est tellement affreux... Et de savoir qu'il continue... »

Elle supplie presque : « Vous êtes certaine que vous ne risquez rien ?

– Ne dites pas de bêtises, Rachel. Il faudrait déjà qu'il puisse m'approcher.

– Qui sait... Il est tellement dangereux.

– À propos, je ne vous ai pas raconté comment j'avais obtenu ses aveux, n'est-ce pas ? » Elle poursuit sans attendre de réponse. « Voyez-vous, il ne s'est pas méfié. J'étais une toute jeune policière, à l'époque. Contrairement à ce qu'il prétend, je ne l'ai pas piégé, il s'est piégé tout seul. Il était trop sûr de lui, il a voulu faire le malin avec moi, il a eu besoin de se vanter. Ces types ont souvent un orgueil démesuré, vous savez. De ma vie, je n'ai rien entendu de plus atroce... Mais à part ça, je n'ai pas eu grand mérite : je n'ai eu qu'à taper ce qu'il me racontait... En plus d'être un monstre, c'est un imbécile, ce Thomas.

– Mais je ne comprends pas, toutes ces lettres qu'il vous a envoyées, pourquoi ?

– Il n'y a rien à comprendre, Rachel. C'est un malade, point final. Je vais le renvoyer en prison et pour longtemps, vous pouvez me faire confiance ! »

Elle fixe son assistante : « Vous me faites confiance, n'est-ce pas, Rachel ?

– Bien sûr, madame.

– Allez, un sourire ! »

Rachel s'exécute de bon cœur.

« Ah, je préfère ça à la tête d'enterrement que vous me faites depuis ce matin ! Filez, maintenant. Victor attend sa maman. »

En se hâtant dans les couloirs du métro, Rachel songe aux paroles de sa patronne. Sur l'instant, elles l'ont apaisée, mais à nouveau une inquiétude sombre s'empare peu à peu d'elle.

Elle ne la quittera pas du week-end.

41

9 avril 1990

La semaine débute toujours par une réunion dans le bureau de la divisionnaire. Un rituel que Sophie Ponchartrain impose à ses hommes. La réunion débute à neuf heures précises et malheur aux retardataires. Les derniers arrivés sont prévenus : « Sa Seigneurie Pompon » ne tolère aucune excuse.

Tous savent qu'elle a passé l'essentiel de son week-end au travail : « On est flic vingt-quatre heures sur vingt-quatre et sept jours sur sept. Sinon on change de métier », professe-t-elle.

Un nouveau venu, pourtant pas un gamin, avait voulu faire le malin la semaine précédente. Il avait doublé les collègues dans le couloir en trompetant : « Pimpon, pimpon ! » Les gars l'avaient laissé faire, s'amusant déjà d'assister à son lynchage. À leur grande déception, Pompon n'avait pas réagi. Mais il est certain que leur chef l'a dans le collimateur, à présent.

Il s'appelle Christian Pelletier, il habite à Ris-Orangis, et, ce matin, il se tient prudemment en retrait, juste à côté de la jolie rousse qui fait fantasmer tous les gars.

La réunion, selon son rite immuable, débute par un exposé point par point de la divisionnaire. Elle reste assise tandis que les gars se tiennent debout, silencieux et concentrés. Elle sait trouver les mots et ils apprécient ses analyses précises et claires. Tous en sortent toujours remontés comme des pendules, sans penser que la semaine ne fait que commencer.

Ce matin ils sont seulement cinq, mais sur le terrain les autres ont le petit doigt sur la couture du pantalon, prêts à décrocher le téléphone dès qu'il retentira. Kassovic est reparti à Montargis, Marçais planque à Montrouge devant le pavillon de la mère de Chambaraud. Ponchartrain a appelé Dupouy la veille : « Tu retournes dans le 20e demain à la première heure. Malin comme tu es, tu vas nous dénicher quelque chose. »

La divisionnaire récapitule le calendrier des meurtres et les déplacements de Thomas. Priorité désormais à la recherche du complice, tous vont devoir fouiller de fond en comble le passé de Thomas, à la recherche de la moindre piste.

Ponchartrain en a la certitude : Thomas s'est relancé dans un cycle de meurtres, qui va reproduire ceux perpétrés il y a trente ans. « À l'époque, il s'est passé huit jours entre le deuxième et le troisième meurtre. Je suis presque sûre qu'il respectera ce délai. Ça nous laisse vingt-quatre heures, conclut-elle. Nous devons coincer ce type avant qu'il recommence. »

Elle se tait, dévisage les hommes les uns après les autres.

« Je le sais, c'est pas le plus marrant, mais on continue à ratisser le terrain. Centimètre par centimètre. Faites-moi confiance. Cela nous prendra le temps qu'il faudra mais nous allons bien finir par trouver quelque chose sur les relations de Thomas. Polaczyk, tu fonces tout de suite à Bois-Colombes et tu ne reviens pas sans des biscuits... Et n'oublie pas les photos de Thomas.

– Oui, madame la divisionnaire. Tout de suite. »

Il a déjà quitté la pièce. Elle lui aurait dit de se jeter par la fenêtre, c'était pareil.

Bertrand Polaczyk fait partie des renforts arrivés il y a deux semaines. Il a été immédiatement conquis par Ponchartrain. « Une main de fer dans un gant de velours. Elle dirige tout, elle sait tout. Je n'ai jamais croisé de flic de sa trempe. C'est un mec en mieux, cette bonne femme ! » a-t-il dit à ses copains du commissariat de Nanterre, qui l'envient de travailler sur cette affaire.

Elle passe maintenant au violeur des parkings. Sur ce dossier non plus, ils n'ont pas beaucoup progressé. Ce n'est pas faute d'avoir ratissé les lieux « à la brosse à dents », d'avoir convoqué tous les tarés de la région parisienne. « On s'accroche, les encourage-t-elle. Et surtout, on maintient la pression sur Chambaraud. »

Elle lance maintenant, comme c'est l'usage : « Des questions ? »

Le fameux Pelletier aurait mieux fait de rester dans son coin. Mais non, il a fallu qu'il l'ouvre :

« À propos de Chambaraud... Vous pensez vraiment que ça sert à quelque chose de planquer devant chez lui ? Pour moi, c'est de la perte de temps. »

Les autres se demandent s'il est inconscient ou vraiment con.

La réponse de Ponchartrain est cinglante :

« Ici, inspecteur, on ne discute pas les ordres. On obéit, point final.

– Excusez-moi de demander... »

OK, se disent les hommes, il est vraiment con...

Ponchartrain lui lance un regard méprisant, l'ignore, s'adresse aux autres :

« Messieurs, on maintient la pression sur Chambaraud. Plus que jamais... Il y a des choses qui ne s'expliquent pas mais je l'ai dans le viseur, ce petit fumier. Dites-vous que c'est notre suspect numéro un. Jusque-là il s'en est tiré mais je suis sûre qu'il va très vite faire un faux pas. »

Tous connaissent son obsession pour le jeune homme et aucun ne se risquerait à la contredire...

« Madame, j'ai Marçais en ligne, intervient Rachel. Il dit que c'est urgent... »

Marçais planque depuis ce matin six heures devant le domicile de la mère de Chambaraud, à Montrouge. Il fulmine dans le haut-parleur de l'appareil.

« Je me suis fait gauler. Y a une dizaine de minutes, articule le petit flic.

– Tu te calmes et tu m'expliques clairement. »

Marçais prend une grande inspiration : « Chambaraud. Je ne l'ai pas vu approcher, il est arrivé par-derrière, il a frappé à ma vitre et il m'a ordonné de partir. Il a menacé de porter plainte pour harcèlement.

– Qu'il s'amuse à ça... »

Elle réfléchit.

« Il était comment ?

– En colère, madame. Et sûr de lui. Je me suis fait incendier. Que je n'avais pas le droit et tout le toutim...

– Il est où, maintenant ?

– Rentré chez lui, chef. Qu'est-ce que je fais, je reste ?

– Le petit con, il se fout de notre gueule, tonne la divisionnaire. Tu ne bouges surtout pas. J'arrive ! »

Ponchartrain se lève, attrape son sac. Les hommes disparaissent aussitôt.

« Rachel, dites à Philippart de se préparer.

Elle va partir en furie, décidée à en découdre avec Chambaraud, quand soudain elle s'arrête.

« À propos, Rachel, j'ai vu sur mon répondeur que vous aviez essayé de m'appeler samedi. Rien d'important ?

– Non, non, madame. J'avais appuyé sur *bis* par erreur. Pardonnez-moi... »

Rachel, n'étant pas parvenue à faire taire ses angoisses, avait éprouvé le besoin de lui reparler, mais elle s'était ravisée à la troisième sonnerie.

Sur le bureau de sa chef, posé bien en évidence, comme un appât, se trouve le dossier de Chambaraud. Un appât auquel Rachel ne résiste pas.

42

Plus elle avance dans la lecture du dossier de Guillaume Chambaraud, plus il lui paraît fragile. Et plus elle se demande pourquoi sa divisionnaire s'acharne, obstinément, sur ce jeune homme. Elle ne trouve rien qui la convainque de sa culpabilité.

Le dossier est épais, pourtant, une bonne cinquantaine de pages dactylographiées, la plupart annotées de la main de Ponchartrain, « intéressant », « à éclaircir », « laisser tomber », avec des « ? », des « !!! », des paragraphes entiers surlignés, d'autres cerclés de rouge. Il y a beaucoup de photos. Quelques-unes de l'identité judiciaire, mais la plupart prises pendant les planques, au téléobjectif, de jour, de nuit. Souvent seul, parfois accompagné de sa mère. Sur une série, prise dans la rue devant chez lui, il semble se disputer avec une jeune femme qui l'invective, tenter de la retenir, alors qu'elle s'éloigne, l'air furieux. À une fenêtre, derrière les rideaux, une femme les observe. Sa mère ? Sans doute.

Il y a aussi les photos prises dans le parking de Boulogne. Elles sont terrifiantes. Le corps laissé sans vie, à moitié nu, jeté en travers des sièges. Les traînées de sang sur le sol. Rachel frissonne de dégoût. Et plusieurs interrogatoires : d'une ex-petite amie, de son patron, de quelques collègues. Partout la même impression : celle d'un garçon serviable, fragile, assez discret. Sa mère dit qu'il est très affecté par cette histoire d'exhibitionnisme, « des mensonges et de la calomnie ».

Ponchartrain a biffé les pages de rageurs « trop fort », « ben, voyons », « n'importe quoi ».

Rachel lit les dépositions des autres victimes du violeur des parkings. Celles qui ont échappé à la mort, mais pas à la violence de leur agresseur. Les descriptions sont confuses : « plutôt grand », « de taille moyenne », les yeux noirs, marron selon d'autres, l'une parle même d'un homme de couleur, dans la marge Ponchartrain a noté, de sa petite écriture nerveuse : « la cagoule, imbécile ! ». Car il porte une cagoule, noire, comme sa veste ; sur ces points seulement tous les témoignages s'accordent.

Tous décrivent en revanche un déroulement identique de l'agression. L'homme surgit de nulle part, sans que les victimes l'aient repéré auparavant, au moment où elles sortent ou approchent de leur voiture. Il les bâillonne de sa main gantée tout en les menaçant avec un marteau, puis les oblige à s'allonger à plat ventre sur le siège arrière de la voiture. Aucune n'a entendu le son de sa voix, il leur dicte ses ordres par des petits mots écrits sur des feuilles de papier. Aucune n'est parvenue à s'opposer à sa force. « Quid de la sexualité de CH ? » est-il écrit dans la marge.

Avant de repartir, il fouillait leur sac, s'emparait de leurs papiers d'identité, puis leur montrait une feuille, où était écrit : « Je sais qui tu es. » Il disparaissait après avoir levé le pouce, le bras tendu en s'éloignant.

Il était plus que probable que c'était un seul et même homme qui avait accompli ces viols, certes, mais pourquoi Chambaraud ? Parce qu'il aurait exhibé son sexe dans les parcs et avait ainsi attiré l'attention sur lui ? Parce qu'une victime avait cru le reconnaître, avant de se rétracter ? Parce que, lorsqu'il avait été convoqué la première fois, il portait une veste noire identique à celle du violeur ?

Rachel parcourt à présent la déposition faite ce jour-là à Ponchartrain. Il nie tout ce qu'a cherché à lui faire avouer la divisionnaire. Les deux pages sont biffées d'un « MENTEUR » rageur en lettres rouges. Le jour de l'assassinat de Marie Samuel à Boulogne, il regardait « un match de foot à la télé », il le décrit en détail, le score, le nom des buteurs. Néanmoins, tous ses alibis reposent sur le témoignage de sa mère.

Le dossier contient également le courrier du juge Bugeaud, avec copie au procureur. Il se couvre, se dit Rachel en en prenant connaissance.

Comme je vous l'ai indiqué lors de notre entrevue, j'ordonne l'arrêt immédiat de toute investigation sur la personne de Guillaume Chambaraud. [...] *Dans l'état actuel du dossier, au vu de l'absence d'éléments concrets, rien ne permet d'impliquer G. Chambaraud dans cette série de viols dont l'un s'est terminé par un assassinat.*

Il insiste sur l'absence de témoins et d'empreintes. La conclusion, sévère, a des airs de mise en garde :

Pour rappel, on ne met pas un homme en prison sur de simples convictions. La présomption d'innocence reste la base de notre justice, et s'acharner sans motif sur un présumé innocent ne peut être admis. Votre enquête, menée jusqu'à présent sans en référer suffisamment à l'autorité judiciaire que je représente, est dans l'impasse. Il est urgent, madame la divisionnaire, que vous nous présentiez des résultats tangibles, tant dans le cas du « violeur des parkings » que dans celui de l'arrestation de Nicolas Thomas.

Ces derniers mots sont un coup de semonce et une menace à peine voilée. Rachel connaît suffisamment Ponchartrain pour mesurer l'humiliation que lui a infligée le juge.

Et il y a une chose que sa chef déteste, Rachel l'a appris au fil du temps : c'est de se sentir humiliée. À plus forte raison par un juge qu'elle n'a jamais apprécié et que tous considèrent comme un arriviste sans couilles.

Bien évidemment, Ponchartrain n'a tenu aucun compte de ces directives.

Le dernier feuillet est un vieil article de *Détective*, une interview annoncée comme exclusive de Thomas, datant de mai 1987.

Le titre est sans détour : « Il se prétend innocent. » C'est une double page où il répète qu'il a été condamné à tort, dénonce l'erreur judiciaire « du siècle », et affirme qu'il sortira un jour pour le prouver et confondre le véritable bourreau de ces malheureuses jeunes femmes : « L'heure de ma revanche viendra, j'en fais le serment. » À la question « Le connaissez-vous ? », il répond d'un vibrant : « Pas encore mais je le trouverai. Il peut trembler ! » Quelqu'un, Ponchartrain sans doute, a souligné la phrase. Dans un long encart, une pleine colonne à droite de l'interview, sous le titre « Les affabulations d'un monstre », le journaliste s'applique à démontrer, en reprenant tous les éléments de l'accusation, la culpabilité de Thomas. Il décrit un homme que la prison ne pourra pas changer. « Affabulateur, calculateur, l'incarnation du mal qui menace notre société civilisée. » L'article se conclut par ces mots : « Qu'il ne sorte jamais ! » Le papier est signé de B. N., Bernard Nageotte, le journaliste assassiné à Montargis.

Ponchartrain a écrit dans la marge : « Pas étonnant que Thomas se soit vengé de ce type qui affiche sa haine et son mépris depuis trente ans. »

Que fait cet article dans le dossier consacré à Chambaraud ? se demande Rachel, en le refermant soigneusement. Elle a dû se tromper en le rangeant, se dit-elle.

Elle retourne en hâte le reposer sur le bureau de sa chef, avec le sentiment confus d'avoir dépassé les limites autorisées.

Des gouttes de sueur perlent sur son visage, elle les essuie du revers de la main et enfile sa veste rose pour dissimuler les traces de transpiration sous ses bras.

Il n'y a pas grand-chose… réalise-t-elle comme à regret. À ce stade, après ce qu'elle a lu, ce Chambaraud va s'en tirer.

43

Ils remontent le boulevard Saint-Michel dans le couloir de bus. Philippart sent monter l'impatience de sa patronne, qui, exceptionnellement, s'est assise à ses côtés. Il déclenche la sirène, déboîte pour doubler un car à l'arrêt, force les voitures qui arrivent en face à s'écarter.

Le téléphone de la berline sonne, c'est Marçais.

« On arrive ! annonce la divisionnaire.

– Justement, madame. Un type est passé le chercher, il vient de partir.

– Ne me dis pas que tu l'as laissé filer ?

– Non, non, je les suis et il sait parfaitement que je roule derrière eux. Au feu, il est descendu pour me demander d'arrêter. Il m'a dit qu'on allait entendre parler de Guillaume Chambaraud.

– Qu'il s'amuse à ça ! Où êtes-vous ?

– Vers Montparnasse.

– Tu ne le lâches pas, je veux qu'il sache qu'on lui colle au cul !

– Comptez sur moi, patronne, il n'y a pas un millimètre entre sa bagnole et la mienne.

– C'est qui, ce mec, bon sang ?

– Aucune idée, mais c'est lui qui conduit. Sa mère est avec eux. Entre parenthèses, elle m'a pourri en sortant.

– Et merde ! enrage la divisionnaire. C'est quel genre de voiture ?

– Une grosse Peugeot noire, vitres teintées.

– À tous les coups, c'est son avocat. Ils vont où, putain ? Tu ne les lâches pas d'une semelle, et tu nous tiens au jus. »

Rapidement, Ponchartrain comprend qu'ils se dirigent vers le Palais de justice. Elle glisse à Philippart : « Il va nous emmerder, ce fumier. »

Le chauffeur acquiesce vaguement.

Il est toujours surpris quand la divisionnaire devient vulgaire. Ce ton qu'elle adopte quand les choses ne tournent pas comme elle voudrait. Il devrait pourtant y être habitué, depuis le temps.

« Allez, on rentre au bureau, Philippart. Je veux être là quand ce connard arrivera au Palais... Mais faites attention, bon sang !

Dans sa manœuvre, il a manqué renverser un cycliste, qui les engueule en prenant les passants à témoin. Ponchartrain ouvre la vitre et lui fait un doigt d'honneur. « Va te faire foutre !

– Si vous commencez à insulter les passants, il va falloir que je change de boulot, madame, lance Philippart ironiquement, en slalomant, sirène hurlante, entre les voitures. C'est plus de mon âge, ces méthodes de cow-boys !

– Ne vous y mettez pas, Damien, réplique-t-elle, rassérénée. Et de toutes façons, ne rêvez pas, je vous garde ! »

De retour au Quai des Orfèvres, Sophie Ponchartrain s'est enfermée dans son bureau et a patienté, ingurgitant café sur café. Renseignée par Marçais qui a suivi Chambaraud jusque dans les entrailles du Palais de justice, elle attend que tombe la convocation chez le juge Bugeaud. Cela ne saurait tarder et elle sait d'avance ce qui l'attend : une bonne mise au point.

Quand elle franchit la porte de son bureau, après avoir fait semblant de ne pas voir Chambaraud et sa mère dans le couloir, elle découvre leur avocat assis, un épais dossier sur les genoux. Il ne se lève pas, se contente d'un bref salut de la tête.

« Je ne fais pas les présentations, dit le juge d'entrée de jeu.

– Inutile, en effet, répond Ponchartrain, cassante. Je connais maître Loubet. »

Le juge attaque. L'avocat jubile. La divisionnaire encaisse. Franck Bugeaud demande à quoi rime cette surveillance, il parle d'un garçon complètement perturbé, qui a non seulement perdu sa copine mais aussi son honneur, et son travail.

« Son patron a été averti que son comptable jouait les exhibitionnistes. On se demande bien par qui, madame ? ironise Loubet.

– Pas la moindre idée, monsieur, répond Ponchartrain. Les nouvelles vont vite de nos jours.

– Un jour, nous vous présenterons les comptes, réplique l'avocat.

– Allons, allons, monsieur l'avocat. Nous n'en sommes pas là », intervient Bugeaud.

Il poursuit à l'adresse de la divisionnaire : « Et tout ça, pour une histoire foireuse de pantalon baissé. Une affaire dont nous nous occupons, madame, et qui ne me paraît pas *si* grave, en comparaison de ce que vous vous entêtez à reprocher à M. Chambaraud. Il faut que ça cesse. »

Monsieur Chambaraud. Le juge y va fort, avec cette ordure. Un jour il s'en mordra les doigts, se dit la divisionnaire. Et pourquoi pas ce *pauvre* monsieur Chambaraud ? Elle enrage, mais son visage reste de marbre.

« Je vous demande, donc, madame la divisionnaire, je n'ose ajouter "expressément", de cesser immédiatement vos manœuvres contre ce garçon. Il n'y a rien dans le dossier qui justifie un tel acharnement.

– Comme vous voudrez, monsieur le juge, c'est vous qui commandez », répond Ponchartrain.

Sa voix est neutre, son visage impassible, et le juge ne peut démêler si elle se moque de lui.

« Je tiens à ajouter que mon client a d'ores et déjà accepté de ne pas porter plainte si vous mettez fin à cet acharnement, reprend Loubet.

– Il cessera, monsieur le juge, assure Ponchartrain.

– Bien. Considérez ceci comme un avertissement, madame la divisionnaire. Ne m'obligez pas à faire intervenir votre hiérarchie la prochaine fois, je ne pense pas que le directeur de la police apprécie... Mais il n'y aura pas de prochaine fois, n'est-ce pas ?

– J'ai entendu », se borne-t-elle à répondre. Elle se lève, serre la main tendue de l'avocat.

« Sans rancune, dit-il, triomphant.

– À bientôt, maître. »

Elle reprend son sac sur le parquet ciré et elle sort.

Dans le couloir, la mère de Chambaraud s'avance. Son fils reste en retrait. La femme l'interpelle d'un ton haineux.

« J'espère que vous aurez retenu la leçon ?

– Quelle leçon ?

– La fessée qu'il vous a donnée, le juge ! Les portes ne sont pas bien épaisses, ici, on a bien entendu. Vous avez intérêt à laisser mon fils tranquille, maintenant. Fini de nous emmerder !

– Et vous, vous feriez mieux d'arrêter de picoler, la coupe la divisionnaire.

– Je ne vous permets pas d'insulter ma mère ! »

Sophie Ponchartrain s'éloigne sans réagir. Elle entend Chambaraud siffler derrière son dos :

« Foutez-nous la paix, sale flic.

– Cause toujours », murmure-t-elle calmement.

44

Sophie Ponchartrain affiche un calme olympien. Mais pour l'avoir souvent vue ainsi, muette, regard dur, marchant d'un pas décidé puis refermant doucement sa porte, Rachel sait que la divisionnaire bout à l'intérieur, et elle ressent presque autant qu'elle l'humiliation qu'elle vient de subir. Depuis toutes ces années, elle a appris à la connaître.

Cinq minutes plus tard, elle fait venir Marçais, et Rachel l'entend donner des consignes : « On ne lâche plus ce fumier, vingt-quatre heures sur vingt-quatre. Prends les hommes qu'il faut, mais ne te fais pas choper comme un débutant. Le juge ne nous ratera pas, la prochaine fois. »

Le Petit ne proteste pas, même s'il pense, comme beaucoup dans la brigade, que tout ça est du temps perdu. Il dit seulement :

« Vous êtes sûre, madame ?

– Jusqu'à preuve du contraire, le Petit, je sais ce que je fais. »

Il hausse les épaules, lui fait confiance. Oui, elle sait ce qu'elle fait, même si, parfois, comme maintenant, cela lui échappe.

L'acharnement de sa chef laisse Rachel perplexe. Les murmures vont bon train dans l'équipe, il n'y a en vérité aucune charge solide contre le jeune homme. Elle a l'impression que par orgueil, Sophie Ponchartrain a fait du cas de Chambaraud une affaire personnelle.

Mais il y a autre chose.

Aujourd'hui, Philippart est venu la voir dans son bureau quand Ponchartrain était chez le juge. Il avait besoin de s'épancher, mais avant cela, il lui a fait promettre de ne parler de leur conversation à personne. « Sur la tête de ton fils ! » a insisté le garde du corps.

Il lui a raconté que, quelques jours plus tôt, leur patronne s'est faufilée hors de chez elle et qu'il l'a suivie. « Je ne pouvais pas trop m'approcher de son taxi, je craignais qu'elle repère la voiture. Je l'ai perdue boulevard de Grenelle. » Il n'avait pas pris le risque de griller un feu rouge et le taxi s'était envolé. Il n'avait pas réussi à la retrouver.

Il s'en voulait et ne savait que faire. « Elle est sous ma responsabilité, tu comprends ? Imagine qu'il lui arrive quelque chose, je serais dans la merde. Et je m'en voudrais toute ma vie.

– Tu n'es pas missionné pour la surveiller la nuit, lui rappelle Rachel. Elle sait ce qu'elle fait, tu n'as pas à t'inquiéter. »

Philippart n'était pas rentré chez lui, à Créteil, il était revenu se poster devant chez Ponchartrain, à Neuilly.

« Putain, j'en menais pas large. Elle est réapparue deux heures plus tard environ. J'ai vu les lumières dans son appartement. J'étais soulagé, à un point... Mais je suis resté dans la bagnole jusqu'au matin. Je n'ai pas fermé l'œil de la nuit. J'ai relevé le numéro du taxi. Tu crois que je pourrais appeler la compagnie ?

– Tu risques de te griller. Donne-le-moi, je vais m'en occuper.

– Tu crois ?

– Oui, c'est plus prudent, répond-elle.

– Toi qui la connais bien, tu n'as pas une idée de l'endroit où elle a pu aller ? »

Rachel doit admettre que non. Elle prend soudain conscience qu'elle ne sait rien, ou si peu, de cette femme qui, à l'inverse, n'ignore rien de sa vie à elle...

Le comportement de sa chef l'intrigue toujours plus. Qu'est-ce qui peut bien la pousser à sortir en cachette, loin de chez elle, en pleine nuit ?

Rachel éprouve le besoin de protéger les secrets de cette femme dont elle se sent si proche. C'est pour cela qu'elle a tenu à appeler elle-même la compagnie de taxis. Tout ça n'est pas l'affaire de Philippart.

Elle hésite une partie de la journée avant de se résoudre à téléphoner.

En vain : l'opératrice refusera de lui livrer l'information.

QUATRIÈME PARTIE

GUILLAUME CHAMBARAUD

À l'exception de mes premières années de détention, pendant lesquelles ils m'en ont fait baver (avec un type condamné pour des actes aussi effroyables, ils s'en donnent à cœur joie), je n'ai eu que de bonnes relations avec les gardiens. J'ai vite compris qu'il était dangereux de les avoir contre soi. Partout ils ont les pleins pouvoirs et leurs excès brutaux sont couverts par leur hiérarchie. La lutte est vaine, contre ces fumiers qui ont le droit pour eux, et peuvent à volonté vous pourrir l'existence ou vous foutre la paix.

Dès le début, j'ai encaissé sans aller me plaindre, j'ai fait le dos rond. Peu à peu, je suis devenu le détenu idéal, celui qui ne pose jamais aucun problème.

Je me tenais tranquille, je me faisais oublier, je suivais des études. Deux matons seulement me laissent un mauvais souvenir : cette fille qui a trahi ma confiance lorsque j'étais à Ensisheim, et un vieux gardien chef mal luné à Clairvaux.

La fille m'a laissé tomber du jour au lendemain. Soi-disant que je lui faisais peur, comme si, moi si amical, je pouvais effrayer quiconque. Je n'ai jamais compris…

Le maton, je ne lui ai jamais rien fait mais il s'acharnait sur moi. Là encore, je n'ai jamais su pourquoi. Ma gueule ne devait pas lui revenir. Jérémie Michalon. Il ne me lâchait pas d'une semelle, sans arrêt sur mon dos pour me prendre en faute, il ne perdait pas une occasion de m'insulter, pour un oui, pour un non.

Il a failli me surprendre un jour où j'écrivais une lettre à un jeune qui s'était pris d'amitié pour moi quand j'étais à

Ensisheim. Il a bien été le seul en trente ans de prison... J'ai réussi à planquer ma lettre sous mon journal, juste à temps. Il n'est pas interdit d'écrire, bien sûr, mais les surveillants peuvent exiger de lire votre courrier, et il n'aurait pas aimé ce que j'écrivais. Pour ne pas attirer l'attention, je passais par d'autres détenus pour expédier mes lettres.

Le jour de ma sortie, Michalon était à la guérite.

Juste pour le faire enrager, je me suis redressé. Le vieillard qui s'éloignait vers l'arrêt du car a gambadé comme un jeune homme.

Je voulais lui montrer que trente ans de taule, ce n'était rien, et qu'il l'avait dans l'os. Lui comme les autres. J'étais dehors, heureux, prêt à revivre !

45

À Montargis, au 8, rue de la République, Alexandre Kassovic observe l'imposante maison recouverte de crépi blanc au toit d'ardoise. Les volets verts sont tirés. L'ensemble a été refait à neuf récemment. Le jardin qui l'entoure est propret, avec ses rosiers fraîchement taillés. Une haie de thuyas parfaitement entretenue ceinture l'ensemble et isole la maison de ses voisines. Bernard Nageotte comptait y passer sa retraite de journaliste, après quarante ans à rendre compte des faits divers et des procès dans tous les coins du pays. Il était temps qu'il se pose à la campagne. Bien sûr, tant qu'il le pourrait, il conserverait toujours son deux-pièces à Pigalle. Il a ses habitudes à Paris et on ne quitte pas la capitale aussi facilement...

Il n'aura profité que pendant trois mois de sa maison rénovée et de son jardin tiré à quatre épingles. Préparé pour l'été qu'il ne verra pas.

C'est ici qu'il est mort, à l'âge de soixante-deux ans, de quatre terribles coups de couteau, trois à l'estomac et un quatrième au poumon droit. Les blessures de sa main indiquaient qu'il avait tenté de se protéger. Le salon était dans un désordre spectaculaire, les chaises renversées, un guéridon de bois tendre et la télé, un écran plat de cent dix centimètres, réduits en miettes, des traînées de sang partout. Un carnage dont les voisins n'ont rien entendu. Le cadavre, yeux grands ouverts, gisait près de la porte qui donne sur le jardin.

Nageotte était un beau gaillard d'un mètre quatre-vingt-cinq pour quatre-vingt-dix kilos. Les gendarmes en ont déduit que son assassin devait être un costaud, ce que confirme la force avec laquelle ont été assénés les coups.

Ils ont fait la moue quand on leur a assuré que le tueur présumé était un ex-taulard de cinquante et un ans vieilli prématurément, qui pesait moins de soixante-dix kilos.

Kassovic n'est pas retourné à la gendarmerie.

Il préfère faire le tour du voisinage. À tous, exhibant la photo de Thomas, il pose la même question : « Avez-vous vu cet homme dans le quartier ? » Et tous, avant de répondre par la négative, demandent : « Qu'est-ce qu'il a fait ? »

Il doit supporter les habituelles jérémiades, sur le thème « pauvre homme », « un type vraiment charmant », « si c'est pas malheureux, dans un quartier si tranquille », ou encore « depuis cette histoire, je ne dors plus ». Patiemment, il repose ses questions. Certains croient avoir vu quelqu'un, mais leurs souvenirs sont flous. Ils décrivent un type qui n'a rien à voir avec Thomas, puis rectifient quand ils voient la photo... Kassovic ne sait que trop bien que les gens disent souvent ce que les flics veulent entendre...

Quand il pénètre finalement dans la maison, il n'a rien récolté d'intéressant. « Après une histoire pareille, elle est invendable maintenant, cette baraque. Qui en voudra ? » lui dit la voisine. Il faisait encore régulièrement des allers-retours sur Paris et il lui avait laissé un double des clefs, « pour le cas où ». La dame, la quarantaine pimpante, avait proposé de l'emmener sur les lieux sans qu'il ait besoin de le demander.

La maison est vaste et l'inspecteur passe plus de deux heures à la fouiller de fond en comble. Il descend à la cave, explore les trois chambres à l'étage. Une odeur nauséeuse monte encore du salon, où les traces de lutte restent intactes. Quelques tiroirs, ici ou là, sont entrouverts. Visiblement, les gendarmes ont fouillé la maison mais n'ont pas emporté grand-chose. Méticuleux, systématique, il déplace une à une les piles de vêtements dans le dressing tout neuf et parfaitement ordonné. C'est là, entre deux pulls, qu'il découvre un carnet de cuir noir à la reliure fatiguée. Un répertoire.

Alexandre Kassovic s'assoit sur un tabouret et le feuillette. Page après page, des dizaines de noms s'alignant à chaque lettre, c'est toute une vie de contacts professionnels qu'il a sous les yeux. Il les déchiffre, un à un, posément. Jusqu'à cette page, la troisième de la lettre G, au bas de laquelle est inscrit : « Guillaume Chambaraud », suivi d'un numéro de téléphone.

46

Elle est assise à son bureau, les gars debout devant elle. Il est quinze heures ce lundi, et elle savoure l'information que vient de lui communiquer Kassovic.

« Bien Visé a bien visé, s'amuse-t-elle.

– Çà, il a eu du pif ! renchérit Dupouy.

– Ça sent bon, messieurs ! »

Les hommes rigolent de bon cœur. Ces moments sont rares, et ça leur fait du bien à tous de la voir détendue après des semaines de tension extrême. Elle sourit, et l'on voit ses dents jaunies à force de café.

« Sérieusement, que peut bien foutre le numéro de Chambaraud dans le calepin de ce journaliste ? »

Les gars, prudents, attendent qu'elle réponde à leur place. D'ailleurs, ils n'en ont pas la moindre idée.

« Eh bien moi, je vais vous le dire : le hasard n'existe pas dans cette affaire. Il existait donc un lien entre Nageotte et notre violeur, Chambaraud.

Les hommes attendent la suite. Pelletier fait la grimace. Chambaraud, dans la peau du violeur, il n'y croit pas. Elle l'a vu et poursuit, sans lui accorder plus d'importance :

« L'assassinat de Nageotte, j'en reste persuadée, est signé de Thomas. Par désir de vengeance. Du coup, voilà le lien entre Chambaraud et Thomas, c'est évident. À nous maintenant de trouver lequel. »

Cela fait plusieurs jours qu'elle fait mine de ne pas percevoir les doutes de son équipe au sujet de Chambaraud. À présent, elle peut triompher.

« Quand je vous disais que ce type n'est pas clair... Vous me preniez pour une obsessionnelle, avouez !

– Madame, l'interrompt Rachel, l'inspecteur Kassovic veut vous parler. »

Ponchartrain décroche. Les hommes voient ses sourcils se froncer, puis son visage s'illuminer un instant.

« Les bonnes nouvelles se suivent ! annonce-t-elle à la cantonade, en écartant le combiné. Un voisin de Nageotte vient de communiquer à Bien Visé un élément nouveau. Il a remarqué une Citroën blanche, qui est restée un moment garée pas très loin de la maison, il pense que c'est le jour du meurtre. Rien de très probant, direz-vous. Des Citroën blanches, il y en a un paquet. Sauf que selon lui cette voiture appartenait à Nageotte, et qu'elle a disparu. Drôle de coïncidence, non ? »

Elle continue avec son habituelle assurance : « Kasso lui a montré les photos de Thomas et de Chambaraud, mais rien du tout. Les gens sont extraordinaires : ils se rappellent la marque et la couleur d'une bagnole mais jamais la tête du conducteur. »

Elle reprend le téléphone.

« Tu es toujours là, Kasso ?

– Oui, chef.

– Tu as bien bossé.

– Merci, madame.

– Avant de rentrer, refais le tour du voisinage. On ne sait jamais... »

Elle raccroche et se tourne vers les hommes présents :

« Mon idée, messieurs, c'est que c'est Chambaraud qui a conduit Thomas à Montargis. C'est peut-être son complice depuis le début. Il a pu le retrouver à Bar-sur-Aube. À vrai dire, j'en ai de plus en plus la conviction. Voilà pourquoi il ne faut pas le lâcher. » Elle murmure, comme pour elle seule : « On avance, on avance...

« Tu n'es pas derrière Chambaraud, toi ? gronde-t-elle à l'adresse de Marçais.

– J'y retourne, j'ai laissé deux renforts sur place. On a dégoté un appartement au troisième en face, avec une vue imprenable sur la maison de maman. À la première occase, on ira la truffer de micros.

– Ne traîne pas. Et pas de bêtises cette fois ! »

Ça, il l'a compris, tellement la patronne lui rabâche qu'il a planqué comme un débutant. « À ton âge, il faut encore que tu apprennes le métier ? »

Marçais sourit. « Il nous faudra d'autres renforts, madame. Nous ne sommes pas assez nombreux pour le surveiller en permanence.

– Je sais, Philippe, et je m'en occupe. »

Les hommes repartent galvanisés. « Fouillez partout, leur a-t-elle dit, mais trouvez-moi comment Chambaraud a connu Nageotte. » Elle prend un ton plus dur pour conclure : « Fini de merder et de piétiner comme on l'a fait jusqu'à présent. »

Ils se le tiennent pour dit. Mais ils ont un nouvel objectif concret, et sont déterminés à se concentrer dessus.

47

Ponchartrain interpelle son assistante :

« On a avancé, cette fois, non ?

– Oui, madame.

– J'étais certaine qu'on coincerait un jour ce salopard. On progresse, Rachel, on progresse. »

Lorsqu'elle revient avec un café, Ponchartrain la retient.

« Écoutez-moi ça. C'est un article sur Thomas, paru après sa condamnation. Il en prenait pour son grade. »

Elle a en main un vieux numéro de *Détective,* lui montre le titre qui fait la une : « Pas de pitié pour le monstre ».

Elle lit à haute voix : « Dans le box, Thomas s'effondre à l'énoncé du verdict. Puis il se redresse, affronte la salle qui le conspue. Je lis dans son regard diabolique qu'il nargue les parents, les familles, les amis de ses jeunes et inoffensives victimes, mutilées, martyrisées avec la plus extrême cruauté. Il apparaît alors tel qu'il est vraiment. Un monstre, un lâche. Ses vaines tentatives pour prouver son innocence n'étaient que des mensonges, de la crapulerie pour échapper à sa responsabilité. Aucun remords, aucune demande de pardon, seule une immonde froideur chez cet homme. Mais est-ce vraiment un homme ? Il n'est rien, tout au plus un rebut, un déchet, qui mérite d'être envoyé à la mort. La sentence n'est que bonne justice. »

Ponchartrain affiche un air satisfait : « Vous savez de qui c'est signé ? Nageotte, le journaliste de Montargis. Après ça, pas étonnant que Thomas ait gardé une légère rancune ! »

Elle ironise : « D'une certaine façon, il l'a bien cherché. Thomas ne l'a pas oublié. »

Rachel se souvient de l'article trouvé dans le dossier de Chambaraud. Elle n'en dit mot, mais cela confirme sa vision : Thomas s'est vengé.

« J'y étais, finit par dire Ponchartrain d'un ton songeur. Croyez-moi, jamais je n'oublierai le regard haineux qu'il m'a lancé au moment où il s'est laissé emmener. Ce journaliste est encore loin de la vérité. Cet homme est la définition du mal en personne. »

Ses yeux sombres fixent Rachel avec une telle intensité que la jeune femme recule d'un pas.

« Et Chambaraud est comme lui, croyez-moi, Rachel. Un criminel retors, vicieux, sans le moindre affect. C'est en cela que lui et Thomas sont semblables : des bêtes dénuées de sentiments, qui prennent leur plaisir dans le mal qu'ils font aux autres. Je ne me trompe jamais dans les regards. J'ai reconnu chez Chambaraud une férocité enfouie, la même que celle de Thomas. Voilà pourquoi je ne lâcherai jamais ce type, vous me comprenez ? »

Que répondre d'autre que « Bien sûr, madame la divisionnaire » ?

« Mon intuition ne m'a jamais trompée, Rachel. »

Elle vide son café d'un trait, tend sa tasse vide.

« Vous pouvez m'en apporter un autre, s'il vous plaît ? »

Rachel acquiesce.

« Heureusement que je vous ai, ma chère Rachel.

– Merci, madame », murmure la jeune assistante rousse avec émotion.

48

10 avril 1990

Rachel a passé une nuit apaisée, après avoir joué longuement avec son Victor, cajolé au-delà de l'heure « autorisée ». La complicité retrouvée avec sa patronne l'enchante.

Il pleut dru sur Paris, et c'est le chaos lorsqu'elle arrive à la brigade ce jour-là. Un jour qui restera longtemps dans les mémoires de la brigade.

Jamais, depuis six ans qu'elle travaille à ses côtés, Rachel n'a vu sa patronne dans un tel état. Mal coiffée, la chemise blanche froissée sortant de sa stricte jupe grise, elle éructe, hurle au téléphone, traite de tous les noms les deux hommes sur le terrain. Transpire de colère. L'œil noir et mauvais.

En écoutant, Rachel comprend très vite ce qui la met dans un tel état de nerfs.

Vers sept heures et demie, les hommes en surveillance voient Chambaraud sortir de chez sa mère et se diriger vers le métro. C'est l'heure de la relève. Marçais et Lassus, qui viennent d'arriver, l'ont immédiatement pris en chasse, après avoir prévenu leur chef.

« Vous avez intérêt à ne pas le perdre. Je veux savoir où il va. Ce n'est pas dans ses habitudes de sortir aussi tôt, il se passe quelque chose », les a prévenus Ponchartrain.

Le Petit a fait le malin :

« On va le surveiller comme le lait sur le feu, patronne ! À feu doux !

– Ne t'emballe pas, inspecteur, et ne vous faites pas repérer.

– On ne va pas le lâcher. Faites-nous confiance. Le gamin qui va nous baiser n'est pas encore né ! »

C'est pourtant ce qui s'est passé.

Ils voient leur proie descendre à Saint-Michel puis remonter dans un autre wagon à la dernière seconde. Lassus saute dans la rame, mais Marçais s'est fait piéger. Il reste sur le quai, sans parvenir à empêcher les portes de se refermer.

Lassus est désormais seul derrière Chambaraud, et la foule est dense à cette heure de pointe. Il se précipite hors du wagon à la station suivante pour le rejoindre. Pris entre ceux qui sortent et ceux qui entrent, il doit jouer des coudes. On l'insulte : « Oh, on se calme ! » Pressé contre la vitre, il aperçoit Chambaraud devant lui, à l'autre bout du wagon. Tout en surveillant les gens qui montent et descendent à chaque arrêt, il se fraye un chemin vers lui à coups de coudes, indifférent aux protestations. « Vous allez écraser mon gamin », se fâche une femme. Ta gueule, se retient de dire Lassus.

À Châtelet, il est enfin à l'avant du wagon, mais pas Chambaraud. Lassus sort sur le quai et laisse filer la rame en jurant. Il est certain que Chambaraud est descendu là, mais dans quel sens se diriger dans ce monde, avec tous ces couloirs et ces sorties ? Châtelet est un dédale où il est si facile de disparaître. Il fouille la foule du regard, se précipite dès qu'il croit voir un imperméable gris. Ce n'est jamais lui.

Il a bien fallu qu'il prévienne sa chef.

« On l'a perdu, madame. »

La porte du bureau a beau être fermée, on entend Ponchartrain injurier ses hommes jusqu'au bout du couloir. « Vous vous êtes fait baiser comme des débutants ! » vocifère-t-elle.

La partie est jouée pour aujourd'hui. Cette fois encore, Chambaraud a été plus malin qu'eux, et elle l'encaisse comme une humiliation supplémentaire.

Il est huit heures quarante-cinq, et elle refuse d'abandonner.

« Il se moque de nous ; continue à arpenter les couloirs ! » ordonne-t-elle à Lassus contre tout logique.

Sophie Ponchartrain s'aperçoit de la présence muette de son assistante, café en main : « C'est maintenant que vous arrivez ? » s'agace-t-elle.

Rachel était pourtant en avance d'un quart d'heure ce matin, et lui a déjà servi un café, « sans sucre ». Je suis donc si transparente, s'attriste-t-elle.

49

Lassus ne rejoint la planque qu'en fin de matinée, après avoir parcouru les couloirs, les rues autour des Halles, sachant que cela ne servait à rien (autant chercher une aiguille dans une botte de foin...). On ne discute pas les ordres de Ponchartrain.

De la fenêtre derrière laquelle il se tient, morose, avec Marçais, il voit reparaître Guillaume Chambaraud sur le coup de dix-huit heures. Il marche d'un pas tranquille, comme si de rien n'était.

Il prévient aussitôt la patronne. Il lui semble que le jeune homme lève la tête dans sa direction, vers le troisième étage de l'immeuble d'où ils surveillent le pavillon. Il se plaque contre le mur, puis s'aplatit au sol en immobilisant d'une main le rideau qui ondule, déclenche de l'autre, à l'aveugle, l'appareil photo.

Sur le cliché, on le verra parfaitement : Chambaraud a l'air de les regarder derrière la fenêtre et de les narguer. Comme s'il savait qu'ils étaient là et que cela n'avait aucune importance.

C'est du moins ce qu'en déduira Ponchartrain.

Deltil est dans le bureau de la divisionnaire.

« Chambaraud s'est bien moqué de nous, l'enfoiré, soupire le commissaire principal. Qu'est-ce qu'il a bien pu foutre ?

– Il nous balade, tranche Ponchartrain. Et, en prime, nous prend pour des cons. »

Elle ne décolère pas.

Accroupi derrière la fenêtre, Lassus voit Chambaraud disparaître derrière la porte. Une lumière s'allume à l'étage quelques instants plus tard, puis il ouvre la fenêtre de sa chambre pour fermer les volets. Le jeune homme a l'air parfaitement calme.

Qu'a-t-il fait de sa journée, après qu'ils ont perdu sa trace à Châtelet ? Ils n'en ont pas la moindre idée, et enragent. Faute de mieux, Marçais a suivi sa mère comme son ombre, avec le maigre espoir qu'elle retrouve son fils : la promenade du clébard, un horrible cocker court sur pattes, les courses au Codec voisin, et même la virée en bus dans l'après-midi jusqu'au Prisunic des Champs-Élysées, où elle acheté tout un tas de produits de beauté. « Comme s'il fallait aller jusque-là pour acheter ces saloperies, fulmine Ponchartrain. Je vais les lui faire bouffer, ses crèmes à la con ! » Cette filature inutile a mis Ponchartrain d'encore plus mauvaise humeur. « Cette bonne femme et son fils ont bien préparé leur coup. Elle le couvre, c'est évident. »

Ce n'est pas le retour de Chambaraud, dont Lassus vient de l'avertir, qui la calme. « Ils se croient malins, mais à malin, malin et demi. »

50

Perrine aime bien s'endormir en pensant à Mickael. Ce matin-là, tandis que Lassus s'éreinte en vain à retrouver Chambaraud dans les couloirs bondés du métro, avant de se laisser entraîner par le sommeil, allongée douillettement dans son lit, elle se souvient de leur première rencontre.

Comme elle, Mickael était interne à l'hôpital Saint-Vincent-de-Paul.

C'était l'été dernier. Elle était sortie du service des urgences pédiatriques pour s'accorder une courte pause, allongée sur la pelouse devant l'entrée, un thé brûlant à portée de main, non loin de malades qui prenaient l'air en traînant leur goutte-à-goutte. Le soleil était doux et, à l'écart du tumulte incessant du service, elle profitait de l'instant : il n'y avait rien de meilleur au monde que la cigarette qu'elle portait à ses lèvres.

Toute à ses pensées et à sa cigarette, les yeux clos, elle n'avait pas entendu le jeune homme s'asseoir à côté d'elle.

Il avait suffi qu'il dise : « Quoi de mieux qu'une bonne clope, dans la vie ? » pour qu'elle le trouve drôle. Ce n'est pas banal d'entendre cela dans la bouche d'un futur médecin.

Elle était remontée aux urgences avec quelques minutes de retard et la promesse d'un dîner le soir même à la Belle de Shanghai, un restaurant chinois où elle avait ses habitudes, près du pont de Tolbiac. Elle habitait à deux pas.

Depuis neuf mois maintenant, ils ne se quittaient plus et toutes les infirmières étaient attendries par « le plus beau couple de l'année », ainsi qu'elles les avaient désignés au cours d'une soirée bien arrosée. Lui, grand, brun, elle toute fine, blonde aux cheveux courts.

Ils ne parlent pas mariage, mais leurs parents en rêvent, surtout ceux de Perrine qui voient dans ce garçon parfait le parti idéal pour leur fille unique.

Ce matin du 10 avril, Mickael a eu du mal à la quitter. Il se serait volontiers rallongé à ses côtés, mais ils n'ont fait que se croiser. Elle a passé la nuit aux urgences, lui prend son service à neuf heures.

Seule, Perrine sombre très vite dans le sommeil. Elle a cette chance : où qu'elle soit, à n'importe quelle heure, il lui suffit de fermer les yeux pour s'endormir, indifférente aux battements de la pluie derrière la fenêtre entrouverte de son deuxième étage. Même les crissements de ferraille du métro aérien tout proche ne la dérangent pas.

Elle n'entend pas s'ouvrir la porte d'entrée. Dans un réflexe, elle repousse de la main le chat qui se réfugie sous les couvertures.

L'homme est tout proche d'elle et la regarde dormir. L'eau glisse le long de son imperméable et une petite flaque se forme à ses pieds. Il pose son sac à dos humide sur le parquet, l'ouvre. La jeune femme ne bronche pas au bruit de la fermeture éclair. Le manche d'un poignard apparaît. Il étend ses deux bras, les articulations de ses mains recouvertes de gants en latex craquent au-dessus du visage de la jeune femme blonde. Le chat s'enfuit comme un voleur dans la cuisine, frôlant les baskets de l'homme qui domine sa proie. À quoi peut-elle bien rêver ? se demande-t-il. Puis il tapote l'épaule nue de Perrine : « Allez, il faut se réveiller, maintenant. Assez dormi, jeune fille. »

Le bâillon qu'il fourre dans sa bouche et le coup précis qu'il lui donne sur la tempe éteignent sa surprise et ses cris.

Comme Mickael l'expliquera plus tard aux enquêteurs, non, il ne s'est pas inquiété qu'elle ne réponde pas à ses appels. Elle était de repos ce jour-là, et elle répondait si rarement au téléphone (ce qui l'« agaçait souverainement ») qu'il ne s'en formalisait plus.

C'est un bouquet de roses blanches dans une main et une bouteille de bordeaux dans l'autre qu'il a poussé la porte de l'appartement en début de soirée. Tournant la tête, il a vu le chat sortir en miaulant de la chambre pour courir vers la cuisine.

D'abord, il n'a pas compris pourquoi ses pattes laissaient des traces rouges sur le parquet.

51

11 avril 1990

Seulement vingt-quatre heures après que Perrine, la jeune interne, a été assassinée, le lien avec les assassinats de Pauline Jean-Joseph et de Fabienne Berthon a été établi. Même mode opératoire, même type de blessures. De plus, Perrine ressemble à s'y méprendre à la troisième victime de Thomas, trente ans plus tôt. Ce troisième assassinat semble démontrer la théorie de Ponchartrain, et confirmer que Thomas est bien l'auteur de ces nouveaux massacres.

Dans l'immeuble de dix étages, les gens se connaissent à peine. Personne n'a rien remarqué de particulier. Pas de bruits inhabituels, pas de va-et-vient suspects. Dupouy est rentré bredouille à la brigade. L'enquête de voisinage n'a rien donné, mais peut-être que la caméra de surveillance installée depuis peu sur la façade d'une agence du Crédit lyonnais révélera quelque chose ? Ils ont récupéré les cassettes auprès de la banque : sur les images en noir et blanc, on aperçoit dans un angle l'entrée du bâtiment où vivait Perrine.

C'est Pelletier, « le meilleur copain de Pompon », comme on s'en amuse à la brigade, qui a écopé de ce travail fastidieux. L'image est petite, la définition médiocre, il faut se concentrer pour détecter quelque chose. Lui, ce qu'il aime, c'est être sur le terrain, pas rester enfermé dans un bureau.

Il avait été prévenu. Dans cette brigade, les nouveaux venus doivent faire profil bas, mais Pelletier l'ouvre à la moindre occasion, fait des blagues grivoises, et, pire, a un avis sur tout. Alors la patronne l'a dans le collimateur, et le pensum, c'est pour lui.

C'est plus fort que lui, il n'a pas pu s'empêcher de protester : « Il y a un monde de dingue dans ce quartier, surtout le matin, et les images sont pourries. » La divisionnaire n'a pas aimé : « Je ne t'ai pas demandé ton avis, Pelletier. Cherche… Et déniche-moi quelque chose. »

Alors il cherche, depuis plus de cinq heures.

Il n'y a qu'une seule entrée dans le bâtiment. Le tueur l'a forcément empruntée. Les traces humides dans l'appartement indiquent que l'homme était mouillé. Il s'était mis à pleuvoir en début de matinée et cela n'avait pas cessé jusqu'en début d'après-midi.

La caméra offre une vue lointaine de la porte de l'immeuble et Pelletier doit effectuer en permanence des allers-retours avec le zoom. L'image devient floue et les silhouettes sont difficilement identifiables. Pour couronner le tout, quelques gouttes de pluie sur l'objectif viennent brouiller encore la vision.

La rue est animée, les gens sont nombreux à entrer et sortir de l'immeuble, et la plupart s'abritent sous leur parapluie. Des camionnettes se garent en double file, cachant l'entrée de l'immeuble. Des gens entrent et sortent, vieux messieurs, ados, mamans avec leurs gamins… De temps en temps un homme seul, mais dont la stature et la silhouette ne collent pas vraiment avec celle de Thomas. D'autres entrent mais ne ressortent pas, ou l'inverse…

« Voilou ! » s'exclame-t-il d'un air désabusé en venant faire son rapport à Ponchartrain en fin de journée. Elle n'apprécie pas son flegme presque désinvolte et le remet à sa place, avant d'insister pour qu'il repasse tout au crible et lui signale tous les hommes seuls, en notant l'heure où ils sont entrés et ressortis de l'immeuble. Il s'insurge : « Mais ça ne donnera rien de plus, les images ne sont pas assez nettes. Je perds mon temps.

– Ne me fais pas regretter de te garder, Pelletier. » Les paroles de Ponchartrain sonnent comme un avertissement. « Tu recommences du début, et tu ouvres l'œil et le bon.

– J'ouvre les deux, promis, patronne, s'amuse-t-il. Bon pied bon œil !

– Rigole un peu moins, et concentre-toi, réplique-t-elle. S'il le faut, tu y passeras la nuit. »

Il repart vers le bureau, enclenche l'appareil et reprend le visionnage au moment où Mickael sort de l'immeuble, un peu après neuf heures. La pluie tombe dru.

Les yeux rougis, fatigué, il a envie de tout laisser tomber. Il élargit sa recherche à ceux qu'il avait tout d'abord écartés parce qu'ils ne correspondaient pas au signalement. Sur l'écran s'affiche 10 h 48 quand il s'arrête une nouvelle fois sur la silhouette d'un passant qui emboîte le pas à un couple pour franchir l'entrée. Il l'avait déjà repéré, assez grand, sous un parapluie, avec son imperméable gris. Il avait longuement scruté cette image. Le comportement de l'homme l'avait intrigué parce qu'il était déjà passé devant l'immeuble quelques minutes plus tôt. Mais il avait renoncé en voyant qu'il discutait avec des gens croisés dans la rue, qui avaient l'air de le connaître.

Depuis qu'il s'est remis à son visionnage, il fait venir sa chef chaque fois qu'il repère un type ressemblant vaguement à Thomas. « Au moins, elle ne pourra pas dire que je ne fais pas mon taf, ronchonne-t-il pour lui-même. Avec un peu de chance, ça va finir par la calmer et elle arrêtera de me faire chier. »

Il est vingt et une heures, mais elle est toujours au bureau, sans se soucier de Philippart qui attend pour la raccompagner.

Elle scrute chaque image que Pelletier lui soumet et tranche vite : « Non, ce n'est pas lui. Trop grand. Tu cherches Thomas, pas Tartempion ! »

Finalement, elle ajoute : « Bon, ça suffit, je rentre chez moi. »

Pelletier ne dit rien mais il est furieux. Il reprend, avance image par image. Sans cette fichue pluie, il aurait peut-être pu entrevoir le visage de l'homme à l'imperméable, caché par son parapluie. Mais de toute façon, l'image est si floue...

À quatre heures du matin, il cède au sommeil, tandis que les images continuent à défiler devant lui.

Rachel le trouve endormi en arrivant. Elle lui apporte un café.

« Tu as une tête de déterré, mon pauvre.

– Tu peux le dire, ma belle. À cause de ta patronne, j'ai passé la nuit devant ce putain d'écran ! Regarde, qu'est-ce que tu veux faire de ça ? »

Pelletier rembobine, lui montre quelques images, s'arrête sur celle de l'homme à l'imperméable gris. Il voudrait son avis.

« L'image est vraiment mauvaise », confirme-t-elle avec une moue.

Elle s'applique, demande à Pelletier de figer l'image à l'instant où l'homme replie son parapluie, juste avant d'entrer.

« On dirait qu'il porte une casquette, non ?

– Je m'étais dit la même chose », approuve Pelletier.

Mais, de toute façon, la patronne avait tranché : ce n'était pas lui.

De retour au bureau, Ponchartrain n'insiste pas. Les images ne donneront rien. Mais elle demande que Pelletier retourne à l'OCRB et qu'il soit remplacé.

52

12 avril 1990

« Regardez, c'est limpide ! »

Du menton, Sophie Ponchartrain désigne le paper-board. Elle a rempli une nouvelle page, après avoir maladroitement épinglé sur le mur la précédente, retraçant le parcours de Nicolas Thomas.

« Qu'est-ce qui est clair, madame ? » demande timidement Rachel.

Elle pense avoir compris, mais elle connaît sa patronne : elle n'aime pas trop qu'on comprenne trop vite.

« C'est simple », sourit la divisionnaire.

Elle promène son index sur le tableau.

« À gauche, Nicolas Thomas. Ça, c'est la liste des crimes de notre tueur en série depuis sa sortie de Clairvaux, avec les dates. » Elle pose l'index sur le tableau et lit à haute voix, autant pour elle que pour son assistante :

1. *Pauline Jean-Joseph*, 22 mars 1990 (jour de la sortie de Thomas) milieu de journée, Bar-sur-Aube. Éventrée ventre seins, retrouvée dans une cave d'immeuble 3 jours après.

2. *Antoinette Soussin* (mère de Thomas), 22 mars soir, chez elle, Bois-Colombes. Gorge tranchée, langue arrachée, chez elle. Retrouvée le 29 mars.

3. *Bernard Nageotte*, 24 ou 25 mars, retrouvé le 1er avril, juré au procès. Journaliste. Gorge tranchée, yeux arrachés. Chez lui, pavillon de Montargis : 4 coups de couteau, estomac, poumon.

4. *Fabienne Berthon*, vers le 29 mars. Paumée, 35 ans, éventrée ventre seins, cave HLM Le Grand Bois Paris 20e. Retrouvée le 1er avril. Mort estimée 4 jours plus tôt.

5. *Perrine Asselin*, 10 avril fin matinée. Interne urgences Saint-Vincent-de-Paul, chez elle, appartement Chevaleret Paris 13e.

« À droite, j'ai fait pareil pour Chambaraud, notre exhibitionniste qui a mal tourné. »

1. Série de viols commis avant le 22 mars. Femmes menacées avec un marteau.

2. *Marie Samuel*, violée et assassinée dans la nuit du 1er au 2 avril, comptable, parking rue Gallieni, Boulogne 92, à coups de marteau dans le crâne. Partie seule d'une soirée avec des amis (alibis solides).

« Qu'est-ce que vous déduisez de ça, Rachel ?

– Je ne sais pas, madame, préfère-t-elle répondre.

– Regardez bien. Si vous comparez les dates, les lieux, tout s'emboîte et forme un tout. Thomas, Nageotte, Chambaraud… Il s'est passé quelque chose, et nos deux malades sont devenus deux complices. Vous voyez ?

– C'est vrai, ce serait possible. Donc, selon vous…

– Pas selon moi, coupe Ponchartrain. Ce sont les faits, Rachel : j'ai la conviction que Chambaraud s'est allié à Thomas. Il l'a récupéré d'une façon ou d'une autre à sa sortie de prison, soit avant soit après l'assassinat de Jean-Joseph. Peut-être bien qu'il était présent. Il l'a aidé à assouvir son besoin de vengeance et à se relancer dans une série de meurtres sexuels, comme ceux de 1960. Après quoi, Chambaraud, encouragé par son maître, est à son tour passé à l'acte en violant et assassinant Marie Samuel. Voilà comment je vois les choses… Les complices du mal… Quel beau titre ça ferait dans la presse, ironise-t-elle.

– Mais, les alibis de Chambaraud ? avance Rachel.

– Sa mère, un match de foot à la télé, vous appelez ça des alibis ? C'est n'importe quoi. Tout juste bon à faire peur à cette chochotte de juge. Un paranoïaque de l'erreur judiciaire, celui-là... Chambaraud nous manœuvre comme des imbéciles !

« Mais je vais vous dire une chose, reprend-elle après un silence. Je préfère savoir Chambaraud en liberté pour le moment. Je suis sûre qu'il va nous conduire à un moment ou à un autre à Thomas. Alors, ses alibis, on laisse tomber jusqu'à nouvel ordre. Pour l'instant, il est mieux dehors.

– Il va se douter que vous continuez à le surveiller...

– On s'en moque. Ça lui met la pression et il va finir par faire une connerie. Plus il nous sent sur son dos, mieux c'est. Et ce n'est pas les braillements de son avocat qui vont m'impressionner. »

Rachel pourrait en rester là, mais elle insiste : « Ça paraît probable, en effet, que Thomas ait eu besoin d'un complice pour pouvoir circuler autant sans être repéré. Mais pourquoi Chambaraud, et pas quelqu'un d'autre ?

– C'est lui. Je le sais, Rachel. »

Les joues blanches de sa chef s'empourprent tandis qu'elle fixe sa jeune assistante.

« Mon intuition ne m'a jamais trompée en plus de trente ans de police criminelle, mademoiselle Bachelard, dit-elle d'un ton acerbe. Vous ne l'avez jamais entendu dire ?

– Si, bien sûr, madame, s'excuse Rachel d'un ton hésitant. Et c'est vrai qu'il y a le carnet du journaliste, là, Nageotte, avec le nom de Chambaraud...

– Bravo, mon petit. Je me félicite de constater que vous suivez, et que vous commencez à réfléchir dans le bon sens.

– Je vous écoute, madame. Vos intuitions...

– Sont infaillibles ! Vous n'êtes pas convaincue ?

– Si...

– Je préfère ça. »

Rachel se tait quelques instants. Mais sa curiosité est plus forte, comme toujours : « Vous continuez à recevoir des lettres de Nicolas Thomas ?

– Ah, la petite curieuse ! Allez plutôt me chercher un café, s'il vous plaît, et sans sucre ! »

Rachel va vers la porte, mais sa patronne se ravise :

« Rachel !

– Oui, madame ?

– Pour votre gouverne : non, ce détraqué ne m'a plus écrit. Je ne l'intéresse peut-être plus ? raille-t-elle. Vous pensez bien que ce serait trop risqué, avec les cachets de la poste, il n'est pas stupide. Il se ferait très vite repérer. Ça tombe sous le sens, non ?

– En effet, madame.

– Je vous aime beaucoup, Rachel, vous êtes une fille intelligente. N'oubliez pas mon café. »

53

Kassovic a reçu pour consigne de passer au crible le cas Bernard Nageotte, et de trouver pourquoi le nom de Chambaraud figure dans son carnet d'adresses.

Un boulot sur mesure pour Kasso, un flic tenace, le genre qui ne lâche rien quand on le met sur une piste, qui explore tout, ratisse jusqu'à la moindre brindille. Il met autant d'énergie à ses recherches que pour séduire *sa* belle Rachel.

« À la voyou », sans commissions rogatoires, il a épluché l'un après l'autre les dizaines de noms du carnet, rencontré les collègues du journaliste, est allé fouiner dans ses comptes bancaires, ses relevés téléphoniques, a passé et repassé au peigne fin ses deux logements, à Paris et à Montargis. Il y a dégoté de véritables archives : soigneusement découpés et classés, tous les articles que Nageotte a écrits dans sa longue carrière dans les faits divers. Et en particulier ceux qu'il a consacrés à Thomas.

Il a découvert également un cahier où, des années durant, Nageotte a consigné tout ce qu'il trouvait à son sujet, faisant et refaisant l'enquête, suivant son parcours carcéral. Depuis trente ans, il n'avait cessé de s'intéresser « au monstre au visage d'ange ». Manifestement, il était totalement obsédé par cette affaire.

En interrogeant les anciens collègues du journaliste, il a appris que Nageotte était un vrai fouille-merde : il adorait les affaires scabreuses, et tous les moyens lui étaient bons pour obtenir des informations, même à la limite de la légalité : se faire passer pour un flic en présentant une fausse carte professionnelle, faire picoler des témoins... Jusqu'à coucher avec la veuve d'un suicidé, sur laquelle la police se posait des questions. Elle était tombée tellement amoureuse de lui qu'elle avait fini par lui avouer sur l'oreiller qu'elle avait maquillé la mort de son bonhomme. « Je me suis débarrassée de ce naze qui ne me baisait plus, lui avait-elle confié, lovée dans ses bras. Et je suis si heureuse maintenant, avec toi. » Nageotte avait tout enregistré, fait un papier du tonnerre, et la veuve avait pris vingt ans.

Kasso finit par connaître le journaliste à la retraite mieux que sa propre mère.

Nageotte était un solitaire, pas d'enfants ni de femmes, ses collègues disaient poliment qu'il était « de la jaquette ». Kassovic a arpenté les clubs homos qu'il fréquentait, et tous les cafés et épiceries de Pigalle, où il a vécu si longtemps. Partout, il a présenté la photo de Chambaraud. Des heures de recherches sans résultat, mais qui ne le découragent nullement. Personne ne semble avoir jamais vu Chambaraud, mais si son nom figure dans ce calepin, il y a forcément un lien.

Au moment où il quitte le deux-pièces de Nageotte, au 36, rue Victor-Massé, après avoir tout ausculté, Kassovic croise enfin le gardien de l'immeuble, qui sort de l'ascenseur. Il n'avait pas encore réussi à mettre la main dessus, l'homme étant trop occupé, aux dires d'un locataire, par ses activités annexes : sous-louer des places de parking, et faire tapiner sa femme dans un studio du sixième qui lui appartient.

Kassovic lui met sous le nez la photo de Chambaraud.

« Vous le connaissez, ce type ?

– Ben, oui, commence le gardien, avant de se reprendre d'un ton prudent : C'est à quel sujet, monsieur... ?

– L'inspecteur, répond Kassovic en sortant sa carte. Donc, vous le connaissez ? »

Vu son autre profession « au service de madame », le gardien décide de faire profil bas.

« Connaître, c'est beaucoup dire, je l'ai aperçu une ou deux fois avec ce pauvre M. Nageotte. »

« Une ou deux fois » qui signifiait un certain nombre de fois.

« Je crois qu'il lui prêtait sa voiture.

– Vous croyez ou vous en êtes sûr ?

– Comment je serais sûr, je suis pas sa nounou, hein ?

– Et elle est où, cette voiture ?

– Au deuxième sous-sol.

– Parfait, allons-y !

– Maintenant ? Mais c'est que...

– Maintenant. »

Tandis qu'ils entrent dans l'ascenseur, Kassovic sort la photo de Thomas. Ce serait trop beau...

« Non, celui-là, je ne l'ai jamais vu. »

À son ton, Kasso a la quasi-certitude qu'il ne ment pas.

La Citroën blanche est là, sagement garée dans un box du second sous-sol. Bien Visé a le sentiment que les efforts de ces derniers jours sont enfin récompensés.

« Quand est-ce que vous l'avez vue sortir pour la dernière fois ?

– Avec le boulot que j'ai, j'ai pas le temps de noter les allées et venues des bagnoles, monsieur le commissaire.

– Pas encore commissaire, "inspecteur" suffira », rectifie Bien Visé d'un ton sec. Les manières obséquieuses de ce type à l'air carrément pas net le rebutent.

Est-ce que la Citroën est bien celle qui était garée devant chez Nageotte le jour de son assassinat ? Et dans ce cas, qui l'a ramenée ici ?

« Chambaraud, avec Thomas comme passager ! s'exclame la divisionnaire comme une évidence, quand il lui fait le compte rendu de ses trouvailles. Ça prend forme, Bien Visé, beau boulot ! »

Elle exulte. Toi, espèce de petit fumier, tu ne vas pas continuer à m'humilier longtemps, rage-t-elle en silence.

54

À dix-huit heures, le temps que Kassovic rapplique de Pigalle, tout le monde est réuni dans le bureau de la divisionnaire pour faire le point.

Ils sont serrés debout face à elle. Ils savourent ces moments d'excitation où une enquête prend un tour nouveau, où ils se sentent appartenir à une brigade à part, où ils sont fiers de bosser pour cette foutue bonne femme, intransigeante, jamais satisfaite.

« Bien, on avance ! » commence-t-elle. C'est souvent le seul encouragement qu'on peut espérer de cette patronne. Mais ils voient qu'elle triomphe, et s'en réjouissent. Ils savent que s'ils sont là, c'est parce qu'au fond elle connaît leurs mérites. Jamais elle ne s'entourerait de tocards. Ses « bien, on avance » sont leurs plus belles médailles.

Bien Visé se tient un peu en retrait, faussement modeste, adossé au mur, près de la porte. Rachel a eu le temps de lui glisser qu'elle a vu la patronne taper du poing sur la table, de satisfaction, après son appel.

À présent, il peut faire le beau devant l'assistante de son cœur. Ses cheveux roux tirés en queue-de-cheval soulignent la finesse de son cou, et pour Kasso, c'est le comble de l'érotisme.

« Après un coup pareil, tu me dois un dîner, ma belle. Eh ! Je suis l'employé du mois ! » susurre-t-il d'un air de séducteur.

Rachel sourit : « Promis, dès que j'aurai un moment de libre. » Elle fait mine de consulter son agenda. « Je n'ai rien avant la mi-mai, dommage.

– Ce n'est pas si loin, je serai patient, roucoule-t-il.

– Mai de l'année prochaine ! précise-t-elle en riant.

– À défaut d'amour, je vivrai d'eau fraîche ! Mais tu craqueras un jour, tu verras…

– L'espoir fait vivre, inspecteur, soupire-telle.

– Tu n'aimes pas les super-héros ?

– Je n'aime pas les flics, je ne te l'ai jamais dit ? Change de job, nous en reparlerons ! »

Tous deux s'amusent de ce petit jeu, cent fois répété, mais la patronne commence à parler. Chacun se raidit, presque au garde-à-vous.

Dans le topo de la divisionnaire, le nom de Chambaraud revient plus souvent que celui de Thomas. Pour elle, les choses sont de plus en plus claires : le jeune violeur est entré en contact avec le vieux tueur quand celui-ci était en taule. Voilà pour les courriers que Thomas faisait passer en douce par d'autres détenus, dont a parlé Michalon. Qui sait, peut-être qu'il lui a servi de mentor, en quelque sorte ? Chambaraud lui a déniché une planque, il faut trouver où. Quand il file de chez lui, au nez et à la barbe des flics, c'est pour le rejoindre. Ils s'encouragent dans leurs crimes respectifs, comparent leurs « exploits », se confortent dans leur folie criminelle.

Elle est sûre d'elle, maintenant qu'ils ont établi un lien sérieux entre les deux individus, Chambaraud les conduira à Thomas, ce n'est plus qu'une question de jours.

Elle montre le tableau, insiste sur la concordance des dates.

« Tout s'enchaîne comme une parfaite partition de musique à quatre mains. Mais il faut agir vite avant qu'il n'y ait une nouvelle victime. Plus question de lâcher Chambaraud d'une semelle.

« Messieurs, conclut-elle, il me tarde de les voir réduits en miettes. »

Dans ses yeux, les hommes lisent une haine froide et définitive.

Comme d'habitude, le commissaire principal Deltil est le seul à prendre la parole quand la patronne demande : « Des questions ?

– Il y a un truc bizarre, patronne. Thomas, c'est comme s'il avait totalement disparu. Depuis qu'il est sorti de prison, personne ne l'a vu. Aucun signalement, rien, nulle part. Chambaraud apparaît toujours seul. C'est étrange, non ?

– Exact, Régis, leur numéro a l'air au point. Tu sais, en général, pour que celui qui est à côté de toi devienne invisible, il suffit d'attirer l'attention sur toi. Rappelez-vous : je connais bien Thomas. Avec son air de petit saint inodore, pour se faire oublier, il était champion, comme tu dirais... Si, à l'époque, je n'avais pas eu la conviction que ce type était un meurtrier, il s'en serait sûrement tiré.

– Et pour le juge, qu'est-ce qu'on fait ? poursuit Deltil.

– On fait comme s'il n'existait pas, Deltil. On fait ce qu'on a à faire, en solo, et qu'il aille se faire foutre. Ne vous en faites pas : bientôt, quand on les aura coffrés, il nous mangera dans la main... »

Elle les regarde avec assurance : « Ce petit monsieur qui nous – qui *vous* – prend pour des brêles, j'en fais mon affaire. Vous le savez, depuis le temps que nous travaillons ensemble : quoi qu'il arrive je vous couvre pour tout. »

Sur ce point, ils savent qu'ils peuvent compter sur elle. Ponchartrain ne laisse tomber personne, prend ses responsabilités. Ils en ont croisé, des supérieurs qui s'abritent derrière les erreurs de leurs subalternes. Elle n'en fait pas partie.

Ils vont continuer à travailler sans en référer au magistrat instructeur, sans les commissions rogatoires qui vont avec. « Il nous ralentirait et ce n'est pas le moment de fléchir. » Tous sont conscients que Ponchartrain prend le risque que tout le travail effectué jusque-là soit invalidé, et par-dessus tout, d'être personnellement sanctionnée.

« J'assume », conclut-elle.

Une fois les hommes dispersés, Rachel s'attarde.

« Alors, ma petite Rachel, que pensez-vous de tout ça ?

– Vous avez bien avancé, madame, répond-elle prudemment.

– Vous, vous avez quelque chose à me dire, mon petit. »

Rachel sourit avec gêne, se lance :

« Ce juge...

– Vous voulez dire : cet imbécile de juge ?

– Justement...

– Je vous écoute, Rachel.

– Ne le prenez pas mal, madame, avance Rachel avec mille précautions. Vous savez à quel point il est susceptible.

– Et orgueilleux ! C'est un gros con.

– Justement... Ce serait peut-être plus... judicieux, au lieu de vous opposer à lui... faites-vous-en un allié ?

– Un allié ? Vous y allez un peu fort, Rachel.

– Je suis sûre qu'il n'y verra que du feu si vous le caressez dans le sens du poil. Si vous le flattez, si vous lui faites sentir à quel point il est indispensable... Il vous mangera dans la main, comme vous disiez.

– Ça mérite réflexion... Merci de ce conseil, Rachel. »

Ponchartrain se tait un instant, reprend : « Ce café, ma chère Rachel ?

– Tout de suite. Et sans sucre ! »

Rachel s'empresse, tout heureuse. Pour elle, cette femme restera toujours un modèle, et elle en oublie toutes les questions qu'elle se pose à son sujet.

Ponchartrain appelle Deltil, l'un des rares à qui elle parle en toute confiance, avec la certitude, aussi, qu'il ne la contredira jamais : « Tu mets toute la gomme sur Chambaraud. Je sais que, comme la plupart des gars, tu te poses des questions, mais crois-moi, Régis, ce type est mouillé jusqu'au cou.

– Je vous crois, patronne.

– C'est notre priorité absolue et je veux tout savoir sur lui.

– Vous saurez tout, jusqu'à la taille de sa queue !

– Régis ! » s'offusque Ponchartrain dans un éclat de rire.

Elle redevient sérieuse :

« Nous marchons sur des œufs et on ne nous ratera pas. À partir de maintenant, on travaille dans la plus extrême discrétion. Tu m'entends, Régis : aucune fuite, pas de conneries, je veux les meilleurs sur le coup. De mon côté, je vais appeler le juge pour lui confirmer qu'on laisse tomber la piste Chambaraud. Je vais même faire mon mea culpa, ami-ami avec lui. Je suis certaine qu'il est tellement imbu de lui-même que la première chose qu'il va faire, c'est parader auprès de l'avocat de Chambaraud, qui passera le mot à son client. De Chambaraud, hop, on arrivera à Thomas. Et quand tout ce joli petit monde sortira du bois, nous serons là !

– Nickel. Pour une fois qu'un juge servira à quelque chose », rigole Deltil.

55

13 avril 1990

Le lendemain, la divisionnaire est au bureau avant l'aube. Elle bout. Malgré son exaspération, délicatement, sans rien laisser paraître, Sophie Ponchartrain retire du paperboard la page où elle a inscrit les emplois du temps comparés de Thomas et de Chambaraud.

Ça collait pourtant bien. Mais cette feuille ne sert plus à rien désormais. Elle la déchire et se débarrasse des morceaux dans la poubelle.

Elle a reçu l'appel un peu après minuit, alors qu'elle s'apprêtait à s'échapper discrètement de chez elle. Elle en a été doublement contrariée, de devoir renoncer à sa maraude nocturne.

C'était le commissaire du 12e arrondissement, tout excité et content de lui. S'il attendait des félicitations de la prestigieuse divisionnaire, il en a été pour ses frais.

Guillaume Chambaraud n'est pas le violeur des parkings.

Un certain Georgio Bernardy avait été arrêté trois heures plus tôt par une patrouille de son arrondissement. Cela s'était déroulé si facilement que le commissaire n'en revenait toujours pas. Mais les faits étaient là : ils avaient pris en flagrant délit le violeur des parkings. Il avait déjà tout avoué, les agressions et les meurtres.

Le commissaire avait missionné une patrouille de trois hommes à lui (il insistait sur ce point) pour faire le tour des parkings, toutes les nuits, depuis les meurtres. Ils avaient entendu du bruit au troisième sous-sol, avenue Daumesnil. « Ils ont eu l'œil, mes gars ! » se rengorgeait le commissaire. Ils avaient surpris un homme debout devant la portière arrière d'une Renault 5, garée à l'écart dans un angle où l'éclairage avait été cassé. Ils s'étaient précipités, et l'homme avait tenté de fuir mais il avait trébuché, empêtré dans son pantalon baissé sur ses genoux. Il portait une cagoule noire, tenait à la main un marteau et une femme gisait sur la banquette arrière, groggy. Finalement, il s'était laissé prendre sans résistance. « La pauvre femme a échappé au pire. Elle a été emmenée à Saint-Antoine, dans un sale état, le visage tuméfié et surtout épouvantée par ce à quoi elle vient d'échapper. »

« J'arrive », a dit Ponchartrain d'un ton bref, avant de raccrocher.

Elle a appelé Deltil et ils se sont retrouvés au commissariat du 12e une demi-heure plus tard.

Les flics partageaient une bière, face à l'homme arrêté, prostré dans l'unique cellule du bâtiment.

Il a baissé les yeux en voyant entrer Ponchartrain. Chauve, mal rasé, la trentaine. Il transpirait comme un porc.

Elle a lu ses aveux. Il reconnaissait tout.

« On l'a un peu bousculé et il s'est aplati comme une crêpe », se félicitait le commissaire.

Ponchartrain cachait mal sa contrariété. Demain, elle devrait affronter le juge Bugeaud, sa suffisance, pire sans doute : son mépris affiché. Il n'allait pas se priver de lui faire son sermon. Elle l'entend déjà : « Heureusement, il y a des hommes pour faire le boulot sur le terrain. »

Elle enrageait de voir triompher les hommes du 12e.

« Bon, je rentre, a-t-elle annoncé à Deltil.

– Alors Chambaraud, on laisse tomber, maintenant ? »

– Certainement pas. On le garde à l'œil plus que jamais. »

Deltil a fait la grimace.

« Les gars risquent de ne pas comprendre, a-t-il hasardé, sans oser préciser que lui-même ne comprend pas.

– Ce sont ses liens avec Thomas qui nous intéressent, Régis, a-t-elle expliqué patiemment. Tu me fais confiance ?

– Évidemment. » Mais son ton était hésitant.

« Alors continue comme je te le demande. »

Sur ces mots, elle a quitté le commissariat, sans se retourner, sans un mot ni un salut pour les collègues.

Au lieu de rentrer chez elle, elle a demandé au taxi de rouler vers le 14e. « Je vous dirai où me déposer », indique-t-elle au chauffeur, impatiente de se perdre dans son Paris où, inconnue de tous, elle se livre à ses envies secrètes.

Au petit matin, sans passer chez elle, elle est allée directement au 36, où elle s'est assoupie, moins d'une heure, dans son fauteuil.

CINQUIÈME PARTIE

NICOLAS THOMAS

Je ne pouvais accepter qu'elle m'oublie. Si je suis là, c'est à cause d'elle.

Voilà pourquoi je n'ai jamais arrêté de lui écrire. Il le fallait bien pour lui rappeler que j'existais encore. Je n'ai jamais cessé, pendant toute ma détention.

Peu m'importait qu'elle ne réponde à aucune de mes lettres. Au moins elle savait que moi, je ne l'oubliais pas.

Les années passant, j'ai suivi sa carrière, ses succès, son ascension dans la police. J'ai lu ses déclarations dans la presse. J'ai détesté ses triomphes, les éloges dont les journaux la couvraient. De rage, j'ai brûlé le portrait qu'a brossé d'elle ce journaliste, dans Détective, *quand elle a été nommée divisionnaire, ce moins que rien de Nageotte, celui qui a écrit tant de mensonges et d'inepties sur moi.*

Brûler ce journal m'a valu un avertissement de l'administration pénitentiaire. Le dernier, douze ans avant ma sortie. Ils ont cru que j'avais voulu mettre le feu à ma cellule. J'ai expliqué au directeur que j'avais brûlé ce torchon parce qu'il parlait d'une policière qui m'avait fait condamner. Injustement.

« Ah oui, c'est vrai, j'oubliais, vous êtes innocent, Thomas ! Comme tout le monde ici », a-t-il ricané. Je n'ai pas aimé sa morgue mais je me suis excusé, j'ai promis de ne plus recommencer, j'avais fait une erreur.

« J'entends vos regrets, m'a-t-il répondu, mais je suis obligé de vous mettre un avertissement. » Il a ri : « Je le regrette, Thomas, mais le règlement c'est le règlement ! »

J'ai dit que je comprenais et que je le méritais. Cela ne servait à rien de protester.

Ce fumier a écrit dans son rapport que j'avais voulu mettre le feu à la centrale. Le juge d'application des peines avait là un prétexte tout trouvé pour refuser mes demandes successives de liberté conditionnelle, même si les psychiatres plaidaient en ma faveur. J'espère qu'il sait que ma dernière demande a été acceptée et qu'il enrage. Mais celui-là, je l'ai déjà oublié. Je serais même incapable de citer son nom.

La Ponchartrain, en revanche, jamais.

Sans moi, serait-elle là où elle est, aujourd'hui ? Au sommet ?

Sûrement pas !

56

Le matin qui suit l'arrestation de Georgio Bernardy, Ponchartrain est dans le bureau du juge Bugeaud. Elle n'a dormi qu'une heure. Elle a eu juste le temps de remettre de l'ordre dans ses vêtements froissés, de coiffer ses cheveux raides et d'atténuer ses cernes avec du fond de teint.

Il l'a convoquée à huit heures et demie et, comme attendu, et elle a eu droit à sa petite leçon.

« Maintenant que, grâce à vos *collègues* du 12e, cette histoire est réglée, il serait temps d'en finir avec Nicolas Thomas. J'ai l'impression que vous pataugez, chère madame. Vous réalisez qu'il nous faut des résultats au plus vite, maintenant, ça n'a que trop duré. Voulez-vous que je fasse appel à vos *collègues* du 12e ? »

Il a une façon d'articuler « collègues », elle l'étranglerait.

Elle se remémore les conseils de Rachel. Il faut donner à manger à ce juge, se persuade-t-elle. Bugeaud, elle doit l'amener de son côté, en finir avec leurs petites querelles, s'en faire un allié, comme a dit Rachel. Une bonne recrue, décidément ; elle est futée, cette fille. Elle va donc s'y appliquer : ils progressent, assure-t-elle. Elle est convaincue que Thomas ne peut pas continuer longtemps à leur échapper.

Elle lui fait un état des lieux le plus précis possible, le submerge de détails, le flatte à chacune de ses remarques, approuve toutes ses suggestions. À plus de cinquante berges, c'est dur de devoir rendre des comptes à un merdeux pareil, se dit-elle, mais, bref, elle fait la bonne élève.

Néanmoins, quand il parle de diffuser sans tarder le portrait de Thomas dans les journaux, voire d'organiser une conférence de presse, elle frémit.

« Il est grand temps d'informer les gens, affirme-t-il. Nous avons un dangereux tueur en série en liberté, tout prêt à sévir à nouveau. Et d'ailleurs, le procureur y est favorable »

Là, elle sent le danger. Elle ne veut pas que l'affaire s'ébruite, que les journalistes soient alertés. Plus ils restent à distance, mieux elle se porte. C'est sa conviction : un journaliste, ça s'utilise. On le contrôle, on lui donne la becquée, mais on ne le laisse pas prendre l'initiative. Cette histoire, elle veut la garder pour elle le plus longtemps possible.

« Vous avez raison, monsieur le juge, commence-t-elle. Ce qu'il y a, c'est que pour l'instant aucun journaliste n'a fait le lien entre les différents assassinats, ni avec la libération de Thomas. Rien n'a filtré. Ne craignez-vous pas que l'opinion, montée par la presse, fasse toute une histoire qu'on ait relâché un tel monstre dans la nature ? Qu'est-ce qu'on n'entendrait pas, une fois de plus, sur les ratés de l'institution judiciaire ? Dans l'immédiat, je me demande si la discrétion... surtout dans les circonstances actuelles, une situation politique difficile... Ça risque de grogner en haut lieu...

– Les experts avaient tranché, nous ne sommes pas responsable de vos tâtonnements, tonne-t-il.

– Bien sûr, monsieur le juge, et je les assume, même si nous travaillons vingt-quatre heures sur vingt-quatre sur ce dossier, qui est notre priorité absolue. Malgré tout, ce n'est pas nous qui l'avons remis en liberté. Si on nous avait demandé notre avis... »

Le coup a porté, elle le voit tapoter son bureau du bout des doigts avec nervosité.

« C'est un dossier sensible, en effet... »

Il se tait, réfléchit, sourcils froncés, mâchoire contractée, il n'en mène pas large. Elle attend.

« Bon, se résout-il. Accordé. Je vais appeler le procureur. Attendons encore quelques jours, inutile que la presse et l'opinion publique entravent notre travail.

– Je partage votre avis, monsieur le juge. Je pense que vous prenez la bonne décision, acquiesce-t-elle d'un ton parfaitement neutre.

– Bien, bien, à vous de jouer, trouvez-moi vite ce type. Nous ne garderons pas longtemps le secret. Il va bien finir par y avoir des fuites, vous connaissez les journalistes. »

Elle sourit intérieurement de ce revirement à cent quatre-vingts degrés. C'est si facile, de manipuler les hommes, comment avait-elle pu oublier ?

« Vous pouvez compter sur moi et mon équipe. »

Le juge pérore : « Et vous me tenez informé jour par jour, c'est encore moi qui dirige cette enquête, ne l'oubliez pas.

– Bien sûr, monsieur le juge.

– Si on découvre la moindre fuite, je vous en tiendrai pour personnellement responsable et j'en tirerai les conclusions qui s'imposent.

– J'y veillerai, monsieur le juge. »

« Incroyable, raconte-t-elle à Deltil à son retour. Ce type ne pense qu'à protéger ses fesses. Jamais vu un pareil dégonflé ! En attendant, nous avons les coudées franches pour au moins deux ou trois jours. Il faut foncer en espérant que ce fumier va sortir de son trou. »

57

16 avril 1990

Le dispositif est en place. Le pavillon de la mère de Chambaraud, où il s'est installé, est sous surveillance étroite, avec des équipes qui se relaient vingt-quatre heures sur vingt-quatre, le téléphone de la maison est sur écoute. Ils ont profité d'une de leurs sorties pour truffer les deux étages de micros, et même la cave.

Tout cela sans l'aval du juge.

Depuis le jour où ils l'ont perdu dans le métro, plus rien ne leur a échappé.

Des hommes passent régulièrement à Pigalle. Ils vérifient que personne n'est venu dans l'appartement de Nageotte et que la voiture blanche n'a pas bougé. Ils l'ont fouillée dans ses moindres recoins, mais n'y ont pas relevé d'autres empreintes que celles de Nageotte.

Le studio de Chambaraud à Saint-Ouen a lui aussi été visité en douce : « Vous creusez jusqu'aux chiottes », avait ordonné Deltil.

« On a trouvé que dalle », annonce Dupouy après deux heures passées dans la pièce unique avec kitchenette et salle d'eau. Les tiroirs, les armoires, le Frigidaire avaient été vidés. Les rares meubles ne dissimulaient rien. Ils ont ausculté les murs à la recherche d'une éventuelle cachette. Rien, rien, rien…

Une chose est sûre : ce n'est pas là que se planque Thomas. Ça fait longtemps que le studio n'a pas été occupé. Visiblement, ses ennuis avec la justice l'ont incité à se réfugier chez maman et à faire profil bas.

« Ce Chambaraud est décidément encore plus malin que je ne le pensais », a commenté la divisionnaire. Au lieu d'en être découragée, elle semble trouver dans la difficulté une motivation supplémentaire.

Et ne jamais douter qu'elle va l'emporter.

Chambaraud sort souvent. Pour promener le chien de sa mère, aller au supermarché, faire son footing dans un parc tout proche.

En fin d'après-midi, il est allé au cinéma, en métro jusqu'aux Halles. Après avoir vérifié qu'il était bien dans la petite salle, ils ont attendu dans le café en face que la séance se termine et qu'il sorte. Il a pris son temps avant de rentrer. Il a traversé l'île de la Cité, fait un petit crochet pour aller se planter devant le 36, quai des Orfèvres, qu'il a longuement contemplé, avant de remonter le boulevard Saint-Michel jusqu'au McDonald's où il s'est empiffré de deux Big Mac.

Lorsque Lassus l'a informée que Chambaraud était devant le 36, Ponchartrain est descendue dans la cour. Par le porche béant, cachée par un fourgon, elle l'a observé, de loin. Il restait là, sur le trottoir opposé, immobile, les bras ballants.

Elle avait la certitude qu'il la défiait, et en a ressenti de la haine.

« Ne joue pas au con avec moi… », a-t-elle murmuré.

Elle a failli sortir, histoire de voir comment il réagirait. Elle s'avançait déjà, mais il avait tourné les talons. « Tu ne vas pas continuer à me narguer longtemps, saloperie. Qu'est-ce que tu mijotes dans ta tête d'ordure ? »

58

Cette nuit, Rachel Bachelard n'a trouvé le sommeil qu'après avoir avalé un comprimé entier d'Halcion.

Elle n'en pouvait plus des idées sombres, des questions qui tournaient dans sa tête dès l'instant où elle fermait les yeux. Elle les avait tenues à l'écart tout le temps où elle s'était occupée de son fils, s'était attardée plus longtemps que de coutume à jouer avec lui dans le lit, à lui faire des câlins, puis elle avait commencé à lire l'histoire de Peter Pan. Victor s'était assoupi à la deuxième page, tandis qu'elle lui expliquait pourquoi le garçon volait. Elle aurait voulu le garder éveillé, pour échapper aux pensées qui l'obsédaient. Elle avait traîné devant la télé, parcouru un vieux *Marie-Claire*. Plus elle tentait de mettre de côté ses idées noires, plus puissantes elles revenaient. Une boule d'angoisse ne la lâchait plus.

Finalement, le cachet lui a permis de sombrer.

Lorsqu'elle émerge en sursaut, fatiguée, nauséeuse, alors que le jour pointe à peine, elle sait qu'elle ne se rendormira plus.

Elle se prépare un thé qu'elle boit brûlant. Elle n'a pas faim, se force malgré tout à avaler une biscotte couverte de confiture de fraises.

Elle pose devant elle le mot qu'elle a trouvé en rentrant hier soir. Une simple enveloppe, sans adresse, que quelqu'un a glissée sous sa porte :

PONCHARTRAIN A TOUT FAUX
DEPUIS LE DEBUT

DITES-LUI
SAUVEZ-MOI

Le mot est tracé en grosses lettres noires, sur une feuille arrachée d'un cahier à spirale. Le sauver, de qui ? Comment ? La question n'a cessé de la tarauder durant cette nuit infernale. Pourquoi écrit-il que Ponchartrain se trompe ?

Elle frissonne. Il connaît son adresse. Comment sait-il qui elle est ? Pourquoi l'a-t-il choisie ? Que sait-il d'autre à son sujet ? Elle se sent exposée, en danger peut-être. Rachel n'est pas de taille à affronter seule cette énigme.

Elle ressasse des idées noires, sur le sens de ce mot et sur l'entêtement de sa patronne dans cette enquête qui piétine. Et aussi à propos de cette mystérieuse sortie nocturne de leur chef dont lui a parlé Philippart.

Elle ne sait plus combien de fois elle est allée vérifier que la porte d'entrée était bien verrouillée, combien de fois elle a sursauté à un bruit dans l'escalier, combien de fois elle s'est levée pour aller scruter la rue par la fenêtre.

Elle tremble, a envie de pleurer. Y parvient finalement, et c'est un torrent de larmes qui inonde son visage, sans qu'elle cherche à l'arrêter. Ces pleurs la soulagent.

« Tu pleures, maman ? Tu m'as réveillé ! »

Elle n'a pas entendu son fils se lever. Il reste là, planté dans l'entrée de la pièce, son doudou à la main, comme s'il n'osait pas approcher.

« Ce n'est rien du tout, assure-t-elle, je suis juste un peu triste, ça arrive aussi aux grands, tu sais. Mais tout va bien maintenant. » Mais elle a beau se sermonner, s'essuyer le visage avec un torchon, elle ne parvient pas à se retenir de sangloter.

« J'aime pas quand tu pleures », gémit Victor.

Et les voilà serrés l'un contre l'autre.

Elle regarde la pendule ; sept heures.

« Tu peux retourner au lit, dit-elle.

– J'ai pas envie, et je veux pas que tu pleures. »

Elle se détache de son petit.

« Regarde, c'est fini.

– Promis ?

– Promis. »

Elle voudrait le reprendre dans ses bras, il n'y a que là qu'elle se sent bien, mais elle doit se ressaisir.

« Va te laver les dents, mon amour, le temps que je prépare tes céréales.

– Mais maman, c'est après le petit déjeuner qu'on se lave les dents », proteste-t-il d'un air inquiet.

Elle se retient par miracle de ne pas à nouveau éclater en sanglots.

« Bien sûr, tu as raison. File te nettoyer le museau ! »

Elle se lève enfin. « Rachel Bachelard, se tance-t-elle à mi-voix, ça suffit. Tu te prends pour qui ? Tu n'es qu'une assistante, pas un héros, tu dois lui parler et te débarrasser de ce secret. » Alors elle compose son numéro.

À la seconde sonnerie, Sophie Ponchartrain décroche.

« Il faut que je vous parle, madame.

– Rachel ? Qu'est-ce qui vous arrive, mon petit ? Je sors de la douche, c'est urgent ?

– Heu, assez », bredouille Rachel. Elle s'en veut, elle aurait dû répondre « oui, très urgent », au lieu de ce piteux « assez ». Mais quand sa chef lui parle ainsi, l'air si agacé, Rachel perd contenance.

« Écoutez, Rachel, ça peut probablement attendre votre arrivée au bureau. Vous êtes malade ? Ou votre fils ? Prenez votre journée, mon petit. On se débrouillera !

– Non, non, pas du tout. Tout va bien, j'arrive, madame.

– Parfait. »

Sophie Ponchartrain raccroche sans autre forme de procès, tandis que Rachel répond : « À tout de suite. » Elle ne croit pas que la divisionnaire ait entendu sa réponse.

Lorsque trois quarts d'heure plus tard elle referme la porte de son deux-pièces, elle épingle sous l'œilleton une petite enveloppe avec à l'intérieur le mot qu'elle a écrit :

JE NE COMPRENDS PAS

« C'est quoi, maman ? demande Victor.

– Un mot pour la gardienne, ment-elle à son fils. Tu n'oublieras pas que ce soir, tu dors chez papa, hein ? »

Elle a dû insister pour qu'il accepte de le prendre. À lui aussi elle a menti : « Je vais passer la soirée et peut-être dormir chez ma copine Mathilde, elle n'est pas en forme. Elle est en pleine déprime amoureuse. » Étienne a fait semblant de la croire.

Dans le métro bondé, elle oublie enfin ses angoisses de la nuit. On la bouscule, on la serre de si près qu'elle sent la boucle d'une ceinture et le souffle d'un homme dans son cou.

Elle est habituée à cette inconfortable promiscuité. Et elle a autre chose en tête : trouvera-t-elle une réponse à sa question, ce soir, à son retour ?

Je ne pleurerai plus, se promet-elle. Ce soir, son fils sera en sécurité, c'est tout ce qui lui importe, tandis qu'elle gravit les marches vers son bureau, impatiente de livrer ses angoisses à sa chef.

Mais Ponchartrain n'est pas là. Elle est partie rejoindre les hommes en planque devant chez les Chambaraud. Elle ne pouvait plus rester à attendre en craignant que ses gars laissent passer quelque chose et avait besoin de s'assurer que le maximum était mis en œuvre.

À son retour, en début d'après-midi, la commissaire est repartie directement voir le juge. Puis quand elle a finalement reparu, elle a demandé à son assistante qu'on ne la dérange pas.

C'est donc avec ses angoisses que Rachel va devoir rentrer chez elle. Le mot qu'elle a laissé en partant n'a pas bougé.

59

17 avril 1990

Ce même jour, en fin d'après-midi, Chambaraud aide sa mère à la cuisine.

À l'heure du dîner, un couple d'une cinquantaine d'années, que les flics en planque photographient sous tous les angles, se présente avec une bouteille de champagne. Les Chambaraud ont des invités, pour la première fois depuis que les flics les surveillent. Ils comprennent vite que ce sont des voisins. Les Heydon.

Grâce aux micros, ils ne ratent rien de la petite fête. Ils écoutent les Chambaraud mère et fils raconter le harcèlement dont ils ont été l'objet. Guillaume Chambaraud parle au passé, semble ne pas soupçonner que la surveillance se poursuit. Il se fout d'eux sans vergogne : « Pas discrets, les mecs. Qu'est-ce qu'ils devaient s'emmerder ! On les a bien fait poireauter…

– Quand même, intervient sa mère d'un ton indigné, quand on en a eu assez, on est allés avec notre avocat se plaindre au juge. La chef a eu droit à un de ces savons. Elle avait l'air fumasse !

– Oui, elle faisait une sale gueule, déjà qu'elle est moche, rigole Chambaraud.

– Chut, Guillaume, imagine qu'elle nous écoute ! » ricane la mère.

Les hommes jettent un coup d'œil à la dérobée à Ponchartrain. Elle n'a pas sourcillé.

Mais le couple se désintéresse des démêlés judiciaires de leur hôte, et la conversation dévie rapidement sur leurs prochaines vacances en Alsace.

« On part dans une quinzaine. Nous n'y sommes jamais allés avant.

– C'est une région magnifique, commente Chambaraud.

– Ah, tu connais ?

– Plutôt ! J'ai grandi à Colmar avec maman. »

Ponchartrain ramasse son sac à main noir, fait signe à Philippart :

« Je vous laisse », annonce-t-elle aux hommes, deux jeunes fraîchement arrivés en renfort, qui vont passer la soirée là.

Sur le coup de vingt-deux heures, ils se font livrer des pizzas. Ils les dévorent, affamés par les bruits du repas auquel ils assistent à distance et par une journée d'ennui à planquer en vain. Toute la soirée, ils se demandent combien de temps ce cirque va encore durer. « Planquer, ça fait partie du boulot, mais j'ai l'impression de perdre mon temps à entendre parler toute la soirée des merveilles de l'Alsace... », râle l'un d'eux.

Vers onze heures, Chambaraud sort avec leurs hôtes. Il les raccompagne jusque chez eux, à deux rues de là, tenant son chien en laisse.

Dès son retour, la lumière qui s'allume à l'étage indique qu'il est monté dans sa chambre. Il a allumé la radio si fort qu'ils enlèvent leurs écouteurs.

Au rez-de-chaussée, sa mère, affalée dans son fauteuil, finit la bouteille de vin rouge.

Les gars attendent la relève de minuit. « Il se passe que dalle, commentent-ils à l'arrivée de Dupouy et Polaczyk.

– Allez, filez au dodo, les jeunes !

– C'est ça, bonne nuit, le Frisé ! »

Ponchartrain rentre elle aussi, écœurée. Elle prend une douche avant de ressortir et de s'enfoncer dans un Paris pluvieux.

60

18 avril 1990

À Paris, le temps est aussi maussade que l'humeur de la divisionnaire Ponchartrain.

« L'individu est toujours chez lui », lui fait savoir Lassus avec une agaçante régularité depuis huit heures du matin, quand il a pris son tour avec le Petit. Dix heures, midi, et maintenant quatorze heures. Six heures interminables à supporter dans le casque, à en devenir sourd, la radio allumée à plein tube dans la chambre de Chambaraud, dont il n'est descendu que pour déjeuner avec sa maman. « Je t'ai préparé des tomates farcies, mon chéri. » C'est le seul dialogue auquel ils ont eu droit. À travers les rideaux à demi tirés, comme s'ils voulaient qu'on les voie, la mère et le fils, en robe de chambre, ont mangé en silence en regardant le journal de treize heures de Jean-Pierre Pernaut. Après quoi, Chambaraud est remonté, une tasse à la main. Il n'est même pas sorti pour faire pisser son chien, c'est la mère qui s'en est chargée.

À seize heures, Lassus croise les doigts : pourvu qu'il ne se décide pas à sortir maintenant, au moment où il attend la relève. Sa soirée serait foutue. À ce rythme, sa femme va finir par le planter. Elle lui a fait une scène la veille au soir : elle en a sa claque que son mari soit toujours aux abonnés absents. Lassus ne craint pas grand-chose (il en a affronté, des choses abominables), sauf cette épouse exigeante qui lui mène la vie dure. Et Ponchartrain…

« Ce salopard le fait exprès, peste la divisionnaire, dont l'humeur ne cesse d'empirer.

Rachel se fait discrète, se contentant de lui apporter café sur café, et de répondre au juge Bugeaud que sa patronne est absente.

Elle ne trouve pas le courage de lui parler.

Le mot est là, à portée de main, dans son sac.

Ponchartrain ronge son frein. Vissée à son bureau, sans rien de nouveau à se mettre sous la dent, elle ne supporte pas cette attente impuissante.

Par la porte restée entrouverte, Rachel l'entend se repasser l'enregistrement du dîner de la veille.

Elle sursaute en entendant Chambaraud parler de l'Alsace qu'il connaît « plutôt bien » et de Colmar où il a grandi. Il évoque la route des vins, dit qu'il faut absolument visiter le centre historique de Strasbourg, « la cathédrale est splendide », s'enflamme la mère. « Faites un tour à Ensisheim, l'une des plus vieilles prisons de France. Mais n'y entrez pas, ils seraient capables de vous garder ! » s'amuse Guillaume.

Comment est-il possible que personne n'ait fait le lien ? Guillaume Chambaraud est né en 1965 et Thomas a séjourné à la centrale d'Ensisheim de 1975 à 1983 : Chambaraud vivait tout près de la centrale à la même époque ! Avant que Thomas ne soit transféré pour quelques mois à Moulins, puis finalement à Clairvaux, où il a terminé sa peine.

Rachel décide de préparer un nouveau café à sa patronne, qui n'a rien demandé pourtant. Une fois dans le bureau, elle se lance :

« Thomas n'avait pas été incarcéré à Ensisheim, madame ?

– Si, en effet, Rachel. Pourquoi donc ?

– J'ai cru entendre que Chambaraud connaît bien cette région d'Alsace, suggère prudemment Rachel. Il propose même à ses amis d'aller visiter la centrale d'Ensisheim. C'est pas banal, comme idée de promenade… Vous ne trouvez pas, madame ?

– Eh bien, vous écoutez aux portes maintenant ? s'amuse sa patronne.

– Jamais de la vie, madame, la porte était ouverte et j'ai entendu ce qu'il disait. Alors, je me demandais…

– Vous vous demandiez… ?

– Il a grandi à Colmar, tout près d'Ensisheim... On ne sait jamais, madame, ils se sont peut-être rencontrés à l'époque...

– Vous vous demandez de drôles de choses, mon enfant... Moi, je me demande comment un adolescent aurait pu entrer en contact avec un détenu dans une prison aussi impénétrable qu'Ensisheim, rétorque, un brin moqueuse, Ponchartrain. Ce serait trop beau pour être vrai, ne rêvez pas, jeune fille.

– Vous avez sans doute raison, madame. Mais on ne risque rien à essayer. » Rougissante, elle bredouille : « Peut-être... »

Ponchartrain relève la tête, la dévisage, sourit. « On verra, on verra, ma chère Rachel. En attendant, allez me chercher Deltil. Il doit traîner quelque part dans le bâtiment.

– Heu, madame..., tente Rachel, je voulais aussi vous dire... »

Mais Ponchartrain s'est levée, tout à coup impatiente, et elle ne l'écoute plus.

« Plus tard, Rachel. Il faut que je parle à Deltil. Trouvez-le-moi et vite ! »

Moins d'une heure après leur entrevue, Deltil est de retour dans le bureau de sa patronne. Il est fébrile.

Ils ont trouvé le nom de Chambaraud dans les registres de la centrale. Il a travaillé là en 1982, pendant les vacances d'été. Au service administratif. Il avait dix-sept ans.

« Ça y est ! C'est là qu'ils se sont connus », jubile Ponchartrain.

Finalement, cette journée n'aura pas été inutile.

« Champion, chef, vous avez mis dans le mille ! apprécie le principal.

– Le travail de fourmi finit toujours par payer, Deltil.

– Quand même, patronne... Y a que vous pour penser à un truc pareil. Alors champion !

– Ne t'emballe pas, Régis », réplique-t-elle modestement. En réalité elle triomphe.

Voilà une nouvelle pièce qui s'ajoute à son puzzle, et pas n'importe laquelle : l'endroit où le détenu et le garçon âgé de dix-sept ans à l'époque se sont connus. Elle l'inscrit sur le tableau, le souligne trois fois, triomphale : « LE LIEN ». Elle imagine la suite à voix haute : d'une manière ou d'une autre, Thomas est entré en contact avec ce gamin, mal dans sa peau, instable. Il a repéré ses faiblesses et son déséquilibre, a encouragé sa violence qui ne cherchait qu'un exutoire. Un guide aussi, peut-être.

Il y a quelques années, Ponchartrain avait tenu une conférence sur les relations qui unissent les criminels. « Les monstres se reconnaissent entre eux, avait-elle expliqué devant un auditoire passionné. En principe, le tueur en série est par nature un solitaire, il est très rare que deux criminels viennent à être en contact, mais lorsque cela se produit, ils peuvent en arriver à ne former qu'un. En général, il y a un dominant, qui utilise l'autre, se sert de lui pour ses propres fins. On assiste à la soumission de l'un vis-à-vis de l'autre, et à la naissance d'une sorte de complicité dans le goût de l'horreur. Beaucoup de gens sont fascinés par les grands criminels et les pervers », avait-elle conclu.

Avec Thomas et Chambaraud, elle en a la démonstration.

Le gamin, proie volontaire, a dû être subjugué. Il ne demandait que cela. Ensuite, ils ont entretenu leur relation funeste par courrier, jusqu'à la libération de Thomas. Chambaraud a tout organisé, lui a trouvé une cachette, lui a fourni de l'argent, un véhicule, l'a accompagné dans son parcours criminel.

« On avance, on avance, messieurs ! » Elle affiche un large sourire.

À Montrouge, dans l'appartement qui s'assombrit, Lassus prie pour que rien ne se passe. Dans une heure il laissera la place à ceux qui feront la nuit et rejoindra sa femme. Et s'il lui achetait des fleurs ?

Solitaire, Rachel rentre chez elle, effondrée. Elle s'en veut et se sent incapable. Elle n'est rien dans ce service, une assistante, juste bonne à préparer des cafés.

61

19 avril 1990

Dans le bâtiment mitoyen du 36, le jeune juge Franck Bugeaud fulmine.

Au Palais, il a la réputation d'être un teigneux, et depuis ce matin il a bien l'intention de le prouver à cette flic qui n'en fait qu'à sa tête. Il devient mauvais quand il sent que les choses lui échappent. Aucun retour depuis plusieurs jours ! Ce n'est pourtant pas faute de l'avoir remise à sa place ! Il croyait qu'elle avait compris, mais elle semble continuer à n'en faire qu'à sa tête. Et ça, il ne le supporte pas.

Toute la journée, il a tenté en vain de joindre la divisionnaire Ponchartrain.

« Cette femme la joue perso, il va falloir que je lui rappelle qui est le patron ! Convoquez-la-moi à nouveau, insiste-t-il auprès de Geneviève, sa greffière.

– Elle est toujours absente, maugrée-t-elle, aussi agacée que lui.

– Elle va voir de quel bois je me chauffe. Demain, je lui fais retirer l'affaire. On verra bien si sa hiérarchie continue à la soutenir. Elle est nulle, cette bonne femme ! » Il prend sa greffière à témoin : « Enfin merde, un tueur en série se balade tranquillement en massacrant des gens jour après jour, et qu'a trouvé la "grande commissaire" ? »

Il y a du mépris dans ce « grande commissaire ».

« Pas grand-chose, j'en ai peur, monsieur le juge », confirme Geneviève Bonnet d'un ton rogue. Elle non plus, elle n'apprécie pas les grands airs et la suffisance de la divisionnaire

Ponchartrain. Depuis trente-cinq ans qu'elle fait ce métier, témoin muet de cette sourde rivalité entre magistrats et policiers, ce n'est pas aujourd'hui qu'elle va se mettre à aimer les flics. Elle a travaillé auprès de six juges, celui-là n'est pas le meilleur, loin de là (un mou qui joue les durs), mais elle a choisi son camp. Celui de ses juges.

« Demain je la vire », répète Bugeaud, tandis qu'il s'apprête à rentrer chez lui.

La dévouée Geneviève Bonnet part toujours la dernière. Quand le téléphone retentit, le juge enfile son imperméable.

« La pluie a cessé », observe-t-elle, regardant par la fenêtre tout en décrochant. Elle lui fait des grands signes. « C'est l'assistante de Ponchartrain, annonce-t-elle à voix basse, la main sur l'écouteur. Elle me dit que la divisionnaire arrive. »

Bugeaud s'étrangle : « Non mais elle se croit chez elle, pour débarquer quand bon lui semble ? Rien à faire, je file. Vous la convoquez demain à la première heure. Je vais la dresser, moi ! » Il n'a pas le temps de poursuivre, car la divisionnaire se fait annoncer. C'est debout devant la porte, son imperméable sur le dos, qu'il la reçoit :

« J'espère que c'est important, madame. J'allais partir ! »

Elle s'assoit sans attendre qu'il l'y invite, après les avoir gratifiés d'un jovial bonsoir.

Geneviève, silencieuse, guette le juge, qui a du mal à prendre le dessus. Elle va en faire une bouchée, songe-t-elle avec dépit.

« Monsieur le juge, commence Ponchartrain, j'ai besoin de vous.

– De moi ?

– Je dois vous parler de Guillaume Chambaraud.

– Chambaraud ? Allons donc, qu'est-ce qu'il a encore fait, ce garçon ? Je croyais vous avoir donné l'ordre de laisser tomber séance tenante ? Ce que vous m'aviez confirmé, il me semble...

– Et ce que j'ai fait, monsieur le juge, ment-elle. Mais nous sommes tombés sur un élément intéressant.

– Vous êtes incorrigible, madame la divisionnaire.

– Nous travaillions sur le parcours carcéral de Thomas, poursuit-elle calmement, et un point a attiré notre attention. Cela m'a paru suffisamment important pour que je vienne aussitôt vous en tenir informé. »

Il s'assoit : « Je vous écoute, mais faites vite, j'allais partir...

– Nous avons acquis la certitude que Thomas a noué des liens avec un complice en prison. »

Elle en fait des tonnes, explique qu'ils ont passé au crible ses trente années de détention. « Un travail de fourmi qui a enfin débouché sur du concret. Précisément à Ensisheim, où Thomas a été détenu durant de nombreuses années.

– Je sais déjà tout ça, commissaire. Mais que vient faire Chambaraud là-dedans. Il n'a jamais fait de prison, que je sache !

– Pas encore, pas encore, s'amuse Ponchartrain.

– Vous... »

Sophie Ponchartrain ne lui laisse pas le temps de poursuivre : « Guillaume Chambaraud a passé ses vacances de l'été 1982 en stage, au service administratif de la prison. Il avait dix-sept ans à l'époque, en bac pro comptabilité au lycée de Colmar. Nous avons la preuve que lui et Thomas se sont côtoyés », ment-elle sans hésitation.

Le juge fronce les sourcils mais attend la suite, en silence.

Ponchartrain lui détaille la thèse qu'elle a élaborée, revient sur Nageotte : « Vous vous souvenez, la Citroën blanche qu'il prêtait à Chambaraud, d'après le gardien ? », avant de conclure avec fermeté : « Tout converge, monsieur le juge. Laissez-moi reprendre cette piste, je suis persuadée que Chambaraud nous conduira à Thomas.

– Vous prenez vos désirs pour des réalités, commissaire. Quand bien même ils se seraient croisés à Ensisheim, ça ne fait pas de Chambaraud son complice, voyons. Je vous rappelle que vous vous être trompée – et quand je dis "trompée" –, je reste poli, en accusant Chambaraud des viols dans les parkings et, pire encore, d'un assassinat ! Je crains que vous ne vous engagiez à nouveau sur une piste, comment dire… fausse, ou préférez-vous : foireuse ?

– On ne peut plus l'écarter, monsieur le juge. Tant de coïncidences, avouez-le, ce serait un peu romanesque !

– Je vous l'accorde, mais vous avez l'air de tenir tellement à faire tomber ce jeune homme. À croire que vous avez un compte à régler avec lui.

– Absolument aucun. Mais Chambaraud est mouillé. J'en ai l'intuition depuis le début et maintenant j'en ai la conviction. » Elle plante ses yeux dans ceux du juge : « Si j'échoue, je demanderai moi-même que l'affaire me soit retirée.

– Vous prenez un gros risque, madame la divisionnaire…

– Mais vous verrez que je n'aurai pas à le faire. »

Il laisse passer un bref silence, puis déclare : « Marché conclu. »

Geneviève écoute Bugeaud réclamer davantage de précisions. « Il tergiverse pour la forme, juste pour ne pas donner l'impression de céder », songe-t-elle avec une moue.

Quand elle quitte le bureau, Ponchartrain a gagné, après avoir assuré qu'elle le tiendrait au courant « minute par minute ».

Une promesse qu'elle n'a nullement l'intention de tenir.

Cette femme est un vrai bouledogue, Bugeaud s'est fait bouffer, soupire Geneviève tandis qu'elle ouvre, sous la dictée du juge, une instruction à l'encontre de Guillaume Chambaraud, pour complicité d'assassinat.

62

Kassovic a beau avoir de la chance – raison pour laquelle c'est lui que Ponchartrain a envoyé sur place –, les choses se présentent mal. À Ensisheim, personne n'a aucun souvenir d'un jeune gars du nom de Guillaume Chambaraud, qui serait passé là huit ans plus tôt. Le chef comptable, en poste depuis trente-sept ans, n'a aucune idée de qui il s'agit. La photo lui dit vaguement quelque chose, mais elle est trop récente. Et il en a vu passer tellement, « des gamins pistonnés par je ne sais qui », que la taule fait fantasmer.

« C'est dingue à quel point un prisonnier fascine les jeunes. Ici, ils ont le choix : des braqueurs, des pointeurs, toutes sortes d'assassins, des mecs qui ont massacré leur famille, et les pires de tous, ce qui se fait de mieux en matière de tueurs en série, comme votre gars, là, Thomas. Même de celui-là, je m'en souviens mal. Pourtant, avec son pedigree, je devrais... De là à penser qu'un jeune ait pu l'approcher, c'est impossible. Pas ici. »

Il explique à Kassovic que les gamins repartent déçus : les détenus, ils ne les aperçoivent que de loin. Les consignes sont strictes : les mineurs n'ont pas le droit de les approcher ni de pénétrer dans leur territoire. « Avec ce qu'on a de types dangereux, je vous laisse imaginer le tableau si on les laissait vadrouiller. » Le chef comptable est un homme direct que plus rien n'émeut. « Ils se retrouveraient vite fait le trou de balle en chou-fleur, les petits chéris ! Ou en petits morceaux ! » Il éclate de rire. Kassovic sait que le chef comptable n'est pas loin de la vérité.

« Donc, en conclut Ponchartrain quand Kasso l'appelle pour lui rapporter sa conversation, c'est Thomas qui est allé vers le gamin et non l'inverse. Travaille dans ce sens, inspecteur. Il y a forcément une faille dans leur système. »

La faille, Kassovic ne l'a pas davantage trouvée. Thomas, dans le souvenir que les matons gardent de lui, quittait peu sa cellule, allait rarement en promenade, jamais à la salle de sport. Le seul endroit qu'il fréquentait, assidûment d'ailleurs, c'était la bibliothèque.

« Lui, au moins, nous n'étions pas obligés de le shooter aux médocs », lui explique le gardien chef, Lucien Belly, qui n'a qu'une obsession : finir sa carrière à Fort-de-France, dans son île. « Mais les places sont chères », se désole-t-il.

Le directeur a un souvenir plus précis de Thomas. « Il refusait de se mêler aux autres. Ici, à l'époque, on regroupait les tueurs dans son genre, les vrais maniaques, dans le même quartier, pour ne pas les mêler aux autres détenus. Ils se seraient fait massacrer. Pourtant, à peine arrivé, il avait demandé à être transféré. N'importe où, il disait, plutôt que rester au milieu de ces sauvages. Quand on connaissait les raisons de sa condamnation ! Franchement, ce type-là ne déparait pas dans le paysage, inspecteur. Je me rappelle l'avoir entendu dire un jour qu'un innocent n'avait pas sa place au milieu de ces fous furieux, qu'aux States tous les tueurs incarcérés ici auraient été bons pour la chaise électrique. Je savais qu'il avait été condamné à mort et je lui ai demandé : "Et pour vous, Thomas, pas de chaise électrique ?" Il a répondu : "Moi, monsieur, je suis innocent !" Il avait un dossier long comme le bras, mais il n'en démordait pas : il n'avait rien à faire ici, dans le quartier des tueurs en série.

« Qu'est-ce qu'il nous a emmerdés avec ça ! Il écrivait courrier sur courrier pour réclamer son transfert. On n'a jamais su pourquoi, mais il voulait aller n'importe où en Île-de-France. On a fini par se débarrasser de lui. Il a été transféré, non pas en région parisienne, mais à Moulins. C'est pas une agence de voyages ici, on ne choisit pas sa destination. Mais ça a pris du temps, il est resté presque une dizaine d'années chez nous. »

Dans son bureau parisien, l'œil de Ponchartrain frétille en écoutant Kasso :

« Il a demandé la région parisienne quand son protégé est parti y vivre avec sa mère. Tout s'explique, Philippe !

– D'abord à Moulins, ensuite à Clairvaux, il devait être furax ! intervient Bien Visé.

– Ça, tu peux le dire... La pénitentiaire ne lui a pas fait de cadeaux. Il a eu tout le temps de ruminer sa vengeance... »

Le directeur a confirmé que depuis des années, ils accueillent régulièrement des jeunes stagiaires envoyés par leur école pour travailler dans les services administratifs.

« À mon initiative, quand j'ai été nommé ici, nous avons passé un accord avec le rectorat. Ils restent au minimum un mois. » À l'inverse de son chef comptable, il y est favorable : « Ça leur apprend la vie. Après quelques semaines parmi nous, ils n'ont plus envie de découper leurs parents en rondelles ! »

Décidément, ce sont des comiques, ici, se dit Kassovic.

L'inspecteur a soudain une idée :

« Vos jeunes, ils doivent rendre un rapport et vous l'adresser, non ?

– Oui, mais ce sont toujours les mêmes inepties. Je les parcours et je m'en débarrasse. J'ai assez de paperasse comme ça. Je ne sais pas, peut-être qu'ils les gardent dans leurs bahuts ? Avec un peu de chance... Nous, c'est direct à la poubelle ! »

Kassovic se dit qu'il ira vérifier. Sait-on jamais, et, après tout, il a la réputation d'en avoir, de la chance.

Il s'apprête à quitter la centrale, quand le chef Belly le retient.

« Je viens de me souvenir de cette gonzesse, une fille de la Martinique comme moi, qui s'intéressait à lui. Parce qu'ici, explique-t-il, c'est bizarre mais c'est comme ça, il y a des femmes qui sont affectées à la garde des tueurs de femmes. Ça les calme, paraît-il… Elle lui parlait assez souvent. Je me demande même si elle n'avait pas fini par le croire innocent. Je pense surtout qu'elle l'aidait à sortir du courrier. Allez savoir, peut-être qu'elle avait le béguin pour lui, il y a des gonzesses, elles sont fascinées par ce genre de bonshommes. Ensuite, j'ai l'impression qu'ils se sont embrouillés. Du jour au lendemain, elle n'a plus voulu s'occuper de lui, ni même l'approcher, et elle a demandé à changer de secteur. J'avais l'impression qu'il lui avait fait peur, mais elle n'en a jamais parlé. Voilà ce qui arrive quand on s'approche trop d'eux.

– Eux ?

– Les salopards qui sont ici. On n'a rien à y gagner, que des emmerdes.

– Avant cette brouille, elle aurait pu faciliter le contact de Thomas avec le jeune Chambaraud, à votre avis ? demande Kassovic.

– Tout est possible… Cette taule, c'est une passoire. »

Ce n'est pas ce que lui ont assuré le directeur et le chef comptable. Kasso se dit qu'il tient peut-être quelque chose : « Cette gardienne, elle est toujours là ?

– Non, elle a quitté la pénitentiaire. Elle doit se la couler douce sous le soleil au pays », se lamente Lucien Belly.

Le corps de Christiane Danty, quarante-cinq ans, a été découvert dans la nuit par son compagnon, le 3 avril, quand il est rentré chez eux. Elle s'était établie à Orléans, après avoir trouvé « le grand amour ». Ils tenaient un restaurant antillais, mais ce soir-là, elle n'était pas allée travailler. La malheureuse, poignardée, gisait dans la cuisine. Leur gamin dormait à l'étage et n'a rien entendu.

Aucun lien n'a d'abord été fait avec Thomas, ni avec quiconque à Ensisheim. Le couple était en instance de divorce. Ils se disputaient souvent, ces derniers temps, et ce jour-là, les voisins les avaient entendus s'engueuler violemment. Les enquêteurs, pressés d'en finir, n'avaient pas cherché plus loin. Son compagnon, un Guadeloupéen du nom de Jean-Philippe Ludon, à la musculature impressionnante et à la réputation établie d'homme violent et jaloux, dormait sous les verrous. Il avait eu beau protester, dire qu'il l'aimait et ne lui aurait jamais fait de mal, il avait été inculpé pour assassinat. Ses empreintes avaient été relevées sur le manche. « Normal, s'était-il défendu, ce couteau, je m'en sers pour découper la barbaque. » La phrase, prononcée sur un ton de défi, avait fait mauvais effet.

Et il n'aurait pas dû non plus traiter les flics d'« enculés », et le juge de « connard de compétition ». Les injures n'arrangent jamais les affaires d'un suspect.

La découverte de Kassovic change un peu la donne : l'assassinat de l'ancienne gardienne de prison s'emboîte parfaitement dans la cavale de Thomas.

« Christiane Danty ? » ajoute Ponchartrain sur son sinistre paperboard.

« Je n'ai presque plus de place », se dit-elle.

Décidément, Bien Visé est vraiment un bon flic. Il a du nez…

63

20 avril 1990

Le corps de l'ancienne gardienne de prison n'est pas le seul à être découvert en ce début du mois d'avril.

Mais ce cadavre-là, personne ne l'attendait. Sauf peut-être Sophie Ponchartrain, qui a le don de n'être jamais prise à contre-pied. Elle laissera même entendre qu'elle s'y attendait.

Avant cela, les gars avaient fait un certain nombre de découvertes. On avançait, à pas de fourmis géantes...

Dupouy avait été envoyé à Orléans. « Je veux savoir pourquoi elle a quitté la pénitentiaire », lui avait dit la divisionnaire.

Dupouy aussi est un bon flic. Opiniâtre et tenace. « Je suis le genre de mec à sortir par la porte et entrer par la fenêtre. » Il aime à dire qu'il ne renonce jamais et n'a pas d'états d'âme. « Ils peuvent chialer tant qu'ils veulent, appeler leur mère, je m'en branle ! » « Ils », ce sont tous ces types qu'il a eus un jour face à lui, et qui n'ont pas résisté longtemps devant ce flic insensible, dur, sans états d'âme. Violent même parfois. Quand il le faut. Il est payé pour.

Lui, il apprécie les méthodes de Ponchartrain, et sa façon de mener sa barque, à la limite du règlement. « Et le règlement, les juges, les avocats, les procs, vous savez où je me les mets ! » plastronne-t-il. C'est une grande gueule.

C'est comme ça qu'il aime bosser : borderline.

Incurable célibataire à trente-six ans, il fait le malin. Il ne veut surtout pas s'encombrer d'une gonzesse. : « Que des emmerdes, regardez Lassus... » Il clame haut et fort qu'il baise quand il veut qui il veut, mais à force de ne jamais le voir avec une fille, les gars commencent à douter.

« Je ne mélange jamais le boulot et les nanas, explique-t-il.

– Présente-les-nous, au moins, tes beautés ! le chambrent ses collègues.

– Vous pouvez toujours courir. Je ne partage pas. »

Arrivé à Orléans, il se rend aussitôt au centre pénitentiaire, où Ponchartrain l'a envoyé rencontrer Ludon.

Les gardiens l'ont prévenu. Ludon est une tête de mule et une force de la nature. Il gueule du matin au soir et, quand il a commencé à tout casser dans sa cellule sous les regards horrifiés de ses deux codétenus qui voyaient déjà leur tour arriver, il a été placé à l'isolement. Ils avaient dû se mettre à cinq pour le maîtriser, plus l'un de ses codétenus qui lui avait donné un coup dans les couilles. Ce qui lui avait valu un « Toi, je te retrouverai », quand les matons l'avaient menotté. Le type s'était dit qu'il aurait mieux fait de ne pas s'en mêler.

Bref, les gardiens affirment à Dupouy qu'il s'est déplacé pour rien. « Tu n'en tireras rien, il va t'envoyer chier ! »

C'est mal connaître le Frisé.

Dupouy exige qu'on les laisse seuls et qu'on lui enlève ses entraves. « Toi, t'es un casse-cou ! » Ses soixante-dix kilos ne pèseront pas lourd face au quintal du Guadeloupéen. « On reste derrière la porte », grommellent-ils, contrariés de ces méthodes de vantard de Parigot.

Il a suffi que Dupouy lui assure qu'il était là pour l'aider et savait qu'il était innocent pour que la montagne se mette à chialer comme un bébé.

Une heure plus tard, l'inspecteur appelle Ponchartrain :

« Ludon et Danty se sont connus à Mulhouse, en novembre 1977. Il gérait déjà un restaurant, près de la cathédrale. Je vous passe les détails du coup de foudre. Ils se sont rapidement installés ensemble. Au début, il n'était pas question qu'elle quitte son travail. Elle avait une situation stable, aimait ce qu'elle faisait.

Puis elle s'est mise à ne pas aller bien. Et puis, un soir, elle lui a annoncé qu'elle voulait démissionner. Le boulot était trop dur, avec tous ces frapadingues.

« Ludon ne la reconnaissait plus. Il m'a raconté que, du jour au lendemain, elle s'était mise à avoir peur de tout. Elle faisait des cauchemars, sursautait au moindre bruit, regardait sans cesse dehors, restait enfermée toute la journée en tirant les verrous. Bref, elle débloquait complètement. Il lui a demandé si quelqu'un l'emmerdait au boulot, qu'est-ce qui lui foutait la trouille. Elle ne lui répondait jamais, éludait ses questions, disait seulement qu'elle en avait marre de ce travail, de cette région... Il m'a dit : Qu'est-ce qu'on a pu s'engueuler à l'époque. Ça a duré comme ça deux ou trois semaines et un soir elle lui a annoncé qu'elle avait décidé de quitter le coin. Il n'y avait pas eu matière à discussion. Avec ou sans lui, il fallait qu'elle parte. Il ne voulait pas se séparer d'elle, alors il l'a suivie à Orléans où ils ont repris un restaurant antillais. Petit à petit, elle est redevenue comme avant. Il m'a fait la ritournelle : "On s'aimait, tout allait bien. On a eu notre gamin." Là, il s'est remis à chialer. C'est que le gamin, il est à la DDASS, maintenant. Je vous passe les détails, mais son gosse, il y pense en permanence.

« Le plus important c'est la suite. Ça devait être en mars dernier, il m'a dit, elle s'est remise à paniquer. Il s'en souvient parfaitement : ça a commencé un dimanche soir vers vingt heures. Elle a reçu un appel et il l'a entendue répondre qu'elle n'avait rien à dire et d'arrêter de l'embêter avec ces vieilles histoires. Elle a raccroché aussitôt. Le téléphone a sonné plusieurs fois mais elle lui a ordonné de ne pas décrocher. Il a voulu savoir qui c'était et elle lui a dit qu'un journaliste voulait la rencontrer pour parler de l'époque où elle travaillait à la prison. Il pense qu'elle n'a pas dormi de la nuit, et au petit déjeuner, elle lui a annoncé qu'elle voulait quitter Orléans sur-le-champ, mais cette fois, c'était pas possible, l'école du gosse, l'appartement qu'ils venaient d'acheter, le resto... "Voilà pourquoi on se disputait, a dit Ludon, elle disait même qu'elle préférait divorcer et me laisser le gamin. Notre gamin ! C'était la panique à la maison !"

– Mars, c'est quand Thomas a été libéré, souligne Ponchartrain à voix basse, comme pour elle-même.

– Exactement. Mais j'ai encore mieux.

– Vas-y.

– Elle a fini par avouer à Ludon qu'il y avait un type du temps où elle travaillait à la prison qui lui faisait peur, et qu'elle était sûre de l'avoir croisé quelques jours plus tôt en ville. Ludon avait pris ça à la légère. Il m'a dit aussi qu'il a raconté tout ça aux flics quand ils l'ont arrêté, mais que ces connards s'en foutaient. Je leur en ai parlé, ils trouvent la ficelle un peu trop grosse. Voilà, c'est à peu près tout.

– Bon, ça me paraît limpide comme de l'eau de roche, Bernard. Danty a appris la sortie de Thomas et elle a paniqué, surtout si elle pensait l'avoir croisé et que le journaliste a confirmé qu'il était en liberté. Ça devait être Nageotte qui appelait. Il faudra vérifier rapidement, mais je suis sûre qu'il préparait un papier sur la sortie de prison de Thomas. Ça expliquerait pourquoi il l'a assassinée.

– C'est sûr… Pour le gars, Ludon, qu'est-ce qu'on fait, chef ?

– On fait rien du tout. Tant qu'on n'a pas mis la main sur Thomas, on le laisse se débrouiller avec les poulets du coin. À ton avis, pourquoi Danty avait autant la trouille depuis la sortie de prison de Thomas ?

– Parce qu'il l'avait menacée de lui faire la peau ? suggère Dupouy.

– Bien sûr, mais pourquoi a-t-elle fui l'Alsace il y a dix ans ? Elle ne risquait rien, puisque Thomas n'était pas près de sortir de taule. Réfléchis, prends ton temps. »

Il se passe un silence.

« J'ai compris, s'exclame-t-il après quelques secondes de réflexion.

– Je t'écoute.

– Elle a dû lui dire qu'elle ne pouvait plus ou ne voulait plus faire sortir son courrier. Pour une raison ou une autre, elle avait pris peur. Alors il lui avait dit qu'il avait un complice dehors qui allait s'occuper d'elle. Danty l'a cru et elle a paniqué.

– Exact. Et ce type-là, c'était un gamin de dix-sept ans.

– Chambaraud…

– Bravo, tu vois, quand tu veux ! dit-elle avec un petit rire. Bon boulot, le Frisé, on avance… »

64

La divisionnaire tient à mettre la main sur le rapport de stage d'été du jeune Guillaume Chambaraud. Presque dix ans après, c'est sans doute mission impossible; malgré tout, elle demande à Kassovic d'aller à Colmar, tant qu'il est dans le coin. Ce n'est pas très loin, et avec le pot qu'il a, si ce rapport existe toujours, il le trouvera.

« Je veux tout ce que tu peux dégoter sur le genre d'adolescent qu'il était », lui explique-t-elle.

Kasso acquiesce sans broncher. Ça fait partie de son boulot, d'obéir. Une idée le traverse : « C'est dingue, le nombre de fois où elle peut dire : "je veux". Comme un gosse de quatre ans. Cette femme est un "je veux" sur pattes. »

Le lycée polyvalent régional Victor-Schœlcher, perdu à l'écart du centre pimpant de la ville, a beau avoir été construit il n'y a pas si longtemps, il vieillit vite et mal. Kassovic, quand il se gare sur le trottoir de l'avenue de l'Europe, se dit que c'est le genre de bahut où on espère que ses enfants n'iront jamais. La filière directe pour l'ANPE…

L'élève Chambaraud a suivi sa scolarité jusqu'au bac pro, section comptabilité. Mention AB.

Évidemment, comme à la centrale, les rapports de stage ne sont pas archivés. Le proviseur a été direct : « Pas de place et pas question d'en faire pour ces tissus de banalités et d'âneries. » En revanche, il garde les dossiers scolaires des élèves. Celui de Chambaraud est tout aussi banal que le rapport jeté à la benne.

Élève correct, « le genre de gamin à se contenter de la moyenne », pas plus de réprimandes qu'un autre, rien d'important à relever. Il était plutôt bon en foot, d'après les observations du prof d'EPS : « Excellent dans les bois. » Ce qui signifie qu'il encaissait moins de buts que les autres.

Le prof est toujours là, et se souvient vaguement du garçon : « Sa mère venait le voir jouer à chaque match. »

Heureusement, le professeur de comptabilité a une bien meilleure mémoire. Chambaraud, évidemment que ce nom lui dit quelque chose.

« Pourquoi ?

– Parce que ce n'est pas fréquent de vouloir un stage dans une prison. Je connaissais le comptable à Ensisheim et je n'en suis pas revenu quand il m'a dit : "Tu ne peux pas imaginer la quantité de gamins qui veulent passer leurs vacances ici. Je crois que ces criminels les fascinent. Faut dire qu'ici, nous avons les meilleurs dans leur catégorie." Chambaraud ne voulait aller que là. Il me disait que ça l'intéressait. Je m'attendais à ce qu'il fasse son malin à la rentrée suivante, en se vantant d'avoir vu des assassins, d'être devenu ami avec des caïds, que sais-je, le genre de conneries des ados. À cet âge, on aime bien rouler des mécaniques. Mais rien de tout ça. Ses copains étaient curieux, voulaient qu'il raconte, mais il répondait qu'il ne s'était jamais autant ennuyé. Son rapport de stage était du même tonneau. Un alignement de chiffres, insipides, achats et dépenses. Sans intérêt, sans analyse, il aurait été dans une usine de saucisses ç'aurait été pareil. Je lui ai demandé : "C'est un peu vide, c'est tout ce que tu as retenu de ton passage en prison ?"

« Je me souviens de sa réponse, tellement sur le moment elle m'a surpris : "Non, mais le reste, je le mettrai pas dans mon rapport de stage." Il m'a dit que c'était "personnel".

« Si, ensuite, il a changé ? Je crois pouvoir dire que oui. Déjà que ce n'était pas un gamin très expansif, mais il était devenu encore plus renfermé, comme s'il avait un secret. Il a eu son bac et l'été suivant, il a quitté la région. Dans mon souvenir, je crois qu'il partait à Paris avec sa mère. Vous savez ce qu'il est devenu ? Pourquoi vous vous intéressez à ce gamin ?

– Il est toujours à Paris, toujours avec sa mère. Pour l'instant, il est sans emploi, et peut-être qu'il va être hors circuit pour longtemps... »

Bizarrement, M. Favier, professeur de comptabilité, s'est contenté de cette réponse, et n'a pas demandé davantage de détails.

À Paris, le témoignage du professeur ravit la divisionnaire. Un élément de plus, peut-être un peu mince, mais qui appuie nettement son hypothèse. Les liens entre l'adolescent et Nicolas Thomas sont nés à cette époque et ils n'ont fait que se renforcer par la suite.

SIXIÈME PARTIE

ANDRÉ LAFORGUE

Peut-on rencontrer des gens bien en prison ?

Si un jour, par malheur, vous vous retrouvez ici, ne cherchez pas parmi les gardiens : ceux-là, du maton au directeur, sont des êtres mauvais. Ils ne savent que gueuler, brimer, tabasser, abuser de leur pouvoir. Vous êtes leur chose. Il n'y en a pas un pour rattraper l'autre. En toute franchise, qui voudrait d'un boulot pareil, passer ses journées, sa vie, enfermé dans des coursives puantes à surveiller des pauvres types, avec la crainte permanente de prendre un jour un mauvais coup ? Et tout ça pour un salaire de merde, et la répugnance à dire quel métier on fait. Même leurs gosses ont honte d'eux. Alors, si j'ai un conseil à vous donner : ne leur faites jamais confiance. Ils vous trahiront. Même ceux qui se la jouent gentils. Ceux-là ne vous veulent pas de bien, ils ne cherchent qu'à être peinards, à ne pas avoir d'emmerdes.

Ne vous fiez pas davantage aux éducateurs, aux curés de tout poil, aux visiteurs de prison. Pour les avoir un temps fréquentés, j'affirme qu'ils ont d'abord un problème à régler avec eux-mêmes. La taule attire les frustrés, les malades. Que n'ont-ils compris que la vraie vie est ailleurs qu'entre ces murs ! Ne croyez pas à leurs bonnes paroles, ce ne sont que mensonges. Tôt ou tard, ils vous feront payer la confiance que vous leur avez accordée. J'en ai fait les frais et on ne m'y reprendra plus.

Il y a aussi ceux qui de l'extérieur prétendent vous aider. Le cœur sur la main, ils disent que vous pouvez compter sur eux. Certains promettent qu'ils vont tout remuer pour vous sortir de l'enfer. Ce ne sont que des paroles en l'air… Ils vous abandonneront et passeront à un autre. Le seul pour l'instant qui échappe à mon jugement, c'est ce type, en Normandie, qui s'est porté garant pour ma conditionnelle, qui est prêt à m'accueillir, à me donner du boulot. Mais je ne m'emballe pas, je reste sur mes gardes. Je verrai bien, le moment venu, si celui-là me réconcilie un tout petit peu avec l'humanité.

Quant aux autres détenus, vaste chapitre, n'en parlons même pas. De la racaille, des sous-hommes, de la merde. Des égoïstes qui ne cherchent qu'à profiter de vous. Ne vous laissez pas avoir par leurs simagrées. Comme je l'ai fait, quand ils viendront vers vous, ignorez-les.

Donc quand je dis « des gens biens », je pense à tous ceux qui ont été accusés à tort, qui purgent leur peine en dépit de leur innocence, la subissent contraints et forcés, s'en arrangent faute de mieux, et attendent que leur calvaire s'achève, avec l'espoir qu'une fois dehors ils pourront reprendre leur vie là où ils l'ont laissée.

Ces gens, sans rancune ni désir de revanche, seraient vraiment des gens bien. En ai-je rencontré ?

À mon grand désespoir, je dois répondre que non. Même les innocents finissent mal.

Les gens bien n'existent pas en taule. C'est impossible. La taule est un ramassis de salauds. Elle pourrit.

C'est la fabrique des monstres.

En définitive, la prison n'offre qu'une fin : elle rend fou.

Ce sera mon dernier mot : FOU.

65

23 avril 1990

Vu le soin qui avait été mis à le dissimuler, le corps aurait pu ne jamais être retrouvé. Le corps, ou ce qu'il en restait. Il avait été brûlé, sommairement, fourré dans un sac-poubelle, enterré dans une forêt, à l'écart d'un chemin forestier, loin de toute habitation, et recouvert d'un tas de bois. La découverte aurait pu être faite par un chasseur, dont le chien aurait senti l'odeur, donné l'alerte, commencé à creuser et fini par exhumer ce qui aurait ressemblé à une grosse branche morte. Le chasseur aurait alors vomi de dégoût et d'effroi en réalisant ce sur quoi s'acharnait son chien. C'est souvent ainsi que les choses se passent... Mais pas cette fois.

D'abord, il y a eu ces types qui glanent le bois dans les forêts pour le revendre une misère. Le tas, bien disposé, était tentant, ils l'ont emporté. Puis un violent orage, qui a labouré la terre meuble. Enfin, quelques semaines plus tard, le 22 avril, un mois jour pour jour après la sortie de prison de Thomas, un couple de vieux babas, adeptes des marches dans la nature, qui avaient trouvé l'endroit bien dégagé idéal pour planter leur canadienne. Ils avaient fermement enfoncé leurs piquets, et lorsqu'ils les avaient arrachés, une main à demi momifiée était venue avec.

Le cadavre, du moins ce qu'il en restait, était là, dans le parc naturel de la forêt d'Orient, non loin de Bar-sur-Aube, depuis des jours. Vu son état, il était impossible de dater sa mort avec précision, mais elle était estimée à quatre ou cinq semaines par les médecins légistes.

Malgré cela, les gendarmes n'avaient pas eu de mal à donner une identité à cet amas de restes cendreux, quand ils avaient déterré le sac-poubelle déchiré. Ses empreintes digitales étaient très dégradées, mais les vêtements de la victime et un sac à dos, enfouis avec le reste, n'avaient brûlé qu'en partie. Dans une poche, miraculeusement épargnés par le feu, ils avaient retrouvé un portefeuille et une carte d'identité.

Le nom de la victime est encore lisible.

Avant même que la gendarmerie ait eu le temps de faire remonter leur découverte à la Criminelle, l'affaire faisait la une de *L'Est Éclair*, aussitôt reprise dans *France Soir* : « Le corps d'un ex-condamné à mort retrouvé carbonisé dans une forêt ».

Le lendemain, 23 avril 1990, la divisionnaire Ponchartrain apprenait que le cadavre de Nicolas Thomas avait été découvert au cœur de la forêt d'Orient.

Elle a beau avoir fermé la porte de son bureau pour transmettre la nouvelle à Deltil, Rachel entend éclater la colère de Sophie Ponchartrain. Elle est folle de rage de ne pas avoir été informée séance tenante par les gendarmes de Troyes, folle de rage de n'avoir pu aller faire les premières constatations sur place, folle de rage de voir son échafaudage s'effondrer. Tout y passe : la gendarmerie, l'armée, les bouseux, la province, « cette bande de tocards incapables ».

Le capitaine de la gendarmerie de Troyes qu'elle a au téléphone a beau lui assurer qu'ils ignoraient tout de son enquête et n'en ont pas été informés au moment où ils ont signalé leur découverte à la section de recherche, elle l'accuse d'avoir dissimulé les informations pour se faire mousser dans la presse, en des termes fleuris.

« Écoutez, madame la divisionnaire, finit par répliquer le capitaine Ledesma, je ne suis pas votre sous-fifre, nous nous reparlerons quand vous serez calmée. » Sur quoi, il a raccroché. Après vingt-sept ans de carrière, il considère qu'il n'a pas de leçons à recevoir d'un flic, et encore moins d'une bonne femme hystérique.

Ponchartrain a calmé ses nerfs en prenant Deltil à témoin.

Elle décroche à nouveau son téléphone.

« Bien, oublions notre petite querelle, capitaine.

– Je préfère cela, madame la divisionnaire.

– J'espère juste que tout a été fait dans les règles, et que vous avez mené les analyses avec le plus grand soin, ne peut-elle se retenir de dire.

– Décidément, vous nous prenez pour des amateurs, madame la divisionnaire ! » Déjà, le capitaine Ledesma voit rouge.

« Allons, capitaine, nous n'avons pas de temps à perdre avec des susceptibilités déplacées.

– Nos services de ploucs attardés ont tout fait dans les règles de l'art, ne craignez rien, madame.

– Capitaine, arrêtons ces chamailleries, coupe-t-elle, choisissant d'ignorer son ironie. Avez-vous pu confirmer l'identité du mort ? Il s'agit d'une affaire gravissime, de meurtres en série, voyez-vous. Chaque détail compte. Je vous remercie de me les communiquer.

– Puisque vous le demandez si gentiment... Les analyses sur ce qui reste du corps et des vêtements sont en cours. Nous disposerons de résultats fiables dans quatre ou cinq jours et je vous les communiquerai avec plaisir, déclare-t-il d'un ton cassant. L'étude des empreintes digitales, même si les doigts étaient en très mauvais état, confirmera, nous l'espérons, l'identité donnée par la carte d'identité. À ce stade, il s'agit bien de Nicolas Thomas. La fiabilité est estimée par nos services *compétents* à quatre-vingt-quinze pour cent.

– À quatre-vingt-quinze pour cent ?

– C'est la marge d'erreur. Les éléments sur lesquels nous avons travaillé sont extrêmement dégradés. Dans la gendarmerie, nous travaillons dans la précision, madame la divisionnaire.

– Épargnez-moi le cours de médecine légale, capitaine Sandesma. (À côté de Ponchartrain, Deltil, qui ne perd pas un mot de la conversation, se retient de sourire.) Nous sommes donc sûrs que Nicolas Thomas a été tué ?

– Ledesma, capitaine Ledesma. Je n'ai pas dit ça, pontifie-t-il. J'ai dit qu'il était vraisemblable que le corps soit celui de Nicolas Thomas, à quatre-vingt-quinze pour cent !

– Je veux que vous m'envoyiez tous les résultats de l'autopsie, le plus vite possible.

– Avec grand plaisir, madame la divisionnaire. Il me faudra juste une demande officielle. Comme je vous le disais, dans la gendarmerie, on fait les choses en règle.

– Pas besoin, une information a été ouverte dans mon service au sujet de ce Nicolas Thomas. Nous reprenons donc l'affaire, cher capitaine Lodesma.

– Ledesma… Mais il nous faut une demande officielle du parquet, et dans ce cas nous vous céderons volontiers cette affaire. Dans l'immédiat, nous poursuivrons notre travail, sous la diligence du juge Baldelli, madame la divisionnaire… Divisionnaire comment, déjà ? »

Elle ne relève pas.

« Vous l'aurez dans les heures qui viennent et j'envoie mon équipe sur place. J'espère que vous les accueillerez avec le professionnalisme légendaire de la gendarmerie.

– Professionnalisme, sang-froid et courtoisie, en effet, madame, des qualités dont s'honore la gendarmerie nationale…

– Dans l'immédiat, pouvez-vous me dire comment il a été tué et quels éléments vous avez recueillis ? Si du moins vous en avez…

– Je ne suis pas autorisé à divulguer les premiers résultats de nos investigations. Pour cela, il nous faudrait aussi une demande officielle. Disons que nous progressons… »

Il se paye ma tête, enrage Ponchartrain.

« Très bien, soyez sûr que le parquet va vous l'adresser toutes affaires cessantes.

– Et sinon, pourriez-vous m'en dire plus sur ce qui se passe, avec ce Thomas ? En quoi vous intéresse-t-il au point d'envoyer vos hommes sur place ? J'ai cru comprendre qu'il y avait eu des meurtres... ? »

Ponchartrain se retient d'exploser. « Il se fout de moi, ce gendarme à la con, glisse-t-elle à Deltil.

« Ah, c'est que, voyez-vous, c'est un dossier ultrasensible, capitaine Chodesma, il faudra faire une demande officielle ! » lance-t-elle avant de lui raccrocher au nez.

On a les petites vengeances qu'on peut...

« Quel connard ! s'exclame Deltil. Mais c'est la tuile, qu'est-ce que vous en dites ?

– Je ne vois qu'une solution, réfléchis, Régis...

– Vous pensez que Chambaraud l'a tué ?

– Qui veux-tu que ce soit d'autre ? Bien sûr que c'est ce petit fumier.

– Il est taillé comme une allumette...

– Je te dis que c'est lui.

– Qu'est-ce qu'on fait, alors, commissaire ?

– On avance, commissaire, on avance. Et on ne lâche plus rien ! »

Entrant leur apporter des cafés, Rachel s'attend à trouver sa patronne furibonde, mais celle-ci sourit à pleines dents :

« Tout se passe selon une logique parfaite, Régis. Ne t'inquiète pas. »

Elle sourit en se saisissant de la tasse. « Merci, Rachel. »

Plus tard, Sophie Ponchartrain assure à ses hommes, passablement abattus par la nouvelle, que tout s'emboîte parfaitement. « Ça explique pourquoi nous ne le trouvions pas. Il était mort ! En toute franchise, messieurs, je commençais à soupçonner quelque chose de ce genre. » Ils devront se contenter de cette seule explication. Leur patronne montre un tel aplomb qu'ils se laissent gagner par son assurance.

Rachel, elle, est en plein désarroi. Qui a bien pu glisser sous sa porte ce mot clamant son innocence ? Elle avait cru que c'était Thomas mais il est mort depuis le début de l'affaire.

Chambaraud, alors ? se demande-t-elle avec une anxiété grandissante.

« Vous en faites une tête, jeune fille, s'inquiète Ponchartrain. Vous n'êtes pas malade au moins ? Allons, il faut sourire… » Elle se tourne vers Deltil : « Ce n'est plus qu'une question de jours, maintenant. »

Dans la poubelle, Rachel aperçoit un dossier. Il était resté plusieurs jours sur le bureau de sa patronne. C'est celui d'un certain André Laforgue.

Elle se rappelle de ce nom. C'est cet horticulteur normand qui s'est porté garant de sa conditionnelle. Pourquoi Ponchartrain l'a-t-elle ressorti ? Et pourquoi s'en est-elle débarrassée ?

66

« Il faut aller très vite, monsieur le juge. » Avec le juge Bugeaud, Ponchartrain a été catégorique.

L'annonce que le cadavre calciné retrouvé dans la forêt d'Orient est celui de Nicolas Thomas, ex-tueur en série, ex-taulard, assassiné dès sa sortie de prison après trente ans de détention, pour une série de quatre crimes monstrueux, commence à agiter la presse.

Au tribunal de Troyes, le juge Christophe Baldelli a sa théorie. Thomas a été tué par un proche d'une de ses victimes, qui n'a pas supporté sa mise en liberté. Il a été éventré au couteau avant d'être brûlé. Le vengeur a voulu lui faire vivre le calvaire de ses victimes, c'est évident. C'est aussi la thèse des gendarmes. Tous ont écarté l'hypothèse de la vengeance d'un détenu, Thomas ayant toujours été solitaire et ayant eu très peu de contacts au sein de la prison.

Ils travaillent sur cette piste, épluchant les emplois du temps et les profils de la famille, des amis, des anciennes victimes de Nicolas Thomas. La plupart des personnes qu'ils interrogent se réjouissent de la mort de cette ordure, et regrettent presque de ne pas l'avoir tué elles-mêmes.

À les entendre, on devrait ériger une statue au mystérieux héros...

Finalement, un certain Benjamin Desplace vient se présenter à la gendarmerie de Troyes, en revendiquant l'assassinat de Thomas. C'est le frère d'Églantine, la troisième victime de Thomas.

Il raconte les liens qui l'unissaient à sa sœur, comment son assassinat féroce a massacré sa propre vie au point qu'il ne pouvait plus rien construire. Marié, vite divorcé, pas d'enfant. Au chômage depuis cinq ans. Il confie son obsession dont il n'a jamais réussi à se défaire, sa soif de vengeance, le pardon impossible. Il parle de la promesse faite à son père trente ans plus tôt : « Le jour où ce monstre sortira, je serai là et je vengerai Églantine. » Tout au long de ces années, il a suivi le parcours de Thomas, surveillé ses demandes de liberté conditionnelle, a prié pour qu'elle soit accordée. Quand il l'a finalement obtenue, il a attendu qu'il sorte. La manière dont il relate les faits ne laisse guère de doute : renseigné par un gardien (ces gars-là sont prêts à donner beaucoup de renseignements, si l'on sait s'y prendre...), il était allé à Clairvaux le 22 mars, le jour de sa sortie ; il l'avait suivi jusqu'à Bar-sur-Aube, avait engagé la conversation avec lui dans un café, avait sympathisé, et lui avait proposé de le conduire jusqu'à Paris.

Les enquêteurs s'étonnent de son calme et d'une telle maîtrise de soi, à quoi il répond qu'il s'était préparé depuis des années à ce moment. « Thomas est tombé dans mon piège sans se méfier. » En route, il avait bifurqué vers la forêt d'Orient, puis il l'avait tué comme il avait massacré sa sœur, éventrée au couteau. Il avait mis le feu à son corps et l'avait regardé se consumer. Après quoi, il l'avait enterré le plus profondément possible. Il ne regrettait rien, sauf que « cette ordure n'ait pas souffert autant que ses victimes ».

De fait, l'autopsie confirme le mode opératoire.

Desplace raconte que Thomas a pleuré, l'a supplié de l'épargner. « Il hurlait qu'il était innocent, jusqu'au bout cette ordure a nié », conclut-il avec mépris.

Benjamin Desplace, quarante-deux ans, s'est laissé inculper sans protester. « Il semble apaisé, délivré », précise Baldelli dans son rapport.

Les gendarmes ont accepté de le laisser voir son vieux père avant de le conduire à la maison d'arrêt. Les deux hommes se sont embrassés longuement. Ils pleuraient. L'un disant : « Je l'ai fait », l'autre : « Merci, merci, mon fils. »

Pour les gendarmes, comme pour le juge Baldelli, l'affaire était réglée. Cet homme a vécu toute sa vie dans l'idée de sa vengeance. « J'irai au tribunal l'esprit tranquille », a-t-il assuré. Déjà, il a l'opinion publique avec lui. Son avocat plaidera les circonstances atténuantes et les jurés, s'il se montre convaincant, le suivront sans doute.

Aucun lien n'avait été établi entre Desplace et les assassinats attribués à Thomas. Mais pour ce qui était de Thomas, le dossier était clos.

Sophie Ponchartrain laisse faire le juge de Troyes et les gendarmes. Sur la série d'assassinats qui a suivi sa sortie dc prison, elle a sa théorie.

Pour elle, ça ne fait pas l'ombre d'un doute, comme elle l'a expliqué à sa brigade : il y a un « tueur imitateur », comme on dit alors, qui se balade en liberté. Et la divisionnaire n'a aucun doute sur son identité.

Guillaume Chambaraud.

À Paris, le juge Bugeaud reste circonspect. Il continue à jouer au chef, mais il la suit. Ces dernières semaines, Sophie Ponchartrain a si bien manœuvré avec lui qu'elle est finalement parvenue à se le mettre dans la poche. Ça a été facile, au fond : il a suffi de le consulter régulièrement, de faire mine de solliciter son avis, de saluer la pertinence de ses consignes, de faire semblant de les suivre…

« À ce rythme, il ne va plus vouloir se passer de moi ! » s'amusait-elle.

Bugeaud avait cédé : « Je vous donne Chambaraud », et il avait signé son mandat d'amener.

« Mais attention, cette fois, pas de raté, madame la divisionnaire. Si vous faites erreur, je vous retire l'affaire, compris ? »

Il lui fallait toujours avoir le dernier mot.

Ponchartrain le lui avait volontiers laissé.

« Pour l'instant, cet imbécile me mange dans la main. Tant que ça dure, il faut en profiter, messieurs… Mais il faut faire vite, et on a intérêt à ne pas se planter, il ne nous fera aucun cadeau si on échoue. »

En définitive, l'assassinat de Nicolas Thomas l'arrangeait. Qu'un pauvre type revendique son geste, encore plus.

67

8 mai 1990

« Humiliez-le ! Je veux le voir baisser la tête, se pisser dessus de trouille. »

Voilà la consigne que passe Sophie Ponchartrain à ses hommes, à l'aube de ce mardi de mai.

Elle jubile intérieurement : « Je vais prendre ma revanche. »

Quand elle a requis du juge l'autorisation de le placer en garde à vue, elle l'a senti hésiter : « Vous êtes vraiment sûre de vous, madame la divisionnaire ?

– Certaine, Franck. Faites-moi confiance. »

« Franck » ! Dans son coin, Geneviève Bonnet lève les yeux au ciel. Décidément, la flic l'a bien baratiné, le toutou à sa mémère, elle ne reconnaît plus le juge et n'est pas tendre du tout avec lui.

L'arrestation a lieu le lendemain.

« *Humiliez-le.* » Deltil applique la consigne à la lettre.

Guillaume Chambaraud est interpellé chez lui à huit heures du matin, à l'heure où les gens s'apprêtent à partir au boulot ou à emmener les gosses à l'école.

Ils ont sorti le grand jeu.

Ils déboulent en trombe à trois véhicules, gyrophares allumés, sirènes hurlantes, bloquent la rue, se présentent à quatre devant la porte, Deltil, la main sur le holster, hurle : « Police, ouvrez ! » Dans la rue, les curieux sortent de chez eux et s'agglutinent, on interroge les flics en uniforme qui empêchent la petite foule d'approcher. Postés aux fenêtres, les voisins sont au spectacle.

Soudain, il sort du pavillon, menotté dans le dos, débraillé, les cheveux en broussaille. Silencieux, tête baissée, il presse le pas vers la première voiture, mais Deltil le pousse dans le dos pour le diriger vers celle qui est la plus éloignée. Sa mère, en robe de chambre, s'agrippe à eux, les invective, crie : « Vous n'avez pas le droit, mon fils n'a rien fait ! » Elle les insulte, promet de porter plainte, s'en prend aux témoins : « Barrez-vous, bande de charognards », ils doivent se mettre à trois pour l'empêcher de suivre son fils, l'entraînent de force chez elle. « Allons, ne vous donnez pas en spectacle, madame Chambaraud, vos voisins vous regardent », ironise Dupouy. Au lieu de la ramener à l'intérieur, il l'assoit sur le petit banc de fer à gauche de la porte d'entrée.

Elle s'effondre :

« Mais pourquoi ?

– Je ne peux rien vous dire, madame. Secret de l'instruction », déclame Deltil avec autorité. Il s'amuse presque.

« Mon fils...

– Quoi, votre fils ?

– Il est gentil, monsieur. Je vous le jure, il est gentil.

– Vous sentez l'alcool à plein nez », assène Deltil, d'une voix forte, pour que personne n'en perde une miette.

Humiliez-le.

Guillaume Chambaraud aperçoit sa mère en larmes, un policier penché sur elle. Leurs yeux se croisent. Elle semble le supplier. Il voudrait lui faire un signe de la main, mais il est toujours menotté, alors il agite la tête de droite à gauche. Il crie, mais elle n'entend pas :

« Je n'ai rien fait, maman, je te jure. Ne t'inquiète pas.

– Boucle-la ! » ordonne Kassovic, au volant. Il active la sirène, autant pour impressionner que pour faire s'écarter la foule.

« Ne me tutoyez pas, dit Chambaraud.

– On va se gêner, réplique Bien Visé. Et tu fermes ta gueule ! »

Guillaume Chambaraud est emporté dans un chaos tandis que dans la maison débute la perquisition. Sans ménagement.

68

« Pourquoi me tutoyez-vous ? »

Prononcés d'un ton ferme, ce sont les premiers mots que Guillaume Chambaraud adresse à la divisionnaire Sophie Ponchartrain.

Il a attendu qu'elle s'arrête de parler, de lui exposer ses droits, avant de poser la question. Il ajoute d'une voix monotone, rapide, comme une récitation apprise par cœur : « Je sais très bien ce que vous faites, madame. Tutoyer, la bonne vieille méthode pour rabaisser celui que vous interrogez. Le tutoiement, c'est pour les assassins, les criminels. Mais je ne suis ni l'un ni l'autre. Je vous demande expressément de ne plus me tutoyer, ni vous ni aucun des hommes qui vont m'interroger après vous. Je vous préviens avant toute discussion et très calmement : je ne répondrai à aucune de vos questions tant que vous continuerez à me tutoyer. »

Il est assis sur un siège de fer, les mains posées sur la table de bois dans le bureau de Deltil, une soupente imprégnée d'odeur de tabac froid au troisième étage. Les poings serrés. Il regarde fixement le mur face à lui.

Elle est debout devant lui.

Elle le domine.

« C'est tout ce que tu as à me dire ? »

Il se tait.

Derrière elle, Deltil glisse à Dupouy : « Ce mec, il n'a pas fini de nous faire chier. C'est un vicieux. »

Il a vu Chambaraud regagner de l'assurance tandis qu'ils roulaient à toute allure vers le 36. Il restait muet, mais son regard n'était plus celui du garçon apeuré qu'ils avaient tiré de son lit sans ménagement, qui n'arrêtait pas de demander à sa mère, accourue à son secours, ce que la police faisait chez eux. Il restait affalé sur son lit, incapable de se lever, pris de tremblements, comme insensible aux hurlements de Deltil. « Lève ton cul, enfoiré, c'est fini, la belle vie. » Histoire de l'impressionner, il avait sorti son flingue : « Et ne fais pas de conneries. »

Il avait fallu que sa mère l'aide à s'habiller. Il tremblait tellement qu'il n'arrivait pas à enfiler son jean. Il se recroquevillait chaque fois que Deltil lui hurlait dessus : « Et magne-toi, on n'a pas que ça à foutre !

– Calme-toi, mon chéri », répétait sa mère, en lui enfilant un pull-over chaud.

Quand ils l'ont poussé dans le bureau de Deltil, obligé à s'asseoir et lui ont retiré les menottes, il avait repris contenance.

Soudain, Guillaume Chambaraud sourit à ceux qui l'entourent. Il sent leur mépris et les nargue, pensent les hommes. Ils n'aiment pas ça. Vraiment pas. Ils se défoulent.

« Oui, mon salaud, on est là ! On t'attendait, fumier ! dit Kassovic.

– Regardez-moi cette enflure, il se fout de notre gueule, s'exclame Dupouy qui adore jouer les gros bras. Tu ne vas pas sourire longtemps. »

Marçais n'est pas en reste :

« Ça ne tiendrait qu'à moi, je lui foutrais une bastos dans sa tête de salope et bon débarras !

– Philippe, ne te fais pas plus con que tu n'es, on n'aurait pas le temps d'en profiter !

– C'est vrai que je suis vraiment con.

– Et tu sais à quoi on reconnaît les cons… ? »

Ils plaisantent, histoire de relâcher la tension qui les tient depuis le début de la matinée. Ils sentent que l'affaire est sur le point de se clore, et sont à cran.

Le regard suppliant et révolté de Guillaume Chambaraud ne les lâche pas.

« Vous vous trompez complètement. Je n'ai rien fait. »

69

« Bon, fini de jouer », dit Ponchartrain à ses hommes. Puis, à Chambaraud : « Je reviens vite, mon garçon. Patience.

– Continue de sourire, ça ne durera pas », renchérit Deltil.

Ils lui repassent les menottes et le laissent sous la surveillance d'un agent en tenue.

Ponchartrain rassemble l'équipe dans son bureau.

Elle veut les mettre en garde. Ils vont jouer gros et n'ont pas un si bon jeu.

C'est un malin, on ne va pas trouver d'élément convaincant, j'en suis sûre. » Les hommes hochent la tête, ils partagent son avis. « Bref, concrètement, nous n'avons rien de nouveau, rappelle-t-elle. Le moment est venu de lui mettre la pression, il nous faut des aveux, sinon c'est fichu. Bugeaud, planqué comme il est, ne nous suivra pas. »

Tous en sont conscients. Ils ont des présomptions et un faisceau de coïncidences très troublantes : un timing parfait dans l'enchaînement des assassinats, le lien entre Chambaraud et Nageotte, son passage à Ensisheim quand Thomas s'y trouvait, et bien sûr ses désordres psychologiques et ses agressions sexuelles... Mais qui ne constitueront pas des preuves devant un tribunal.

Pourtant, Ponchartrain les a convaincus qu'il est coupable de tout : les meurtres forcenés de plusieurs femmes, ceux des personnes liées à la condamnation de Thomas, sa mère, le journaliste, la gardienne de prison, et peut-être même l'assassinat de Nicolas Thomas, en dépit des aveux de Desplace.

Ponchartrain a reçu l'acte d'inculpation du frère d'Églantine Desplace. Elle fait la moue. « Un coupable se présente sur un plateau, ils n'ont qu'à le cueillir et basta. Au suivant ! Ah çà, ils ne se sont pas longtemps creusé la tête, à Troyes ! »

Elle est catégorique : « Ce pauvre type a revendiqué un crime qu'il n'a pas commis. Encore un paumé qui veut son heure de gloire. »

Puis elle se fâche : « Mais quand est-ce qu'on se décidera à retirer les enquêtes de police à ces nullards de gendarmes ? Qu'on les remette à leur vraie place, sur les départementales, à faire souffler les bouseux dans l'Alcotest ! »

Ils s'esclaffent, en rajoutent : « Ah çà, comme branleurs... » L'atmosphère s'est un peu détendue.

À l'écart, témoin muet, Rachel prend soudain conscience de la confiance aveugle que ces hommes ont en leur patronne.

Tout à l'heure, elle les a suivis jusqu'au bureau de Deltil, a glissé un œil. Est-ce cela, ce jeune homme insignifiant, un monstre ? L'espace d'un éclair, ses yeux se sont posés sur elle. Elle y a lu une imploration muette, comme s'il cherchait son soutien. Elle a cru voir bouger ses lèvres, comme s'il murmurait quelque chose à son intention. Est-ce lui, l'auteur de ce message ?

Ce message, il est dans son sac, il ne la quitte pas. Rachel doit absolument en parler à Sophie Ponchartrain. Mais quelque chose la retient, elle ne sait quoi. « Ce n'est pas le moment. Plus tard », se promet-elle.

Ponchartrain parle toujours : « Donc, priorité sur ses relations avec Thomas. On fouille dans les moindres détails son emploi du temps. On reprend les interrogatoires dans ce sens : sa mère, ses potes, s'il en a, les bars, les boîtes dans lesquelles il est passé, la copine qui l'a quitté quand elle a appris qu'il était exhibitionniste, le patron qui l'a viré, ses collègues. Tout le monde !

Messieurs, nous avons quarante-huit heures pour le faire craquer, c'est court. Alors on le travaille comme on sait le faire et on ne lui laisse aucun répit. On brode, on invente des preuves, on prêche le faux pour savoir le vrai, vous connaissez la musique, vous avez carte blanche. Mais je veux, JE VEUX, que cet assassin se ramasse. Je VEUX qu'il craque. Compris ? »

Un « oui » unanime s'échappe de leurs poitrines.

Pour elle, toute cette affaire repose précisément sur le fait que Chambaraud a tué Nicolas Thomas, son mentor. « Voilà comment je vois les choses : on est en présence d'un cas de réplique, de dédoublement de la personnalité, particulièrement exemplaire. Il s'est complètement identifié et mis dans la peau de Thomas. Il vit en lui. Il a commis ces crimes en son nom. Comme un hommage au criminel qui le fascinait depuis leur rencontre à Ensisheim. »

Elle plaisante : « Notre Chambaraud sera un cas d'école parfait pour nos amis psychiatres. »

– Sale race ! lance Marçais.

– Allons, le Petit, un peu de respect pour la médecine », renchérit la patronne, hilare.

Présenté comme ça, ça paraît si simple, songe Rachel. Son admiration pour sa patronne reprend le dessus. Quand elle parle comme ça, la divisionnaire déploie un charisme étonnant, sa force de conviction est si puissante qu'elle emporte tout.

Là, elle est lancée, et ne s'arrête plus : « Chambaraud s'est senti investi d'une sorte de mission qu'il a dû ruminer tout le temps où Thomas était en taule. Il s'est convaincu qu'il devait accomplir sa vengeance à sa place. Vous me direz : pourquoi a-t-il attendu tout ce temps, jusqu'à sa libération, pour passer à l'acte ? Il voulait probablement agir avec son maître. Ils avaient dû s'entendre pour qu'il aille le chercher à Clairvaux. Mais il s'est passé quelque chose. Est-ce que Thomas l'a déçu, il ne s'est pas montré à la hauteur de ce que Chambaraud s'était imaginé ? Ou bien il le gênait, il n'avait plus besoin de lui, au fond, le disciple avait dépassé le maître. C'est pour cela qu'il l'a éliminé. Ce n'est qu'une hypothèse, mais j'ai l'intuition qu'elle est juste. »

Elle se rengorge : « Je suis réputée pour avoir un certain flair, je crois. Qu'en dites-vous, messieurs ? »

Pas grand-chose en réalité. Ils saturent et s'en foutent, des motivations de ce malade. Ils veulent surtout qu'ils crachent le morceau, et qu'on en finisse.

Ensuite, ils fêteront ça et pourront enfin passer à autre chose, à une autre ordure.

Et en cet instant, Rachel ressent la même impatience. Qu'ils en finissent avec ce monstre dont Ponchartrain a entrepris d'égrener, une fois de plus, la litanie d'horreurs…

70

L'optimisme de la divisionnaire est communicatif.

Au moment où elle les voit se diriger à pas résolus vers la petite salle d'interrogatoire, Rachel ne craint plus qu'ils échouent.

Tout est en place pour faire tomber Chambaraud, désormais. Il ne résistera pas longtemps à l'énergie de ces hommes guidés par leur chef.

Restée seule, elle va au bureau de Ponchartrain. Elle veut en avoir le cœur net, comparer le message déposé chez elle avec ceux qu'a reçus sa supérieure. Elle ouvre le tiroir du bas. Il est vide. Les lettres de Thomas n'y sont plus. Elle fouille les autres tiroirs, le reste du bureau, partout. Rien. Où sont-elles passées ?

Ponchartrain s'en est-elle débarrassée ?

Elle regarde dans la poubelle. Le dossier de Laforgue n'a pas bougé. Elle s'en saisit et court le cacher dans son bureau.

Ensuite, Rachel se dirige vers la salle d'interrogatoire. Les hommes sont massés dans le couloir devant la porte. Elle se faufile entre eux. Cachée derrière l'épaule de Kassovic, elle a une vue directe sur leur patronne et son suspect. Elle ne veut pas croiser le regard de Chambaraud, ne veut pas qu'il la voie. Il l'aperçoit malgré tout, l'espace d'un instant son regard se fait implorant, comme s'il lui adressait un message muet.

Ponchartrain est debout, penchée sur lui. Elle parle d'une voix assurée.

« Écoute-moi bien, jeune homme : moi, commissaire divisionnaire en charge de cette enquête, je vais continuer à te tutoyer parce que je sais que tu es une saloperie d'assassin.

– Alors, je ne vous répondrai pas... »

Ponchartrain entame un long monologue. Elle énumère tous les crimes dont elle l'accuse, lui expose ses certitudes.

Ils ont des témoignages, ment-elle. Il avait été repéré dès son arrivée à Ensisheim, pour son stage, ils ont à l'œil les jeunes désaxés, là-bas. Elle invoque des courriers qui auraient été retrouvés, des dépositions des gardiens de Clairvaux et d'Ensisheim, une caméra de surveillance qui l'a filmé à l'entrée de l'immeuble de Perrine Asselin, des écrits trouvés chez Nageotte qui l'accuseraient, jusqu'aux confidences que Danty a faites à son compagnon... Preuves virtuelles, résultats d'enquête inventés, tout y passe pour lui faire croire qu'ils disposent d'éléments tangibles.

Les gars écoutent attentivement. Ce sont autant de sillons qu'ils devront creuser pour le faire craquer quand, après elle, ils se succéderont. Tout le temps que la divisionnaire assène ses coups, Chambaraud ne bronche pas, ne réagit pas aux provocations, immobile et silencieux, comme si tout cela ne le concernait pas. Parfois, il lève les yeux, dodeline de la tête, hausse les épaules.

Puis d'un coup, il déclare :

« Je suis innocent, madame. Vous perdez votre temps avec moi. Tout ce que vous dites, c'est des inventions. »

Il y a du défi dans ses mots. Ponchartrain le dévisage, se lève, va à la porte.

« Laissez-moi seule avec lui », ordonne-t-elle.

Deltil referme la porte. À contrecœur, les uns après les autres s'éloignent.

Elle ressort de la pièce une heure plus tard, les rejoint. Elle pince les lèvres, cachant mal son irritation.

« Décidément, il est coriace, ce fumier. Il n'a pas lâché un mot tout le temps que j'ai passé avec lui. » Elle se tait. Se reprend : « On finira par l'avoir. À vous de jouer. »

71

9 mai 1990

Mercredi midi.

Chambaraud résiste depuis vingt-cinq heures. Ils ne l'ont laissé dormir qu'une heure à peine, avant de remonter à l'assaut. Il a refusé de s'alimenter, il ne fait que répéter « je n'ai rien fait », « vous vous trompez », « je suis innocent ».

Tour à tour, ils prennent le relais, la valse habituelle, les gentils et les méchants, ceux qui le vouvoieront et ceux qui le tutoieront, usant de tous les stratagèmes possibles, en vain.

Rachel leur apporte café sur café. Elle a refusé de partir quand Ponchartrain lui a conseillé de rentrer pour s'occuper de son fils.

« Il est chez son père. Laissez-moi rester, s'il vous plaît.

– Comme vous voudrez, Rachel.

– Merci, madame.

– Cette affaire vous tient vraiment à cœur...

– Nous avons tous envie qu'il avoue, madame. »

Elle a aimé le sourire complice que lui a adressé sa patronne.

La jeune assistante rousse se reproche de s'être assoupie quelques heures dans son bureau.

72

Ponchartrain ne cesse d'encourager ses hommes, et cela continue, les menaces, les cris, les injures, les insinuations, les provocations...

« Tu es monté en grade depuis l'époque où tu sortais ta bite dans les squares, hein ?

– Je n'ai jamais fait ça ! s'insurge Chambaraud. Et même si c'était moi, ce qui reste à prouver, ça ne fait pas de moi un assassin.

– Ça démontre que t'as un grain ! a asséné Marçais.

– Je ne suis pas un malade.

– Tu trouves ? »

Il baisse la tête, confus, ployant sous la honte.

« C'est pas bien de faire peur aux petites filles, mon gars. Ta maman chérie ne va pas être contente... »

Marçais l'abandonne à ses larmes et sort avec le sentiment d'avoir marqué un point.

Deltil la joue amical, compatissant, presque paternel.

« Tout ça, commence-t-il, c'est arrivé à cause de Thomas. Il t'a piégé, alors que tu n'étais qu'un gamin influençable, un peu fragile. On a retrouvé ça, mon garçon. Le journal de Thomas quand il était en taule. »

Deltil feuillette un gros carnet, fait mine de chercher, se met à lire : « Ah, voilà : *Quand je sortirai d'ici, Guillaume m'attendra. Ce garçon m'est totalement dévoué et il sera l'instrument de ma vengeance. Il m'aidera à accomplir ma tâche, et je l'aiderai à assouvir ses besoins de pauvre minable. Ensemble, nous serons invulnérables.* » Deltil lui montre le journal ouvert, tapote du doigt le texte tracé d'une petite écriture fine, le referme aussitôt. « C'est pour ça que tu l'as tué ? Tu as compris qu'il te méprisait et ne cherchait qu'à se servir de toi ? Pour moi, toi aussi, tu es sa victime, Guillaume, tu comprends ? Les juges en tiendront compte, crois-moi. »

Chambaraud a le visage fermé. « Je ne connais pas ce Nicolas Thomas. Ce Guillaume dont il parle, ça peut être n'importe qui, ce n'est pas moi. Et je ne veux pas qu'on me tutoie.

– Allons, mon garçon, tu as l'âge d'être mon fils... De ce qu'on sait, tu as croisé Thomas à Ensisheim en 1982 quand tu as fait ton stage de comptabilité. Vous êtes même devenus amis. On a trouvé des lettres..., avance-t-il prudemment.

– C'est un mensonge. On n'avait pas le droit d'approcher les détenus.

– Ce n'est pas ce qu'on nous a dit...

– On vous a dit des mensonges. »

Pour chaque crime, il n'a qu'un seul et même alibi : « J'étais à la maison, ma mère vous le dira. » Pas d'amis, pas de sorties, plus de copine, le profil parfait du déséquilibré asocial, mais malgré l'acharnement des hommes, il reste buté. Il ne s'est pas troublé quand ils lui ont parlé de ses liens avec Nageotte. Ils ont cherché à savoir comment ils se sont connus. Là encore il ne s'est pas dérobé :

« Je connais Bernard depuis un peu plus d'un an. Nous nous sommes rencontrés par hasard dans un café, à côté de mon bureau, à Pereire, à l'époque où je travaillais encore.

– Je comprends. Tu savais qu'il était homosexuel ?

– Non. C'était un ami.

– Il a dû te causer de Thomas, il en parlait à tout le monde. »

Le jeune homme hésite, semble peser le pour et le contre.

« À une ou deux reprises, reconnaît-il. C'était l'affaire de sa vie. Il était passionnant quand il en parlait, d'ailleurs.

– Et tu lui as dit que tu l'avais croisé à Ensisheim ?

– Non, pourquoi je l'aurais fait ? Je vous ai dit que je ne le connaissais pas.

– Nageotte, tu as couché avec lui ? » enchaîne calmement Deltil.

Chambaraud s'énerve, hurle presque : « Je ne suis pas pédé, moi. C'est quoi cette histoire ? Nageotte était un ami, point final. »

Il lâche : « Il me prêtait sa voiture de temps en temps, pas grand-chose de plus.

– Pour aller où ?

– J'aime bien conduire. Et je vais me promener.

– À Montargis, par exemple ?

– Montargis, j'y suis jamais allé, qu'est-ce que je serais allé faire là-bas ?

– Rendre visite à ton ami Nageotte... Ou ton amant...

– Quoi, mon amant ? Jamais de la vie ! Je vous interdis !

– Vous aviez une relation, comment dire... spéciale ?

– Je ne comprends pas.

– Voilà ce que je pense : oublions les histoires de coucheries pour le moment. Nageotte savait que tu étais en relation avec Thomas.

– C'est faux », s'insurge Chambaraud.

Deltil poursuit calmement :

« Il s'est rapproché de toi pour obtenir des informations à son sujet. Tu sais à quel point il était obsédé par Thomas. C'est pour ça que tu l'as éliminé, parce qu'il avait tout compris. Je me trompe ?

– Vous imaginez n'importe quoi. C'était juste un ami. Il me prêtait sa voiture...

– Pour aller à Clairvaux et attendre Nicolas Thomas ?

– Je vous répète que je n'ai jamais vu Nicolas Thomas.

– À Ensisheim, non plus ? Tu étais tout jeunot, tu avais dix-sept ans.

– Qu'est-ce que vous racontez ?

– Que tu as rencontré Nicolas Thomas à Ensisheim pendant ton stage d'été. »

Chambaraud devient soudain livide. Puis il s'effondre : « Oui, c'est vrai. Mais nous n'avons fait que discuter. Une ou deux fois. C'est tout.

– C'est tout...

– Il m'a aussi écrit, c'est vrai, mais je n'ai jamais répondu.

– Ah, enfin, on progresse, sourit Deltil. Donc, c'est un peu comme avec Nageotte, vous étiez amis.

– Non, absolument pas, je vous le jure.

– Tu es allé le chercher à sa sortie de prison, le 22 mars, n'est-ce pas ?

– Ne me tutoyez pas...

– Pardon, vous avez raison... Vous étiez à Clairvaux le 22 mars pour attendre votre ami ?

– Non, je jure que non, le 22 mars, j'étais chez ma mère. Elle le confirmera.

– Écoutez, Guillaume, ce que dit votre mère..., soupire Deltil. Elle picole du matin au soir, votre maman.

– J'étais avec elle. Ne dites pas de mal de ma mère, monsieur.

– Elle aime la bouteille, ce n'est pas dire du mal, mon garçon... C'est la vérité, j'imagine que ce n'est pas drôle tous les jours, pour vous ?

– Fichez-lui la paix, je suis innocent. »

C'est au tour de Bernard Dupouy.

« Je te le laisse, mon vieux, fulmine Deltil. On ne va nulle part. Mais tu ne t'en tireras pas, mon gars, conclut-il à l'adresse de Chambaraud, tu t'entêtes pour rien. Les faits sont contre toi. »

Le jeune homme fond en larmes : « Je suis innocent !

– Tu es surtout un bon comédien ! Mais la comédie a assez duré... »

Dupouy, lui, préfère jouer les méchants. Sans préambule, il attaque. Il étale sur le bureau les photos des jeunes femmes mutilées.

« Regarde ce que tu as fait. Ça te plaît ? »

Chambaraud ne répond pas, s'obstine à ne pas baisser les yeux.

Le Frisé saisit la photo de Pauline Jean-Joseph, la lui colle sous le nez.

« Et celle-là, tu la reconnais ? Pauline ? Tu as pris ton pied quand tu l'as massacrée ? Tu sais qu'elle avait un petit garçon de deux ans ?

– Je vous demande de ne pas me tutoyer, répète obstinément Chambaraud, comme si c'était sa seule défense.

– Je te tutoie si je veux !

– Dans ce cas, je ne répondrai à aucune de vos questions, en attendant quelqu'un de plus respectueux que vous. »

Dupouy a sorti son arme et l'a collée contre sa tempe.

« Et là aussi, tu ne répondras à aucune question, ordure ? »

Chambaraud l'a défié du regard :

« Vous ne me faites pas peur.

– Ah oui ? Je dirais que tu as tenté de me prendre mon flingue. On me croira puisque tu ne seras plus là pour raconter le contraire ! Et ça me fera un bien fou. Des salopes comme toi, personne ne les regrette. Ta pauvre maman, elle restera toute seule à picoler.

– Ne me tutoyez pas ! »

Après de longues minutes sur ce mode, Dupouy, vaincu, a fini par laisser sa place aux autres.

73

Avec tous, ce furent les mêmes réponses entêtées : « je suis innocent », « je n'ai rien fait », « vous racontez n'importe quoi ». Des menaces aussi : « je porterai plainte contre vous »... Finalement, Chambaraud avait exigé d'appeler son avocat et s'était définitivement muré dans le silence. Un sentiment d'impuissance et d'échec s'emparait peu à peu de l'équipe.

« Ce mec, c'est une vraie savonnette », conclut Kassovic. Il s'est pourtant démené pour se le mettre dans la poche. Kasso fait toujours le gentil dans les interrogatoires, celui qui apporte une bouteille d'eau, propose un café, partage une clope, parle d'autre chose, de bagnoles, de foot, de gonzesses, car « dans ces trois registres-là, je suis un cador, affirme-t-il. Il faut exploiter ses points forts... ». Puis insensiblement, il revient à l'affaire. Il inspire confiance, et il a souvent fait craquer des gars tenaces. Avec Chambaraud, il n'est parvenu à rien, le gars refuse de parler de quoi que ce soit, rien ne semble pouvoir le faire réagir.

Bien Visé a fini par baisser les bras et a cédé la place aux « méchants ». Dehors, il fait grand jour.

« Ce fumier, il nous prend vraiment pour des cons », conclut-il en rejoignant les hommes dans le bureau de la patronne. À l'exception de Deltil, une fesse posée sur le bord d'une table, ils sont debout, malgré la fatigue. Ils n'ont pas arrêté, multipliant les interrogatoires de tous les gens qui ont pu connaître Chambaraud de près ou de loin. Sans résultat. « Lui ? s'est étonnée son ex-petite amie. Nous ne sommes pas restés longtemps ensemble. Mais, franchement, je le connais assez pour affirmer que Guillaume ne ferait pas de mal à une mouche. D'accord, il était un peu bizarre, avec une sensibilité à fleur de peau. Il ne me touchait pas beaucoup, pour ne pas dire jamais... Il y a eu cette histoire d'exhibitionnisme et j'ai préféré m'éloigner de lui. De là à tuer ces femmes, je n'y crois pas. »

Sa mère a été la plus combative, défendant son fils bec et ongles. « C'est du harcèlement ! Quand il sortira d'ici, je vous traînerais tous devant les tribunaux, tous autant que vous êtes ! »

Bref, personne n'a jamais rien remarqué d'anormal, personne ne croit qu'il puisse être un meurtrier.

Les heures défilent, et ils commencent à craindre un nouvel échec. Sans aveux, ils seront vaincus. Ils attendent que leur patronne prenne la parole.

« Il est moins crevé que nous, se lamente Marçais. Putain, comment il fait pour ne rien lâcher ? »

Sophie Ponchartrain s'est passé la main sur le menton.

Elle les a regardés l'un après l'autre.

« Vous avez bien travaillé, messieurs. Il est à point, comme on dit... Je vais y retourner. Vous me laissez seule avec lui, maintenant. Et pendant ce temps, vous allez manger un morceau et vous dégourdir les jambes, vous en avez bien besoin.

– Bonne idée, patronne, une pause ne sera pas du luxe, répond Deltil avant de se tourner vers les autres. On va bouffer un truc, vite fait ? »

Tous acquiescent avec enthousiasme. Bizarrement, alors que depuis plus de vingt-quatre heures ils se fracassent contre un mur, ils ont confiance. La patronne va réussir.

« Rachel, tu nous accompagnes ? lance Kassovic.

– Vous avez besoin de moi, madame ?

– Je préférerais que vous restiez avec moi, Rachel, si ça ne vous ennuie pas. »

Rachel est épuisée, elle aurait bien suivi les gars, pour une fois, mais elle se ressaisit. Elle est flattée, réprime ce petit sourire de contentement qui naît sur ses lèvres. Sophie Ponchartrain a besoin d'elle, elle ne peut rien lui refuser.

« Bien sûr que non, madame. Tout ce que vous voudrez. »

Kassovic lève les yeux au ciel.

« Merci, Rachel... Et vous, dit-elle, souriante, à l'adresse des hommes, vous ne picolez pas trop, hein ? Je risque d'avoir encore besoin de vous. »

Pour la première fois depuis le début des interrogatoires, ils rient de bon cœur.

74

Les deux femmes sont restées seules.

« Asseyez-vous, Rachel. J'ai à vous parler. »

Silencieuse, l'assistante trouve une place sur l'accoudoir du canapé, encombré de dossiers.

« Je vais être directe : on est dans de sales draps, Rachel.

– Oui, à ce que je comprends, il est coriace, madame. Il joue la montre, j'ai l'impression.

– Une bonne impression, comme toujours, Rachel. C'est exactement ça : Chambaraud compte les heures, les minutes, les secondes… jusqu'à la fin légale de la garde à vue. »

Jamais Rachel n'a vu Sophie Ponchartrain ainsi. Elle semble défaite, le regard résigné. Elle ne peut pas baisser les bras ! proteste une voix en elle. Pas elle !

« Il vous reste encore du temps, madame, vous allez le coincer. Vous êtes venue à bout de cas tout aussi difficiles.

– Je ne sais plus, Rachel. J'ai l'impression que celui-là, il va tenir jusqu'au bout, et qu'il faudra que je le laisse sortir. Tant d'efforts pour rien… Sans ses aveux, le juge ne l'inculpera pas.

– Vous le pensez vraiment, madame ? Ce serait horrible…

– Et en plus le juge nous retirera l'affaire.

– Ce serait vraiment injuste, madame ! s'insurge Rachel. Un incapable comme lui ! Vous ne vous laisserez pas faire ?

– C'est lui qui commande, Rachel, et je crois qu'on ne me suivra plus en haut lieu. »

Ponchartrain s'interrompt, songeuse, laisse passer un silence avant de reprendre :

« Dites-moi une chose, ma chère enfant...

– Oui, madame ?

– À votre avis, Chambaraud est bien le coupable de tous ces meurtres monstrueux ?

– Oui, madame.

– Vous ne dites pas ça pour me faire plaisir ? Parce que nous sommes au fond du trou ?

– Pas du tout, madame. Vous l'avez bien prouvé, c'est lui l'assassin. Je sais que vous ne vous trompez pas. Vous ne vous trompez jamais. »

Ponchartrain ferme les yeux, comme si elle hésitait à poursuivre. Puis les rouvre, les plante dans ceux de son assistante.

« Dans ce cas, Rachel, vous pouvez m'aider.

– Moi ?

– Vous, oui.

– Mais comment ?

– Chambaraud ne va pas lâcher, je vous avoue que j'en ai la certitude, maintenant, murmure Ponchartrain, l'air sombre. Il a compris que nous n'avons que des présomptions contre lui. De solides présomptions, certes, mais il est malin, et vicieux. Il sait qu'elles ne convaincront pas le juge. Il va gagner du temps, et après, il s'en sortira. Et il recommencera. C'est horrible.

– Mais qu'est-ce que je peux faire, madame ? Dites-moi, je ferai tout ce qu'il faudra, si vous croyez que je peux être utile.

– Écoutez-moi. Chambaraud nous connaît bien, maintenant, il a eu affaire à toute l'équipe. Il nous a cernés. Et moi, il me déteste, il en fait une affaire personnelle, je le sens. Mais vous, j'ai bien vu comment il vous regardait. Il vous voit autrement. Vous êtes nouvelle, dans cette histoire, vous pouvez établir le contact avec ce monstre. Je le sens : il a confiance en vous. »

Rachel tressaille. Ponchartrain est-elle au courant, pour la lettre ? Est-ce qu'elle lui en veut ?

« Je ne comprends pas ce que vous voulez dire, madame, dit-elle d'une voix inquiète.

– À vous il parlera, mademoiselle Bachelard.

– À moi ? Mais pourquoi ? Ne m'obligez pas à parler à ce monstre, s'il vous plaît. J'en suis incapable ! » Rachel est gagnée par la panique.

« Calmez-vous, ma fille. Vous n'avez rien à craindre. Vous êtes la seule qui ait une chance d'y parvenir. Il va s'en tirer, Rachel, vous comprenez ? Ce n'est pas ce que vous voulez, n'est-ce pas ?

– S'il vous plaît...

– Vous êtes ma dernière carte.

– Je n'y arriverai pas, madame, supplie-t-elle.

– Ne vous sous-estimez pas, Rachel. Je vous connais, et je sais juger les gens. Vous réussirez. »

Ponchartrain lui montre une chemise grise.

« À l'intérieur, il y a ses aveux, sur quatre pages. Je les ai tapés moi-même, j'ai tout reconstitué avec ce qu'on sait, il y a juste à lui faire signer. Une signature, c'est tout ce dont j'ai besoin. Pouvez-vous faire ça pour moi, Rachel ?

– Mais comment je vais m'y prendre, madame ?

– Je vais vous expliquer. On ne peut plus s'embarrasser de délicatesses, au point où nous en sommes, ma chère enfant. Il faut le mettre en confiance, jusqu'à ce qu'il signe, sans réfléchir. Je connais ces meurtriers, Rachel. Il faut qu'ils aient l'impression qu'on les comprend. Entrez dans son jeu, faites-vous complice, soyez sa confidente. Il a forcément envie de parler, à présent, cela fait trop longtemps qu'il se tait et endure tout ça. Il est sur le point de craquer, je l'ai vu. Laissez-le se confier, vous avez juste à l'écouter, et à dire oui à tout, Rachel. Et surtout, vous lui dites que vous, vous le croyez, que vous allez parler à son avocat, que vos collègues se trompent, que vous allez noter tout ce qu'il vous dit et le transmettre au juge, tout ce que vous voudrez... Je vous le répète : avec vous il se sentira en confiance et, à la fin, il signera les yeux fermés. Et vous, nous deux, on aura gagné. Gagné sur le mal absolu qu'est ce garçon. »

Rachel reste silencieuse. Puis elle prend la chemise, sans l'ouvrir.

« Bien, madame. Si c'est ce que vous souhaitez, je vais essayer. Pour vous... »

Le ton de la divisionnaire est ferme :

« Vous allez réussir. N'oubliez pas que cet homme est un pervers sanguinaire, qu'il a martyrisé des jeunes femmes innocentes. Vous ne me décevrez pas, j'en suis sûre, et je serai tellement fière de vous. Allez-y maintenant. »

Elle tend la chemise grise à Rachel, sourit : « N'oubliez pas ça ».

75

Rachel ouvre la chemise grise, en sort les quatre feuillets et les pousse du bout des doigts sur la table, devant lui. Quatre pages remplies d'une frappe serrée.

Une heure plus tôt, elle a commencé par un demi-mensonge : « Ils sont tous partis déjeuner, alors j'en profite pour venir vous voir. J'ai besoin de comprendre. » Il semble étonné.

« Comprendre quoi ?

– Pourquoi est-ce que vous êtes là. »

Elle a poursuivi : « Guillaume, c'est vous qui avez glissé ce mot sous ma porte, n'est-ce pas ? »

Il a hésité, puis lâché prise.

« Oui, c'est moi. Je vous ai aussi suivie dans le métro et avec votre fils dans la rue. Vous l'aimez beaucoup, votre enfant, hein, Rachel ?

– C'est l'amour de ma vie. J'ai eu très peur en trouvant votre mot, vous savez ? »

Il a paru atterré.

« Je vous demande pardon, je ne voulais pas... Je me sentais tellement perdu, j'avais l'impression que vous étiez la seule personne qui pouvait m'aider. Je ne sais pas comment l'expliquer, mais je l'ai senti la première fois où nous nous sommes croisés. Vous étiez si belle, et si douce... Vous vous en souvenez ? Dans l'escalier du commissariat ? Alors, j'ai voulu vous revoir, savoir qui vous étiez. Je vous ai suivie un soir, à la sortie du commissariat, jusqu'à chez vous. Vous ne m'avez pas vu mais j'étais le matin dans le métro, presque collé à vous. Et puis un jour, j'ai glissé ce mot sous votre porte. Voilà, j'ai un peu honte...

– Je ne vous en veux pas... Je comprends.

– Merci », bredouille-t-il.

Rachel s'en rend compte : le garçon cherche une alliée, il pense l'avoir aux sentiments. Elle se souvient des mots de Ponchartrain : « Entrez dans son jeu. » Elle glisse gentiment :

« Guillaume. J'ai du mal à croire que vous soyez un meurtrier.

– Vous me croyez, vous, vous savez je ne suis pas un assassin ?

– Oui, moi, je vous crois. »

Une heure durant, elle a écouté Guillaume Chambaraud lui confier ses problèmes avec les femmes, ses problèmes avec un peu tout... Il s'en veut tellement de sa vie gâchée. Il raconte son immense fatigue, son désespoir de connaître un jour une vie normale.

Il a parlé. Elle approuvait d'un signe de tête, le regardait avec compassion, partageait son désarroi, tout en prenant des notes sur un carnet à spirale. Elle attendait le moment.

Maintenant, une fois encore, elle lui assure qu'elle comprend, qu'il n'a rien à redouter d'elle. Elle est de son côté, et tout sera bientôt fini.

« Mais votre chef, elle s'acharne sur moi, elle me hait, je ne sais pas pourquoi. Elle me fait peur, je vois bien qu'elle veut me faire condamner. Quelle femme horrible, je ne comprends pas comment vous pouvez travailler avec elle. »

Rachel hoche la tête, soupire.

« C'est vrai qu'elle peut être effrayante. Elle est dure, et si obstinée ! Parfois, je ne comprends pas ce qu'elle a dans la tête. Mais je ne sais pas pourquoi, elle m'écoute, je suis la seule capable de lui faire changer d'avis, quand il faut.

– Vous êtes une femme formidable. Je l'ai tout de suite compris. Votre fils a de la chance d'avoir une mère comme vous. »

Elle pose sa main sur son bras. Elle le sent, le moment est venu.

« Il y a un moyen, Guillaume, souffle-t-elle à voix basse. Faites-moi confiance et signez ces documents. J'irai voir le juge, et votre cauchemar sera terminé. Ponchartrain ne sera plus qu'un mauvais souvenir.

– Un jour, je me vengerai d'elle, vous savez. »

Rachel le dévisage avec gravité. « Et vous aurez raison, Guillaume. Cette femme doit être sanctionnée pour ce qu'elle vous a fait endurer. Si vous portez plainte contre elle, je vous soutiendrai et vous gagnerez ! Faites-moi confiance. »

Elle a sorti les quatre pages de la chemise grise.

« Je vous suis si reconnaissant, mademoiselle. Où voulez-vous que je signe ?

– Ici, Guillaume. »

De l'index, elle indique le bas de la quatrième page.

Elle dit de sa voix douce : « Il faut juste ajouter : "Persiste et signe". C'est seulement pour la forme. »

Il s'exécute comme un automate, il semble sur le point de fondre en larmes.

« Merci, merci, merci, murmure-t-il.

– Merci à vous, Guillaume, c'est parfait », dit-elle en rangeant les quatre feuillets dans la chemise.

Rachel ne pense plus qu'à quitter cette pièce, à aller annoncer à Sophie Ponchartrain qu'elle a accompli sa mission. Sera-t-elle fière d'elle ? Sans savoir pourquoi, elle ne parvient pas à s'en réjouir.

76

« C'est vraiment fini ? demande-t-il, l'air inquiet. Je vais partir ? »

Rachel se lève précipitamment, prête à l'abandonner, hésite à répondre. À quoi bon mentir encore ?

La porte s'ouvre avec fracas. C'est Ponchartrain.

« Bravo, Rachel ! J'étais à côté, j'ai tout entendu.

– Merci, madame, parvient-elle tout juste à articuler face à sa chef, qui serre les poings, visage écarlate, triomphant.

– Vous avez magnifiquement manœuvré ! Bravo, bravo, bravo ! Je suis fière de vous ! »

Ponchartrain lui prend la chemise des mains, l'embrasse sur les deux joues. Rachel sent les larmes lui monter aux yeux.

« Je l'ai fait pour vous.

– Vous pouvez partir, maintenant, allez vous reposez. Vous l'avez bien mérité. »

La divisionnaire fixe Chambaraud avec mépris, tandis qu'elle lui repasse les menottes :

« Et voilà, c'est fini pour toi, Chambaraud.

– Rachel, que se passe-t-il ? demande-t-il avec angoisse.

– Je vais te dire ce qui se passe, ordure, continue la divisionnaire. Tu t'es fait avoir comme un gosse, oui, c'est bien le mot, comme un gosse.

Elle désigne Rachel : « Tu es tombé dans le panneau, comme un bleu !

– Je ne comprends pas », murmure-t-il, l'air perdu.

Ponchartrain lui agite la chemise sous le nez.

« Tu as déjà oublié ? Tu as tout avoué et tu as signé.

– Quoi ? » hurle-t-il.

Elle exulte :

« Tout est là. Elle t'a eu, mon garçon ! On t'a eu ! Rachel, ma fille, encore une fois, je suis fière de vous. »

Il veut se lever, lui arracher les feuillets, mais les menottes l'en empêchent. « Donnez-moi ça ! Qu'est-ce qui est écrit ? Je veux les lire !

– C'est un peu tard, ironise Ponchartrain. Tu as signé, et sans la moindre contrainte !

– Qu'avez-vous fait ? » Il sanglote en fixant Rachel, terrifié.

Ponchartrain répond à la place de son assistante : « Elle a fait ce que je lui ai demandé de faire. Rien d'autre que son travail. »

Elle le toise.

« C'est une telle satisfaction, de voir un fumier comme toi partir moisir en taule. Tu n'en sortiras pas de sitôt. Tu vas en baver, crois-moi. »

Il murmure avec égarement : « Mais je n'ai rien fait...

– C'est trop tard. C'est fini », répond-elle d'un ton sec, avant de quitter la pièce et de l'abandonner, seul, vaincu et en pleurs.

Du rez-de-chaussée montent les éclats de voix des hommes qui reviennent de déjeuner. Sophie Ponchartrain les attend sur le palier du troisième. Dès qu'ils apparaissent, Deltil en tête de bande, ils comprennent. Elle brandit les quatre feuillets :

« Je l'ai eu », dit-elle simplement.

Elle sourit. « On a gagné, messieurs ! »

C'est un cri de victoire qui sort de leur poitrine. Ils se congratulent, libèrent la tension accumulée depuis des heures, des jours, des semaines. Elle répète d'une voix posée : « Je l'ai eu. Ce fumier, je l'ai eu. »

77

Rachel a fui la liesse qui montait dans la brigade. Elle a ressenti le besoin de se retrouver seule. Elle a marché jusqu'à Notre-Dame, s'est mêlée aux touristes, a continué jusqu'à la pointe de l'île de la Cité. Elle s'est assise sur un banc et a regardé passer les Bateaux-Mouches, s'est dit qu'elle serait sur les photos des touristes.

Lorsqu'elle revient au 36, en milieu d'après-midi, c'est un désordre de bouteilles de champagne, de canettes de bière, de restes de charcuterie qu'elle découvre dans le bureau enfumé des hommes.

Dans l'agitation, le bruit et les rires, ils fêtent la conclusion de l'affaire.

Un peu ivres, pieds sur les bureaux, ils parlent de tout et de rien, retracent pour la énième fois ces dernières semaines d'enquête, commentent la confession du tueur, ne réalisent toujours pas complètement que leur divisionnaire ait obtenu *in extremis* des aveux complets. Rachel sent leur soulagement et leur satisfaction, voudrait partager leur joie, mais une boule est bloquée dans sa gorge, au point qu'elle a du mal à respirer.

Kassovic l'accueille en lui tendant un verre en plastique :

« Tu trinques avec nous, ma belle ? Tu étais passée où ? Tu as l'air toute tristounette, ça va pas ?

– Elle est où, Ponchartrain ? s'enquiert-elle.

– Partie faire un tour, dit Deltil. Je crois qu'elle avait besoin de souffler un peu… On va le déférer tout à l'heure, tu sais ? Prends une goutte de champagne, c'est Ponchartrain qui régale !

– Non, merci. »

Deltil tend à la jeune femme une liasse de papiers : « C'est la photocopie de ses aveux. Tu veux lire ? »

Ces quatre pages, elle les connaît bien, mais elle ne sait même pas ce qu'il y a exactement dedans, réalise-t-elle soudain. S'ils savaient comment les choses se sont réellement passées, se dit-elle.

Elle attrape la photocopie. Quand elle s'assoit et croise les jambes, sa jupe se relève un peu, laissant apparaître le début de sa cuisse. Elle entend Lassus glisser à Kasso : « Fonce, c'est ton jour, Casanova ! »

Les rires retentissent, les conversations reprennent, tandis qu'elle se plonge dans la lecture. Quatre pages glaçantes où Chambaraud raconte tout, dans le détail, et le plaisir qu'il avait à martyriser ses victimes. « J'aimais les voir s'éteindre à petit feu, lentement, je profitais de tous les instants. » Il avoue avoir goûté leur sang. « J'ai voulu connaître la jouissance que mon Maître éprouvait. Maintenant que je sais, je ne regrette rien. »

Voilà, ce qu'elle lui a fait signer, ces aveux effrayants. Rédigés par Ponchartrain.

Rachel relève la tête vers Deltil.

« Et les autres crimes ? demande-t-elle. Les vengeances de Thomas ?

– Pour l'instant, la patronne nous a dit qu'il les nie, il ne parle que des filles dans ses aveux. On verra dans un deuxième temps, a dit Pompon. Chaque chose en son temps, mais nous avons le plus important, lui répond Deltil. Les assassinats des trois gonzesses. Putain, il va prendre cher aux assises. »

Elle rend les feuillets à Deltil.

« Qu'est-ce que tu en penses ?

– C'est affreux...

– Sans la patronne, c'était foutu. Moi, je dis : champion ! »

Il prend les autres à témoin, il rigole :

« Bosser avec elle, ce n'est pas une sinécure. Elle est casse-couilles, hein, les mecs ?

– Casse-pompons ! beugle Dupouy.

– Mais c'est un crack. Champagne pour la championne ! » s'écrie Deltil.

Il remplit les gobelets avec ce qui reste de champagne.

« À Ponchartrain !

– Et à nous !

– Les meilleurs flics du monde ! lance Kassovic. Allez, Rachel, fais-nous plaisir, un sourire ! »

De guerre lasse, elle accepte le verre que lui tend Bien Visé.

« C'est le mien, comme ça tu liras dans mes pensées ! » susurre-t-il en adressant un clin d'œil aux copains.

Rachel y trempe ses lèvres, puis le vide d'un trait.

« Elle est des nô-ô-ôtres ! » entonnent-ils.

Enfin, elle sourit.

Maintenant, elle préfère s'éloigner de la pièce qui empeste le tabac, de la satisfaction bruyante des gars. À nouveau, elle a envie d'être seule.

« Tu ne restes pas avec nous ? » lance Kasso derrière elle.

Elle est déjà dans le couloir quand surgit la divisionnaire. Elle la croise sans un regard, sans un salut. Et voilà, je n'existe plus, réalise Rachel. Elle a l'habitude. Elle est juste l'assistante...

Sophie Ponchartrain est impeccablement coiffée, son costume gris et sa chemise blanche en ordre parfait.

Ils lèvent tous leurs verres à son entrée. Elle rayonne.

« Messieurs, le juge attend Chambaraud. Deltil, tu m'accompagnes. Cette fois, ça n'aura pas traîné, messieurs ! Bravo à tous.

– Bravo surtout à vous, patronne, reprend Deltil.

– Quand même, vous nous raconterez comment vous avez fait pour baiser ce fumier, hein ? se risque Dupouy. Ça faisait des heures qu'on s'acharnait sur lui et vous, vous l'avez eu. »

Elle sourit à pleines dents : « Justement, vous me l'aviez bien préparé. Il était mûr et j'ai seulement secoué pour que ça tombe », dit-elle modestement.

Elle ajoute : « J'ai de la chance d'avoir une telle équipe, messieurs, vous avez été formidables. »

Jamais leur chef ne les a félicités avec autant de chaleur, jamais non plus ils n'ont vu un sourire aussi éclatant sur son visage.

78

« Je peux vous parler, monsieur ? »

L'œil humide de Guillaume Chambaraud fixe Deltil. Intensément.

Le principal découvre un homme défait, au regard suppliant. Un homme vaincu, tête baissée.

Il n'est plus celui qui leur avait tenu tête avec arrogance.

Les menottes qui le maintiennent à la table de fer rivée au sol l'empêchent de se lever. Ses poignets sont coupés jusqu'au sang, témoins de ses tentatives pour se dégager et de sa colère tandis qu'il était seul. Deltil espère qu'il les a entendus fêter leur victoire. À lui seul, il a bu quasiment une bouteille de champagne et, franchement, il n'a pas envie d'écouter cette ordure. Plus vite il sera sous les verrous, mieux cela vaudra.

« Économise ta salive, tu vas en avoir besoin face au juge, rétorque Deltil avec mépris.

– Écoutez-moi, s'il vous plaît.

– J'ai pas de temps à perdre, pour nous, c'est affaire classée. On en a soupé, de tes salades. Si tu as des choses à dire, ce sera au juge, pas à moi. »

Deltil s'approche, se penche pour le détacher.

« Lève-toi et suis-moi, connard. Mais d'abord donne tes mains. Dans le dos ! »

Chambaraud ne proteste pas quand Deltil lui repasse les menottes.

« Je suis innocent, vous savez, murmure-t-il, suppliant presque.

– Ça suffit comme ça, mon gars. Ça ne m'intéresse plus… Allez, en route ! »

La divisionnaire attend dans le couloir.

« Passe devant, Chambaraud, que tout le monde puisse t'admirer », dit-t-elle.

Chambaraud s'arrête devant elle. Il est hagard, l'air à moitié fou d'angoisse. Soudain, son visage devient écarlate, sa colère enfouie éclate :

« C'est un coup monté ! hurle-t-il au visage de Ponchartrain. Je le dirai au juge, c'est vous qui avez manigancé tout ça ! »

Il veut se jeter sur Ponchartrain, mais Deltil le retient. D'une poigne ferme, il l'oblige à reculer. Ponchartrain ne bronche pas sous l'attaque, agite sous ses yeux sa déposition :

« Et ta signature, c'est un coup monté ? Allez, avance, tu raconteras tout ça au juge. »

Ponchartrain fait signe à Deltil et Dupouy. Solidement encadré, le jeune homme se résigne et se laisse conduire dans les couloirs tortueux du 36, tête baissée, visage sombre, fuyant les regards hostiles et curieux qui suivent son passage.

Le juge Bugeaud accueille la divisionnaire d'un vibrant « Félicitations, commissaire ! ». Elle incline la tête.

Elle cache sa satisfaction : à voir Bugeaud dévisager Chambaraud avec sa raideur coutumière, elle réalise qu'elle a vraiment gagné.

« Guillaume Chambaraud, commence Bugeaud, vous êtes né à Lunéville le 22 février 1965. Vous êtes le fils de Françoise Malet, épouse Chambaraud. Votre père, Gérard, est décédé le 13 octobre 1972. Vous êtes actuellement sans emploi et vous résidez au numéro 5 de la rue Dreyfus à Saint-Ouen. Vous avez été interpellé au domicile de votre mère, 26, avenue Lyautey à Montrouge, le 8 mai, à huit heures, et placé en garde à vue. »

Il s'interrompt : « Tout cela est exact ?

– Je suis innocent ! Je…

– Est-ce exact ?

– Oui, mais je...

– Monsieur Chambaraud, je vous inculpe des assassinats avec préméditation et torture ayant entraîné la mort de Pauline Jean-Joseph, Perrine Asselin et Fabienne Berthon. J'ordonne – notez bien, madame la greffière – votre incarcération immédiate à la maison d'arrêt de la Santé à Paris, 14e. À dater de ce jour, vous avez droit à un avocat, sinon nous vous en désignerons un d'office. »

Après un bref silence, il poursuit : « Avez-vous quelque chose à déclarer pour votre défense ?

– Oui, monsieur le juge. » Sa voix tremble. « Je suis innocent, totalement innocent. Ces aveux m'ont été arrachés sous la contrainte, par la ruse. Je n'ai rien fait. Je n'ai rien à voir avec cette série de crimes dont vous m'accusez. Je veux porter plainte contre la commissaire divisionnaire Ponchartrain et son assistante Rachel Bachelard.

– Allons bon ! s'exclame la divisionnaire.

– Nous verrons cela en temps utile, Chambaraud », dit Bugeaud d'un ton cassant. Ponchartrain agite la tête d'un air résigné à l'adresse du juge, qui de son côté a un haussement d'épaules.

« Madame la divisionnaire, vous pouvez faire conduire ce monsieur à la prison de la Santé. »

Deltil fait se relever Chambaraud et lui repasse les menottes dans le dos.

« Nous nous reverrons très vite, monsieur Chambaraud, déclare le juge.

– Cette femme vous trompe, monsieur le juge », s'exclame-t-il. Il pointe le menton en direction de Ponchartrain, impassible. « Elle m'a piégé, avec la complicité de son assistante. » Il hurle, menace, tandis que Deltil l'entraîne vers la porte : « Je suis innocent ! Vous me le paierez tous !

– Vous ne faites qu'aggraver votre cas, monsieur Chambaraud. »

Il s'adresse à sa greffière : « Notez bien que l'inculpé nous a adressé des menaces, je vous prie. »

Ils disparaissent dans le couloir. Bugeaud se tourne vers Sophie Ponchartrain :

« Comment avez-vous réussi à le faire passer aux aveux ?

– Nous l'avons eu à l'usure, comme souvent, monsieur le juge. Il a longtemps résisté, une vraie bourrique. Et puis il a fini par craquer. Avec ce genre d'assassin, il faut savoir être patient. À un moment, le poids de la culpabilité devient trop lourd à porter. Ils ont besoin de soulager leur conscience. Il est moins costaud qu'il veut le laisser croire. Il pleurait comme un gamin quand il m'a tout raconté.

– Que vient faire votre assistante dans cette histoire ?

– Je l'ignore. Chambaraud l'a à peine croisée dans les bureaux. Mais il a dû la repérer, c'est une très jolie fille, jeune, un peu fragile, exactement le profil de ses victimes. Une chose est sûre, ils n'ont pas été en contact, j'y ai bien veillé. Il faut faire attention, avec ces maniaques.

– Eh bien, je pense que l'affaire est entendue. Incroyable tout de même comme il a pu donner le change, ce pauvre type », conclut Bugeaud. Il semble éprouver le besoin de se justifier, et sa ligne de défense est pitoyable.

Il se retient de la féliciter une nouvelle fois. Il en a assez fait.

Mais il doit reconnaître que cette femme l'a bluffé, avec son intuition. Une fois que Ponchartrain a quitté la pièce, il dit à sa greffière :

« Elle l'avait dans le collimateur depuis le début. Cette femme a une intuition incroyable. Je dois avouer qu'elle m'impressionne.

– Çà, elle est fortiche, la vieille toupie », confirme Geneviève à voix si basse qu'il ne peut l'entendre.

79

Rachel est à son bureau. Sa patronne ne va pas tarder à revenir de chez le juge. Elle va réclamer un café et elle se doit d'être là.

Elle s'est peu à peu laissé gagner par l'exubérance des gars, tandis que les flics des autres services défilaient pour trinquer avec eux – tous les prétextes sont bons. La boule d'angoisse qui lui broyait l'estomac a disparu, dissipée dans l'euphorie générale. Encouragée par Kassovic et les autres, elle a bu plus que de raison, et écouté Lassus se lamenter. Elle tente de le rassurer, mais y croit-elle vraiment ? « Mais non, ta femme ne te quittera pas. Tes gosses ont besoin de toi.

– Parfois, je me demande si je ne suis pas cocu, a-t-il confessé, un peu larmoyant.

– Ne raconte pas n'importe quoi, Philippe ! »

Lassus a toujours eu l'alcool triste... Elle ne lui redit pas ce qu'elle pense de la vie de femme de flic, et que sans doute, un jour ou l'autre, Mme Lassus partira, en effet...

Tous ont bien mérité de se laisser aller pendant quelques heures et d'oublier que dès demain ils vont devoir s'atteler à la paperasse : rassembler, feuille à feuille, tous les éléments qui pourront étayer le dossier. Et reprendre à zéro l'enquête sur les autres crimes, que tous avaient attribués à Nicolas Thomas. Retour au travail de fourmi. Les aveux de Chambaraud l'ont envoyé en taule, mais le juge ne pourra s'en tenir là.

Une dépêche de l'AFP, mentionnant une source judiciaire, annonce l'inculpation de Chambaraud. Rachel présente à sa chef le bout de papier arraché au téléscripteur.

« Ça vient de tomber, madame.

– Eh bien ! Bugeaud n'a pas perdu de temps, commente Ponchartrain à mi-voix. Cet arriviste vantard va essayer de tirer la couverture à lui… Il me connaît mal… »

Rachel a décroché le téléphone :

« C'est un journaliste, madame ! Jean-Charles Marchand du *Figaro.*

– Je ne suis pas là. Je ne suis là pour aucun journaliste, Rachel. J'ai parlé au *Parisien*, ça suffira. Laissons-les raconter ce qu'ils voudront. Ils sont champions pour ça, comme dirait Deltil ! »

Elle se tait un instant.

« Bon, vous me renvoyez tous les gars au dodo, et vous les convoquez pour demain, réunion à neuf heures pétantes. Et maintenant, ma chère Rachel, j'aurais bien besoin d'un café. Un double et sans sucre.

– Un sans sucre ! lance gaiement Rachel en lui apportant la tasse.

– Merci. Quelle journée, hein ?

– Ah çà, oui, madame.

– Vous devez être épuisée. Rentrez chez vous, vous aussi, et reposez-vous. Vous l'avez bien mérité.

– Vous n'avez plus besoin de moi ?

– Non, c'est fini pour aujourd'hui. Approchez-vous, ma fille. »

Sophie Ponchartrain se lève, serre son assistante dans ses bras. Déroutée, Rachel se laisse faire. Elle l'entend lui murmurer à l'oreille : « Merci encore, ma chère Rachel, sans votre implication, je n'y serais pas arrivée. »

Ponchartrain s'écarte, rompt cette marque d'affection inattendue, mais elle lui prend la main et la regarde avec douceur : « Rachel, il ne faudra jamais raconter ce qui s'est passé aujourd'hui. Cela nous détruirait, vous la première. Vous n'aviez pas le droit de faire ça, vous le savez ? Ce sera notre secret.

– Bien sûr, madame. Vous pouvez compter sur moi.

– Je sais, Rachel. Mais il faudra le garder à jamais.

– À jamais.

– Vous me le promettez, Rachel ?

– Sur la tête de mon fils, madame.

– Bien, sur la tête de votre Victor... Disparaissez maintenant ! Et profitez bien de votre petit trésor.

– Ce soir, il est chez son père, madame.

– Pauvre Rachel, il va vous manquer, votre petit... »

Quand Rachel Bachelard sort du 36, la nuit tombe. Elle emporte, glissé dans son sac à main, le dossier d'André Laforgue.

80

10 mai 1990

La veille, au moment où ils sortaient du bureau du juge et s'engageaient dans les couloirs sombres du Palais, un photographe avait surgi.

Ce matin, la photo fait la une du *Parisien*. On y voit Chambaraud, qui tente de cacher son visage en tournant la tête, à côté de Sophie Ponchartrain, l'air fermé et sérieux, avec ce titre : « Le monstre passe aux aveux ». Le juge est absent du cliché, Deltil n'est qu'une silhouette floue et anonyme, à quelques mètres derrière eux deux.

Les trois pages consacrées à l'affaire relatent dans le détail les sordides assassinats des trois pauvres jeunes femmes, et chantent les louanges de la commissaire divisionnaire Sophie Ponchartrain, « enquêtrice discrète et efficace, dont les résultats exceptionnels ne se démentent pas au fil des années ». Dans une brève interview, « exclusive » est-il précisé, elle déclare :

« *Les charges rassemblées contre Guillaume Chambaraud indiquent qu'il est l'unique auteur de cette série d'assassinats. Il a avoué sans exprimer le moindre remords envers ses victimes.* »

Jamais au cours de sa longue carrière, écrit le journaliste, *la divisionnaire n'a été confrontée à un tel profil. De son propre aveu, Guillaume Chambaraud est l'homme le plus effrayant qu'elle ait arrêté.*

Bien informé, le journaliste questionne la commissaire :

« *Selon son avocat, Chambaraud est revenu sur ses aveux et affirme qu'il a été piégé. Pourquoi et cela vous a-t-il surprise ?*

– *Absolument pas,* répond Ponchartrain. *Le revirement de Guillaume Chambaraud n'est pas une surprise. Il est dans la nature de ce type d'individus, déséquilibrés et retors. Les éléments de preuves en notre possession sont irréfutables et malheureusement pour lui, il a avoué et a signé sa déposition. Piégé ? Oui, il a été piégé dans le filet des preuves accumulées. Il devra répondre de ses crimes devant un tribunal. Ses aveux constituent un élément central et confirment les charges réunies contre lui. Il est bien l'auteur de cette série effroyable de crimes. D'ailleurs, nous en sommes qu'au prélude. D'autres charges pourraient bien s'ajouter aux présentes dans un proche avenir, mais je ne peux rien révéler dans l'immédiat.* »

« *Dans cette affaire,* conclut-elle, *nous avons seulement fait notre travail de policiers. Un travail de fourmi, durant de nombreuses semaines, éprouvantes pour moi et mon équipe d'enquêteurs, dont je tiens à louer le professionnalisme et l'abnégation.* »

À aucun moment elle ne mentionne Nicolas Thomas.

L'article a fait le tour du service. « Elle ne nous oublie jamais, notre Pompon ! » s'est félicité Marçais. Le prestige de leur chef rejaillit sur toute l'équipe, et ils n'en finissent pas de rouler des mécaniques dans les étages du 36…

Cette rencontre, c'est Ponchartrain elle-même qui l'a orchestrée, dans l'intimité de son bureau, juste avant de se rendre chez le juge. Elle avait appelé le *Parisien* et avait établi les conditions de l'article : la venue du photographe dans les couloirs du Palais, les détails de ses aveux, l'interview, la seule qu'elle donnera.

Pas question de laisser la vedette à Bugeaud.

L'article sera repris un peu partout, et elle sera traitée comme une héroïne dans les journaux, les radios, les chaînes de télé, tandis que Chambaraud sera élevé au rang de plus grand tueur en série jamais arrêté en France, l'égal des serial killers américains.

L'histoire les occupera plusieurs jours, la divisionnaire recevra les félicitations de sa hiérarchie, jusqu'à l'Élysée. Le chef de l'État louera son abnégation au travail.

81

Les hommes rassemblés dans le couloir attendent que Ponchartrain leur fasse signe. Il est « neuf heures pétantes », aucun ne manque à l'appel.

Rachel les a prévenus : la patronne est en ligne avec le ministre de l'Intérieur. Ils patientent, toujours un peu grisés par leur victoire. Ils l'ont bien fêtée. Maintenant il va falloir s'y remettre. Par l'Interphone, Ponchartrain annonce : « Appelez les hommes.

– Ils sont là, madame.

– Qu'ils entrent !

– Les affaires reprennent », lui souffle Kassovic en passant devant elle.

Rachel se lève, referme la porte. Elle d'ordinaire si curieuse, elle n'a pas envie ce matin d'entendre ce qui va se dire.

La boule d'angoisse est de retour, rappel sournois et insistant de ses interrogations.

Elle tente d'ordonner les découvertes qu'elle a faites dans le maigre dossier de Laforgue. Comment il avait été envoyé en prison pour deux ans à la fin des années 1950, pour des agressions contre des jeunes femmes. Il en était sorti quelques mois plus tard seulement. Il était question d'une tentative de viol, de harcèlement. La police s'était intéressée au jeune homme parmi toute une tripotée de délinquants sexuels déjà repérés dans le Loir-et-Cher, la région où avait été assassinée Emmanuelle Malaval, la première victime de Thomas. Mais il avait des alibis sérieux pour ce crime, et pour les trois qui avaient suivi. La piste avait été abandonnée dès que les soupçons s'étaient portés sur Thomas. Finalement, ce dernier avait tout avoué à une jeune policière du nom de Ponchartrain.

Dans le dossier figurait aussi le rapport de Deltil, après sa visite à Laforgue, dans son exploitation en Normandie, début avril. « En dépit d'un emploi du temps invérifiable », l'homme était, selon lui, « totalement étranger » à la série de crimes sur lesquels ils enquêtaient. Il lui avait paru au-dessus de tout soupçon et très impliqué dans la réinsertion des condamnés à de lourdes peines. « Par sa générosité et ses résultats, il fait l'unanimité dans la région », écrivait-il. Ponchartrain avait biffé toutes les pages et ajouté dans la marge, de son écriture nerveuse : « Inutile de poursuivre. »

Il y avait aussi une série de photos prises par Deltil. Quelques-unes de l'exploitation, de la maison au toit de chaume, avec sous l'appentis une petite voiture blanche. Il y avait surtout deux clichés de Laforgue avec son éternelle casquette de velours marron vissée sur le crâne.

Rachel réalise subitement pourquoi ce détail a trotté dans un coin de sa tête. Tandis que les hommes sont réunis chez sa patronne, elle va dans le bureau où Pelletier a visionné des heures durant les images de vidéosurveillance relevées devant le domicile de la jeune interne en médecine, à Chevaleret. La cassette est toujours là, posée sur la table.

Elle tremble en relançant l'appareil. Les images défilent trop vite. Elle a peur d'être surprise, s'affole, respire pour retrouver son calme. Enfin, elle cale la vidéo à 9h48, à l'instant où un homme pénètre dans l'immeuble après avoir replié son parapluie. Elle zoome sur l'image floue.

Elle en est certaine : l'inconnu porte bien une casquette. Marron.

Elle approche la photo de Laforgue.

C'est la même silhouette, grande, la même attitude, un peu martiale, le dos bien droit…

Elle suffoque d'effroi, des perles de sueur naissent sur son front. Elle éteint l'appareil et regagne son bureau. Que peut-elle faire, maintenant ?

Elle est seule, perdue. La photo est tellement floue, c'est ridicule, elle se fait des idées. Et Deltil n'avait retenu aucun soupçon contre Laforgue. Qui est-elle pour envisager de remettre en cause tout le travail accompli, et aussi cette belle harmonie qui soude l'équipe ? Elle n'est qu'une assistante et d'ailleurs personne ne l'écoutera. Surtout pas aujourd'hui.

Surtout pas après ce qu'elle a accompli pour Ponchartrain et la promesse qu'elle lui a faite. « Sur la tête de son fils. »

Alors, elle sort de son sac le mot que Chambaraud a glissé chez elle. Elle le lit une ultime fois, le déchire et s'en débarrasse, avec le dossier de Laforgue, dans la poubelle posée à ses pieds.

Rachel appelle Étienne : « Je voudrais aller chercher Victor à la maternelle ce soir.

– Ça tombe bien, répond-il, j'allais te le demander, car je risque de bosser cette nuit. »

Combien de fois lui a-t-il annoncé ainsi par le passé qu'il risquait de ne pas rentrer, se souvient-elle.

« Nous sommes sur un gros coup, poursuit-il d'un ton énigmatique. Dis donc, elle a fait fort, ta patronne ! Elle m'épatera toujours. C'est une grosse conne mais question flic, il n'y a rien à dire.

– Ne parle pas comme ça… »

Il insiste : « Il faudra que tu me racontes tout.

– Je ne sais pas grand-chose, tu sais…

– Allons, tu es aux premières loges !

– Chambaraud a avoué. Pour le reste… demande plutôt à Deltil.

– Ce larbin !

– C'est un bon flic.

– Si tu le dis... Bon, je te laisse, on m'appelle. Ça va chauffer ce soir.

– Sois prudent. »

Il a déjà raccroché. Comment a-t-elle pu vivre avec cet homme ?

Une demi-heure plus tard, en file indienne, les gars sortent du bureau de leur chef.

Comme à son habitude, Lassus râle un peu, pour la forme. « Elle ne peut pas nous lâcher un moment ? » Mais Rachel sent bien à son ton allègre que lui aussi a hâte de s'y remettre.

« Pimpon, pimpon ! » Ça, c'est Marçais qui fait l'imbécile. Elle sourit. On ne les changera pas...

Ces types, elle les regrettera.

Elle se lève, s'empare de son sac à main et de son imperméable. Elle quitte son bureau sans se retourner, sans répondre à l'Interphone où résonne la voix de sa patronne : « Rachel, apportez-moi un café, s'il vous plaît. »

Sophie Ponchartrain s'agace : « Où est-elle passée ? » Elle insiste, pas de réponse. Ce café, elle va devoir se le faire elle-même.

La machine est juste derrière le bureau de son assistante. Elle cherche les filtres, quand elle voit une enveloppe posée sur l'appareil. Libellée à son nom : « Mme la divisionnaire Sophie Ponchartrain. »

Elle la déchire plus qu'elle ne l'ouvre. Elle lit :

Madame,

Je vous présente ma démission que je souhaite effective à ce jour.

J'espère que vous l'accepterez et que vous me comprendrez.

Bien à vous,

Rachel Bachelard

« Qu'est-ce qui lui prend ? » s'exclame-t-elle.

Elle déchire un peu le filtre, s'énerve sur la machine qu'elle ne parvient pas à mettre en marche.

Elle y arrive enfin, le café passe. Ponchartrain jette le filtre dans la poubelle.

Elle y voit un dossier, le prend. C'est celui de Laforgue. Et des morceaux de papier déchirés. Elle en attrape un. Dessus est écrit : « Z-MOI ».

Cette écriture, elle la reconnaîtrait entre mille.

Alors elle repêche tous les morceaux, les rassemble en un petit tas, sans en oublier un seul, s'empare du dossier puis retourne à son bureau, son café à la main.

Elle s'assoit, reconstitue le puzzle en appliquant du Scotch au verso des fragments.

Puis elle relègue le mot reconstitué dans son tiroir du bas. Comme un détritus.

Le dossier de Laforgue retourne là où Rachel l'avait trouvé : dans sa poubelle.

Elle songe qu'il va lui falloir trouver une nouvelle assistante.

82

Octobre 1992

« Veuillez vous lever. Mesdames et messieurs, la cour. »
La juge Poidevin pose ses dossiers devant elle. C'est une femme mince, aux cheveux gris, mi-longs. Elle porte de fines lunettes d'acier. Derrière, son regard paraît doux, presque timide, mais elle a la réputation d'être une juge inflexible, sérieuse, connaissant parfaitement ses dossiers. Elle consigne ses notes d'une écriture fine dans de petits cahiers d'écolier. Elle ne veut rien oublier. Au moment de prendre sa décision, elle s'y plongera.

Les jurés entrent à leur tour. L'avocate générale est Aline Azhar, cinquante-cinq ans, réputée redoutable. L'avocat de Chambaraud a grimacé quand il a découvert que deux femmes seraient aux commandes des débats.

« Faites entrer l'accusé », dit la juge.

Elle fait taire l'assemblée, d'où s'est élevé un brouhaha hargneux à l'arrivée du prévenu. Il parcourt la salle des yeux tandis qu'un policier lui ôte les menottes.

En deux ans et demi, Guillaume Chambaraud n'a pas changé physiquement. Toujours aussi juvénile, on ne lui donnerait pas plus d'une vingtaine d'années or il en a vingt-sept. Mince, les cheveux coupés court. Cependant, il a perdu cette fragilité qui émanait de lui. La détention l'a endurci, cela se voit. Son regard noir vous évalue, transperce.

Il est élégant dans un costume de coton gris, chemise blanche, cravate bleu foncé.

Il se présentera vêtu de la même façon pendant les huit jours que durera son procès.

Après avoir décliné son identité, il fait cette simple déclaration liminaire : « Je suis innocent des faits qui me sont reprochés. J'espère que ce procès me rendra la liberté qui m'a été volée.

– Une enquête inique et menée exclusivement à charge, glisse son avocat debout devant lui.

– Votre tour viendra, maître, coupe la juge. Avez-vous autre chose à ajouter, monsieur Chambaraud ?

– Oui, madame. »

Il parcourt la salle des yeux et ajoute : « Je compatis de tout mon cœur aux douleurs des familles des victimes mais elles doivent savoir que je suis innocent. »

Il y a de la fermeté dans sa voix. Comme s'il ne doutait pas de l'issue du procès.

Il a bien retenu sa leçon, pense la juge Poidevin, que ces mots laissent de marbre.

De la salle montent des murmures de haine.

En deux ans et demi d'instruction, il n'a pas varié sa défense, répétant qu'il était innocent, contestant avec obstination chaque fait. Comme annoncé, il avait porté plainte contre la commissaire Ponchartrain et son assistante. L'une après l'autre, les deux femmes avaient été interrogées par le juge Bugeaud, mais presque pour la forme. Il avait rapidement et d'autorité classé sans suite, qualifiant cette défense de « fantaisiste » et « pitoyable ».

« Il vous faudra trouver d'autres arguments que ces élucubrations pour nous convaincre, monsieur Chambaraud. »

Chambaraud a usé deux avocats par ses doutes et ses reproches, et son angoisse paranoïaque de ne pas être défendu avec conviction. Loubet, le premier, avait tenu à le prévenir que la partie serait difficile : « Vos aveux pèsent lourd », lui avait-il dit, et cela avait suffi pour qu'il ne veuille plus le voir.

Il a finalement trouvé le bon : Antoine Jeandupeux, un jeune juriste ambitieux, frais émoulu du barreau de Bordeaux. Ce procès qui allait attirer la presse du monde entier était une occasion en or de faire ses preuves. Il a épousé la cause de son client. Ce procès est aussi le sien. Il marquera les esprits et, comme le lui a promis son père, qui l'a initié aux arcanes du métier, il deviendra un cador.

Jeandupeux s'est battu bec et ongles pour faire annuler actes d'instruction et inculpations. Il est parvenu à faire écarter toutes les charges pour les assassinats d'Antoinette Soussin et du journaliste Nageotte. L'instruction pour ces deux affaires, menée par deux juges différents, piétine, comme si ces deux crimes n'intéressaient plus personne. À Orléans, Ludon a pris dix-huit ans pour l'assassinat de sa compagne.

Ponchartrain a laissé faire. Tant que Chambaraud restait inculpé pour trois assassinats de jeunes femmes, avec les circonstances aggravantes d'actes de torture. « On s'en fout, a-t-elle expliqué à ses hommes. Le plus important, c'est les mutilations infligées à ces femmes. Pour ça, ce monstre prendra perpète, faites-moi confiance ! »

« Le monstre », c'est ainsi que tous ont pris l'habitude de désigner Chambaraud. Dans l'équipe de Ponchartrain, chacun se satisfait de la sentence de leur patronne.

Jeandupeux avait bien sûr remis en question les aveux de son client, « extorqués » par la commissaire divisionnaire Ponchartrain, mais il avait échoué. Les dépositions de Rachel Bachelard avaient été décisives sur ce point.

Elle avait nié les affirmations de Chambaraud et confirmé la version de Ponchartrain. Le juge Bugeaud ne demandait qu'à la croire…

Malgré tout, Jeandupeux était plutôt optimiste et, au sixième jour des débats, il se sentait prêt à affronter la flic la plus célèbre de France. « Quand je l'aurai atomisée, se jure-t-il, l'acquittement nous tendra les bras. »

À plusieurs reprises, il a réussi à faire vaciller les certitudes du tribunal. Point par point, il avait mis en doute les rapports de l'expert psychiatre. Celui-ci avait établi un profil de pervers narcissique, fasciné par Nicolas Thomas, souffrant de dédoublement de la personnalité et d'une sexualité déviante. Maître Jeandupeux avait exigé une contre-expertise, et le portrait était cette fois celui d'un jeune homme certes un peu déséquilibré, mais normal, sans aucune pulsion criminelle. Il avait confronté des témoins de l'accusation à leurs contradictions quand ils avaient décrit un jeune homme dangereux, violent. Sur ce point encore, il avait fait témoigner des amis qui affirmaient le contraire. Il avait ridiculisé un voisin qui assurait que Chambaraud quittait de nuit la maison de sa mère en passant par son jardin. La clôture mesurait deux mètres de haut…

Mais en vérité, quand le procès avait débuté, Chambaraud était condamné d'avance. La presse ne l'avait pas épargné les mois précédents, organisant son lynchage dans l'opinion, multipliant les interviews bouleversantes des familles des victimes. Sophie Ponchartrain avait quant à elle distillé avec habileté quelques informations « exclusives ».

Proches et familles étaient présents chaque matin, aux premiers rangs. Ils s'étaient immédiatement reconnus, tacitement unis dans leur souffrance et leur haine. Ils se serraient les coudes, assis côte à côte dans la salle d'audience, discutant dans celle des pas perdus. Antoine Jean-Joseph était là. Il ne lâchait pas le portrait de Pauline, posé sur ses genoux. Son témoignage, décrivant le calvaire qu'était devenu sa vie, fit la une des journaux. Jeandupeux eut soin de l'épargner.

Même la mère et le frère de Fabienne Berthon, dont les témoignages avaient laissé planer une ombre malsaine sur les débats, étaient intégrés dans le cercle. Avec ce frère demeuré et cette mère ivrogne, l'avocat de Chambaraud, sans les accabler, s'était fait fort de discréditer l'accusation. Le mode opératoire du crime, dans une cave sordide, le distinguait clairement des autres. « La victime, avec tout le respect que nous lui devons, menait une vie bien compliquée, avait-il expliqué d'un ton empli de commisération. Elle multipliait les liaisons, faisait commerce de son corps, pour dire les choses comme elles sont, auprès d'inconnus pour une poignée de billets, en échange d'héroïne ou d'alcool. Dans sa débauche, bien connue des habitants de la cité, elle est hélas, pour son plus grand malheur, tombée sur un pervers qui doit bien se réjouir de ne pas être dans le box des accusés. »

La salle d'audience n'était pas assez grande pour accueillir la foule de curieux qui faisaient la queue dès l'aube, en dépit de la pluie qui depuis plusieurs jours tombait sans discontinuer, comme si une main invisible avait voulu rendre l'atmosphère du procès encore plus dramatique.

On se pressait pour voir le monstre.

Près de Jeandupeux se tenait la mère de Chambaraud, indifférente aux regards haineux qu'on lui décochait de toutes parts. Elle avait refusé de s'habiller de sombre comme le lui avait recommandé Jeandupeux. Elle arborait des ensembles colorés, se maquillait soigneusement. « Ce serait porter son deuil, accepter sa condamnation », avait-elle affirmé à ceux qui l'accompagnaient. « Mon fils est innocent », avait-elle clamé dans un long plaidoyer si fervent et exalté qu'il avait ému quelques jurés. Elle avait arrêté de boire, se disait métamorphosée par l'épreuve que Dieu leur avait envoyée.

Son arrivée avait été accueillie par des injures proférées à voix basse et elle s'était assise dans un silence pesant, seulement troublé par quelques pleurs venus des rangs des familles. On considérait avec un étonnement mêlé de mépris et d'écœurement la mère du monstre, qui, à la barre, se battait de toutes ses forces pour son fils, une heure durant, sans fléchir une seule seconde.

Jeandupeux réclama l'audition publique de Rachel Bachelard. La juge s'y opposa fermement :

« Mlle Bachelard a tout dit dans sa déposition au juge Bugeaud. Elle n'a jamais rencontré votre client. Son témoignage consigné à la côte 824 suffira, maître.

– Je proteste, madame le juge, Mlle Bachelard est un témoin capital et il faut éclaircir les motifs qui ont poussé mon client à porter plainte contre elle.

– C'est ma décision, trancha-t-elle. Et la plainte de votre client n'a pas été retenue. Passons à autre chose... »

C'est dans ce climat de haines à peine contenues et de craintes de voir basculer le procès, tant l'avocat de l'assassin se révèle efficace et opiniâtre, qu'était entrée Sophie Ponchartrain, celle qui avait obtenu les aveux du jeune homme.

83

C'est une femme au visage résolu, au pas plein d'assurance, qui s'avance à la barre et y pose ses deux mains. Sophie Ponchartrain n'a rien changé à ses habitudes : pas de maquillage, aucun bijou, un tailleur sombre, une chemise blanche, aux pieds des mocassins impeccablement cirés, les cheveux soigneusement retenus par une courte queue-de-cheval.

Elle n'a pas un regard pour l'accusé. Elle décline son identité, sa fonction.

« Madame la divisionnaire, veuillez nous dire dans quelles circonstances vous avez recueilli les aveux de Guillaume Chambaraud », commence la juge Poidevin.

La voix de la commissaire de police est claire, ses termes précis. Elle relate son enquête, explique comment les soupçons se sont portés sur l'accusé, revient point par point sur les éléments du dossier et le calendrier des crimes. Elle évoque, sans insister, ses fortes présomptions concernant les autres meurtres. « Ce n'est pas l'objet de ce procès », lui rappelle aimablement la présidente.

Elle parle aussi de l'assassinat de Thomas, retrouvé calciné dans un bois. « Un homme a avoué ce crime, a été jugé et condamné pour cela à cinq ans de détention. Je n'y reviendrais donc pas ».

Il est visible qu'elle n'y croit pas, et, à demi-mot, elle fait planer le doute sur la culpabilité de l'accusé.

Elle raconte comment ils ont d'abord traqué Nicolas Thomas, cru que Chambaraud était « seulement » son complice. « Avant de découvrir l'effroyable vérité : avant même la mort de son mentor, Chambaraud avait endossé son effroyable costume de tueur en série. »

Soufflant d'un air pensif sur les verres de ses lunettes pour les nettoyer, la juge Poidevin reprend :

« Madame la divisionnaire, vous dites que l'accusé a endossé son costume de tueur en série. Est-ce que cela signifie pour vous qu'il aurait commis ces crimes en hommage à Nicolas Thomas ?

– Oui, madame la juge, c'est exactement ce que je pense. Pour preuve : ses crimes sont la parfaite imitation de ceux de Thomas. » Elle énumère : « Même type de blessures, mêmes caractéristiques physiques et même profil des victimes, même type de lieux et de scènes de crime. » Elle affirme, son regard balayant la rangée des jurés : « En l'arrêtant, nous avons sauvé la vie d'une quatrième jeune femme, au moins. »

Un grondement de haine traverse le tribunal, Poidevin remet ses lunettes, hoche la tête, l'air approbateur. Chambaraud se penche sur son avocat, Jeandupeux s'insurge :

« Enfin, madame le juge, ce ne sont que des hypothèses d'une théorie montée de toutes pièces et sans consistance !

– Je ne vous ai pas donné la parole, maître, tranche fermement la juge. Poursuivez, madame la divisionnaire. »

Jeandupeux préfère se rasseoir. Ne surtout pas se faire de la juge une ennemie.

Ponchartrain poursuit sur le même ton, sérieux et posé :

« Pour ce qui est des circonstances des aveux, nous nous sommes d'abord heurtés à un mur, comme très souvent dans ce genre d'affaire, évidemment. Malgré tout, les heures de la garde à vue passant et les interrogatoires se succédant, nous sentions le suspect fléchir. Il s'agaçait, fuyait les évidences, mais commençait à se couper et à lâcher des détails que nous-mêmes ignorions... Par exemple que Bernard Nageotte était son amant...

– C'est un mensonge ! » crie Chambaraud.

Son avocat le fait taire d'un geste de la main. Ponchartrain l'ignore et poursuit :

« Lorsque je l'ai rejoint en compagnie du commissaire principal Deltil, il était très agité. Il réclamait à boire et à manger, nous suppliait de le laisser partir. J'ai simplement dit que le moment était venu qu'il parle, qu'il apaise sa conscience. Il a éclaté en sanglots et m'a dit : "À vous je vais tout dire. Lui (il désignait mon second), je veux qu'il parte." Le principal Deltil a quitté la pièce, mais il pourra vous confirmer ce qui suit. Il a forcément entendu, il était dans le couloir, la porte était restée entrouverte... » Dans les rangs du public, Deltil approuve d'un signe de tête. Sans la moindre hésitation. Dans le box, Chambaraud s'agite, demande à son avocat d'intervenir. Celui-ci répond : « Laissons-la finir. Ensuite je la massacrerai. »

Imperturbable, Sophie Ponchartrain poursuit : « L'accusé a parlé pendant une bonne heure. Je n'ai pas cherché à l'interrompre, n'ai posé aucune question. J'ai laissé venir, les digues de ses défenses cédaient une à une. Comme s'il avait besoin de se soulager, cet homme me livrait la vérité. Je me suis contentée de taper ce qu'il me disait et de le faire signer. Il a refusé de relire, dit que c'était inutile, je crois que, quelque part, même s'il ne l'avouera jamais, il avait besoin d'en finir. Voilà exactement comment les choses se sont passées, madame le juge. »

Elle répète : « Le commissaire principal Deltil vous le confirmera, si vous l'estimez nécessaire.

– Nous l'entendrons, madame la divisionnaire.

– Mais c'est faux, il n'était pas là ! » proteste Chambaraud avec véhémence. Son avocat tente de l'apaiser, lui tapote la main. « Calmez-vous, Guillaume, intime-t-il, n'entrez pas dans son jeu.

– La garce ! » siffle l'accusé entre ses dents.

Plus tard, Deltil certifiera tout, après avoir juré de dire la vérité, toute la vérité...

Ponchartrain se tait, se tourne vers Chambaraud. Il est livide, transpire, tremble d'indignation. Ses mains serrent avec force la barre devant lui. On l'entend répéter d'une voix sourde : « Elle ment, elle ment. » Son avocat lui murmure quelques mots. Il doit calmer la rage qu'il sent monter chez son client.

Puis elle revient à la juge et conclut : « Je tiens à préciser que ces aveux ont, bien entendu, été obtenus sans aucune contrainte et que la procédure a été parfaitement respectée. En définitive, Guillaume Chambaraud ne pouvait pas échapper à la réalité. Je dois indiquer aussi qu'au fur et à mesure de sa déposition, il se calmait, exprimait des remords, se mettait à geindre, et soudain il se vantait de ce qu'il avait fait et du plaisir qu'il avait ressenti en commettant ces actes monstrueux, comme cela est décrit dans ses aveux. »

Ponchartrain fixe la juge : « Je n'ai pas honte de dire que ce furent là des moments parmi les plus éprouvants de ma carrière. Je n'ai rien à ajouter, mais je suis prête à répondre à toutes les questions que vous estimerez nécessaires. »

Sophie Ponchartrain est consciente des mensonges qu'elle a proférés, de la façon dont elle a arrangé sa vérité. Et elle l'assume, la tête haute.

Ce garçon est le tueur, elle en était et en reste certaine. Il risquait encore de s'en tirer, il ne restait qu'une poignée d'heures pour le confondre. Tous les moyens étaient bons. Il était bêtement tombé dans son traquenard, mais personne, ici, ne viendra jamais contredire sa version.

Seul compte le résultat, non ?

L'avocat Jeandupeux se prépare à passer à l'attaque. Il va parler de la pression psychologique à laquelle a été soumis son client, aux entorses faites à la procédure. Chambaraud a été isolé pendant toute sa garde à vue, n'a pu voir un avocat, et il s'est aussitôt rétracté après ses prétendus aveux. Il va se payer cette flic arrogante et fourbe. Il se lève, sourit d'un air féroce. La salle, plongée dans un silence total, ne respire plus.

Mais brusquement, Chambaraud bondit sur ses pieds. D'abord ce n'est qu'un murmure : « Salope, sale flic de merde. » Avec une force inattendue, il se dégage des deux policiers qui l'encadrent, se précipite hors du box. Il hurle maintenant : « Ordure, menteuse, j'aurai ta peau. »

Et dans ses vociférations, tous l'entendent distinctement : « Toi aussi, tu vas crever, comme les autres putes ! »

Jeandupeux tente de le retenir, de le faire taire, mais déjà Chambaraud se rue sur Sophie Ponchartrain, qui n'a pas cillé. Elle ne recule pas, prête à affronter la furie qui déferle sur elle. À la tribune, la juge Poidevin joue de son marteau, ordonne :

« Chambaraud, arrêtez-vous ! Enfin, gardes, maîtrisez-le !

– Je vais te crever, salope ! » hurle toujours le jeune homme.

La foule surexcitée proteste, s'agite. Les jurés ouvrent des yeux affolés, tétanisés par cette démonstration de violence.

Quatre agents ont jeté Chambaraud à terre. Il est ceinturé, menotté, vociférant toujours. Il n'est qu'à moins d'un mètre de Ponchartrain. Immobile, elle le fixe, impassible.

« La séance est levée, tranche la présidente. Emmenez le prévenu ! »

« Bien joué, vous avez gagné », glisse d'un ton amer Jeandupeux à Ponchartrain, avant de se laisser retomber sur son siège, l'air atterré.

La divisionnaire exulte. La réaction de Chambaraud était ce qu'elle pouvait espérer de mieux. Elle triomphe mais n'en montre rien.

La salle crie sa haine. Dans un sursaut de révolte, Antoine Jean-Joseph a lâché le portrait de Pauline, dont le verre s'est brisé sur le sol carrelé.

La séance est suspendue jusqu'au lendemain.

Le lendemain, les efforts de son avocat, les excuses de Chambaraud n'y feront rien. Après moins de deux heures de délibérés, Guillaume Chambaraud est condamné à la réclusion à perpétuité assortie d'une peine incompressible de vingt-huit ans.

Seuls les policiers qui l'encadrent tandis qu'ils quittent le tribunal l'entendent dire : « Cette femme est le diable. Un jour, elle le paiera. »

Dans le public haineux qui crie sa satisfaction, un homme rajuste sa casquette et joint ses applaudissements aux autres. Il se fraye un chemin jusqu'à Ponchartrain. « Félicitations, madame », murmure-t-il. Elle se retourne, il sourit mais elle s'éloigne, emportée par la foule.

84

Ghislaine se voit mourir. Elle n'a que vingt-quatre ans. Attachée aux montants du lit, elle sent le feu de la lame remonter vers ses seins, entend le bruit terrifiant de ses chairs martyrisées. Elle veut hurler mais, sous le bâillon, son cri ne sort pas. « Ne meurs pas », dit l'homme qui s'est assis tout près d'elle sur le lit étroit de son studio de la rue Pablo-Neruda, à Nanterre. Il tend un miroir devant ses yeux bleus agrandis par l'horreur et la douleur. Elle veut les fermer, mais les doigts gantés de l'homme forcent ses paupières à se soulever.

Elle ne peut plus résister, elle abandonne déjà. Qui pourrait la sauver désormais ?

Cette douleur insoutenable et la terreur que lui inspire son agresseur, elle veut que tout cesse désormais. Mourir, vite.

Il a arraché le ruban adhésif qui fermait sa bouche. Dans le miroir, elle voit le filet de sang qui s'échappe de ses lèvres, coule dans son cou, glisse vers sa poitrine nue, saccagée. Elle ne sent pas le doigt de l'homme se poser sur son corps. Mais elle a la vision trouble de la main, couverte de son sang, qu'il porte à sa bouche. Il la goûte.

L'air d'extase de l'homme, tandis qu'il suce son index, est la dernière image de sa vie qui s'éteint, ce soir de janvier.

Elle n'a pas entendu son dépit :

« Tu me déçois, Ghislaine, tu es morte trop vite ! Cinq petites minutes seulement... Les autres ont été plus résistantes... »

L'homme a rajusté sa casquette de velours marron.

Dans la voiture qui le ramène en Normandie, il se souvient de tout. Avec nostalgie, presque, puisque l'histoire s'achève maintenant pour lui…

Nostalgie de la peur de ses victimes, de leur souffrance, de sa jouissance à les voir s'éteindre lentement, encore trop vite. À trente ans de distance, il a retrouvé ce goût, si particulier, de leur sang. « Ça me manquera ! »

De la longue discussion amicale qu'il a eue avec Thomas dans ce bois et de sa rage quand il lui a révélé la vérité. « Grâce à moi, tu as fait trente ans au trou ! » s'est-il vanté. Il l'a nargué : « Tu ne me remercies pas ? » Du plaisir qu'il a ressenti en le tuant lui aussi. Il s'en veut un peu de ne pas s'être mieux appliqué à faire disparaître son corps.

Du regard d'incompréhension paniquée que lui a lancé en s'éteignant la mère de Thomas, qui n'a jamais su qui était son agresseur. La tuer était nécessaire pour faire accuser Thomas. Il avait adoré lui révéler que son fils n'avait jamais rien fait, que c'était lui le coupable. « Ça l'a achevée ! »

De la façon dont il avait dû éliminer Nageotte, un sale pédé qui menait sa petite enquête et cherchait à innocenter ce moins que rien de Nicolas Thomas, après l'avoir tant chargé. Ce journaliste de merde avait osé venir jusque chez lui, en Normandie, pour poser des questions pleines de sous-entendus. Il n'avait pas aimé. Il l'avait suivi dans le Loiret. Ça n'avait pas été bien difficile de le faire parler et il avait emporté les documents qu'il avait dénichés à son domicile, étalés sur son bureau. Il avait bien fait de le crever.

De la panique qu'il a lue dans les yeux de cette ancienne gardienne de prison quand il l'a croisée dans les rues d'Orléans. Il en avait mis du temps à la retrouver, celle-là, mais la massacrer avait été un jeu d'enfant. Elle était tellement tétanisée de trouille quand il a sonné chez elle qu'elle ne s'était même pas défendue. À l'époque où Thomas était à Ensisheim, il avait fait l'erreur de l'approcher, pour en savoir plus sur l'homme condamné à sa place, pour le garder à l'œil… Mais elle était maligne, cette négresse, elle avait très vite soupçonné qui il était, ce qu'il avait fait. Alors, il lui avait fait peur, à un point tel qu'elle avait choisi de s'enfuir, abandonnant Thomas à sa peine injuste. Il avait bien fallu qu'il l'élimine quand il avait compris que ce fouille-merde de Nageotte l'avait retrouvée. Il sourit à l'idée que c'est son homme qui porte le chapeau. « Eh oui, y a pas de justice ! » s'amuse-t-il.

Il pense à ce policier qui est venu le voir et qu'il a retourné à grands coups de whisky. Ils sont tous tellement faciles à manipuler… Il regretterait presque d'avoir gâché pour ça son meilleur whisky.

Il songe à cet imbécile de Chambaraud, qui trinque en taule. De ce qu'il sait, il pourrit à la maison d'arrêt de Gradignan, près de Bordeaux, après que son avocat a épuisé tous les recours. Il rigole tout seul : « Il ne faut jamais s'énerver, mon garçon ! Résultat : perpète ! »

Et cette Ponchartrain… « En voilà une sacrée bonne femme, une salope de compétition ! Putain, elle est forte, celle-là, il faudrait l'encadrer ! » Peu après le verdict contre Chambaraud, il s'était approché d'elle, à la toucher. Dans le brouhaha, l'avait-elle entendu la féliciter ?

« La vie est belle et injuste », sourit-il quand il rejoint ses deux ouvriers, penchés sur des plans de rosiers en compagnie d'un homme auquel il a accordé sa protection, en se portant garant de sa conditionnelle. Un violeur en série qui vient de purger quinze ans de réclusion.

Jusqu'à sa mort, d'une crise cardiaque, en juin 1999, il continuera à accueillir de pareilles ordures. Dans sa tombe, il n'entendra pas le vibrant hommage que lui rendra le préfet. « Un homme exceptionnel. »

L'assassinat de Ghislaine Barrère, commis trois mois après la condamnation de Chambaraud, a été confié à la DPJ de Nanterre.

À ce jour, il demeure une affaire non résolue.

Épilogue

23 mai 2018

La voix du journaliste de RTL s'amplifie dans la pièce.

« Selon nos informations exclusives, Guillaume Chambaraud vient de présenter sa première demande de liberté conditionnelle, après vingt-huit années passées derrière les barreaux. Elle sera examinée dans les prochains jours. Chambaraud est actuellement incarcéré à la maison centrale d'Ensisheim. Ce nom, Guillaume Chambaraud, personne, aujourd'hui encore, ne l'a oublié : il avait été condamné à perpétuité en 1990 pour les assassinats, particulièrement barbares et accompagnés de mutilations, de trois jeunes femmes. Guillaume Chambaraud était un *copycat* qui avait reproduit les crimes d'un serial killer des années 1960, Nicolas Thomas, retrouvé assassiné peu de temps après sa mise en liberté conditionnelle. »

« Copycat », « serial killer », des mots décidément à la mode aujourd'hui, s'agace Sophie Ponchartrain. À mon époque, on disait « imitateur » et « tueur en série ». Ce n'est pas difficile de parler français.

L'histoire n'est pas si vieille. Le procès de Chambaraud est resté dans les annales, comme celui d'un des criminels les plus terrifiants que la France ait connus. Pourquoi le journaliste précise-t-il qu'il n'a cessé de clamer son innocence durant toutes ces années ? Comme si sa culpabilité, au moment de sa demande de libération, était remise en doute.

« Imbécile ! »

Dans les studios parisiens de la radio, Jean-Alphonse Richard, un journaliste qu'elle a connu à ses débuts, quand elle-même était à l'apogée de sa carrière, directrice adjointe de la police nationale, parle d'Ensisheim, où les grands criminels français sont regroupés dans une aile réservée. Chambaraud continue de purger sa peine non loin de Fourniret, qui ne quitte pas sa cellule et passe ses journées à écrire, de Guy Georges, devenu obèse, ou encore de Francis Heaulme que même les détenus les plus endurcis fuient. Le journaliste se délecte de détails insolites : ces hommes au lourd passé sont gardés essentiellement par des femmes et non des hommes. « L'administration pénitentiaire estime qu'être surveillés par des femmes les calme. »

N'importe quoi, songe Ponchartrain, on ne calme pas un monstre.

Son nom surgit dans les propos du journaliste. « C'est Sophie Ponchartrain, alors commissaire divisionnaire, qui avait obtenu les aveux effrayants du serial killer. Ce succès, obtenu par cette enquêtrice exceptionnelle et acharnée, après bien d'autres, l'a menée aux plus hautes fonctions de la police nationale, où elle a poursuivi jusqu'à sa retraite une carrière sans faute. »

Sophie frémit de plaisir. Après de tels éloges, elle mérite bien un troisième café. Au diable son toubib !

À la question du présentateur : « Pensez-vous qu'il puisse être libéré ? », Jean-Alphonse Richard répond sans hésitation : « Certes, tout au long de sa détention, Chambaraud a été un détenu exemplaire, qui n'a eu aucun problème avec l'administration pénitentiaire. Cependant, vu la gravité des faits, et parce qu'il s'agit de sa première demande, avec le recours vraisemblable des parties civiles, et l'émotion que susciterait une telle libération dans l'opinion publique, Guillaume Chambaraud n'a, pour moi, aucune chance que sa libération conditionnelle soit acceptée. »

Sophie Ponchartrain a un rictus féroce. Elle se souvient de la manière dont elle l'avait terrassé à son procès : « Tu peux compter sur moi pour faire ta publicité, ordure ! » Il suffira qu'elle s'exprime pour que Chambaraud continue de moisir en prison. « Tant que je serai en vie, tu ne sortiras pas. Et je suis pas près de crever ! »

Elle s'en régale à l'avance : aujourd'hui, toute la presse va se tourner vers elle. Comme au temps de sa splendeur.

Sophie Ponchartrain va à son bureau, dans la pièce où s'isolait son père, lorsqu'elle était jeune. Elle s'assied, ouvre le tiroir du bas, en sort un tas de feuillets jaunis par le temps, étale devant elle le mot trouvé dans la poubelle de l'assistante et qu'elle avait recollé avec du Scotch.

Le Scotch est devenu cassant. Deux fragments se détachent.

Jamais elle n'a compris pourquoi Rachel a choisi de s'en débarrasser. En revanche elle sait pourquoi elle est partie. Rachel ne voulait plus partager le poids de leur secret. Elle a abandonné sa patronne à ses triomphes annoncés, à sa future carrière au sommet. Elle a préféré disparaître plutôt que de trahir sa promesse de se taire. « Une fille vraiment loyale », apprécie Ponchartrain.

Elle ne regrette rien de ce passé qui resurgit.

Ni d'avoir envoyé deux innocents pourrir en tôle.

Tant pis pour eux si personne n'a entendu leurs cris d'innocence.

Seul compte le résultat, comme elle le répétait à ses hommes. Alors des regrets, non. Les remords, c'est pour les faibles.

Chambaraud ? Quelle importance ? Il ne compte pas. Les prisons sont peuplées d'innocents, un de plus, un de moins... La société veut ses coupables.

On rendra hommage à sa carrière sans tache, exemplaire. Elle restera dans l'histoire du 36...

Elle emporte à la cuisine les lettres que Thomas lui avait envoyées durant sa détention. Elle les a toutes conservées. Elle s'attarde à relire le mot que Chambaraud avait adressé à Rachel.

Le temps s'est écoulé sans qu'elle s'en rende compte. Il est huit heures, c'est le moment où elle sort faire ses courses, habituellement. Après quoi elle lit la presse, regarde les chaînes d'information. Elle déjeune, salade verte et steak haché ce midi, fait une longue promenade jusqu'au Jardin d'acclimatation, elle lit un roman (sur la Révolution, en ce moment), fait un dîner frugal et s'endort sur une bêtise à la télé. Ses journées s'écoulent ainsi, identiques.

Mais aujourd'hui, assurément, elle devra répondre aux multiples sollicitations des journalistes. Cette perspective la régale d'avance. Elle va retrouver la lumière.

On sonne. C'est déjà l'un de ces journaleux, se dit-elle. Ils n'ont pas traîné ! Elle n'est pas présentable, en robe de chambre.

« Laissez-moi quelques instants », lance-t-elle dans l'Interphone. Au début elle n'était pas favorable à son installation, mais elle a fini par reconnaître que c'est bien pratique, pour éloigner les indésirables.

Elle se précipite dans sa chambre, enfile à la hâte une chemise blanche, un tailleur sombre, des escarpins. « Mon uniforme », s'amuse-t-elle. Elle brosse ses cheveux encore noirs, les réunit en queue-de-cheval. Elle se regarde dans la glace de l'armoire : parfait. Elle revit.

Elle appuie sur le bouton de l'Interphone et demande :

« Vous êtes journaliste ? »

C'est un homme qui lui répond d'une voix forte :

« Police, madame. »

D'abord, elle ne s'est pas laissé faire. Elle a toisé de haut les deux hommes venus la chercher. Ils ignoraient qui elle était. Ils allaient entendre parler d'elle. Celui qui s'était présenté comme capitaine s'est borné à répondre qu'il « obéissait aux ordres ». Puis elle les a suivis sans protester davantage, certaine que tout se réglerait vite.

En sortant de l'immeuble, elle ne reconnaît pas tout de suite la femme qui attend sur le trottoir. Elle a la cinquantaine, sa longue chevelure, blanche comme neige, est tirée en queue-de-cheval. Mais il y a ces yeux, noirs et insistants. Autrefois, cette femme fuyait son regard, aujourd'hui, celle qui lui fait face la fixe intensément, l'affronte. Les deux policiers s'écartent, les laissant seules quelques instants.

Ponchartrain la dévisage, se raidit.

« Rachel ?

– C'est bien moi. » Sa voix est toujours aussi douce : « Vous regardez mes cheveux ? Vous vous souvenez comme ils étaient autrefois ? Magnifiques, roux, flamboyants, ma seule fierté. En une nuit, ils sont devenus tout blancs. C'était il y a vingt-huit ans, quand j'ai fui, avec notre secret. Il paraît que c'est psychologique... Je n'ai jamais voulu les teindre. Toute ma vie, ils m'ont rappelé la faute que j'ai commise à cause de vous. Mais tout est fini, à présent. Tout le monde va savoir la vérité, madame. J'ai dit à la police ce que j'avais fait pour vous, madame, j'ai tout raconté. J'ai porté cette douleur pendant toute ma vie, mais le jour est venu. »

Ponchartrain est livide, elle vacille. Elle a compris.

Jamais Rachel ne l'avait vue flancher.

« Ainsi vous avez décidé de me tuer, Rachel...

– Le moment est venu de payer, madame, assène l'ancienne assistante.

– Mais pourquoi avoir attendu si longtemps ?

– Pourquoi ? Voilà pourquoi. »

Rachel sort une feuille pliée en quatre de la poche de sa veste.

« J'ai trahi Guillaume Chambaraud il y a vingt-huit ans. Désormais, je vais l'aider, madame. Et il va sortir de prison. »

Elle commence à déplier la feuille. « J'ai reçu ce mot la semaine passée. Il m'informait qu'il a déposé une demande de liberté conditionnelle. » Elle lui tend la lettre.

« Lisez ce qu'il a écrit tout en bas en lettres majuscules, madame.

– "Sauvez-moi" », murmure l'ancienne divisionnaire.

26 mai 2018

QUAND LA POLICE FRANÇAISE
FABRIQUE DES COUPABLES

Guillaume Chambaraud a été libéré hier soir après vingt-huit ans de réclusion criminelle pour des crimes qu'il n'a pas commis [...] En dépit de son âge, vu la gravité des faits qui lui sont reprochés, l'ex-directrice adjointe de la police nationale, ex-grande figure du quai des Orfèvres Sophie Ponchartrain a été incarcérée à Fleury-Mérogis, après quarante-huit heures de garde à vue. Elle a dû s'expliquer sur des faits de falsification de preuves dans deux affaires criminelles, aujourd'hui prescrites [...] Une enquête est en cours pour déterminer si Sophie Ponchartrain pourrait être impliquée dans d'autres faits similaires.

Rachel referme le journal.

Au fronton du kiosque, ce nom, le visage sévère de cette vieille dame, s'étalent en une de tous les journaux.

Sur le trottoir de la rue Faidherbe, Rachel Bachelard lit encore ce titre : « La honte de la police », avant de s'engouffrer dans la station de métro.

Imprimé en France
par Normandie Roto Impression s.a.s. à Lonrai
N° d'impression : 1801825

MIXTE
Papier issu de
sources responsables
FSC® C003309

Les papiers utilisés dans cet ouvrage
sont issus de forêts responsablement gérées.